각성! 북경각

각성 3
북경각

초판 1쇄 인쇄일 2015년 6월 22일 ┃ **초판 1쇄 발행일** 2015년 6월 24일

지은이 전남규 ┃ **펴낸이** 곽중열 ┃ **담당편집 팀장** 이범수
편집부 신연제 이윤아 김호성 김은경

펴낸곳 (주)조은세상 ┃ **출판등록** 제 2002-23호
주소 경기도 연천군 미산면 청정로 1355
TEL 편집부 02)587-2966 ┃ FAX 02)587-2922
e-mail bukdu@comics21c.co.kr

ⓒ전남규 2015
ISBN 979-11-5832-092-8 ┃ ISBN 979-11-5832-089-8(set) ┃ 값 8,000원

MODERN FANTASY STORY

전남규 현대판타지 장편소설

3

각성!
북경각

북갓
두
㈜좋은세상

CONTENTS

MODERN FANTASY STORY

12장. 억대매출이 왜 꿈이야?

MODERN FANTASY STORY

각성! 북경각

각성!

북경각

MODERN FANTASY STORY

금요일 저녁.

경묵 일행의 버프요리 판매가 단 하루를 남겨두고 있었다.

평소와 다름없이 영업 중인 푸드 트럭 앞에는 수많은 사람들이 인산인해를 이루고 있었다.

그리고 그런 손님들의 시선은 푸드 트럭 주방 칸 위의 경묵에게로 쏠려있었다.

마치 안을 조금 봐달라는 듯 활짝 열려있는 트럭의 주방 칸, 밝은 조명 아래에서 열심히 요리를 하고 있는 경묵의 모습이 시선을 끌었다.

이처럼 주방 안이 보이는 음식점의 이점이 몇 가지가 있다.

우선 조금 더 위생적이라는 생각이 든다는 것. 그리고 실제로 손님들이 보고 있다는 사실 때문에 위생에 조금이나마 더 신경을 쓰게 된다.

주방 안에 있는 이들은 한 번이라도 손을 더 씻게 되고, 조리도구를 한 번이라도 더 닦게 된다.

두 번째 이점은 먹는 이의 눈이 즐겁다. 가끔씩 팬 위로 치솟는 불길만으로도, 잠깐 잡은 칼로 보여주는 칼질만으로도 바라보는 손님들은 즐거움을 느낄 수 있다.

손님들에게 주방은 어쩌면 미지의 영역일지도 모르겠다.

대부분의 사람들에게는 안을 상상하는 것조차 힘든 콘크리트 벽 너머의 주방이 더 익숙할지도 모르겠지만, 무슨 일이 펼쳐지는지 한눈에 훤히 보이는 주방이 조금이라도 더 믿음직한 것이 사실이다.

그리고 지금 경묵의 푸드 트럭을 찾은 손님들은 경묵이 조리하는 모습을 보며 감탄하고 있었다.

경묵은 반팔 티셔츠의 소매를 어깨선까지 걷어 올린 채, 밀려드는 주문에 맞추어 음식을 해보이고 있었다.

경묵이 쥐고 있는 팬 위로 불길이 치솟기라도 하면, 사람들은 마치 손에 쥐고 있던 젓가락을 놓고 박수라도 칠 기세였다.

경묵은 사람들의 시선에는 아랑곳하지 않은 채 머릿속

으로 밀려드는 주문을 계속해서 정리하고 있었다.

그때, 주방 칸에 선 경묵이 아래를 내려다보며 서은에게 말했다.

"서은씨, 이제 주문 그만 받으세요."

서은은 의아하다는 표정으로 핸드폰을 꺼내 시간을 확인해 보았다. 평소 재료가 떨어지던 시간은 저녁 10시였고, 지금 시간은 고작 8시가 조금 넘어있었다.

"네? 오늘 벌써 재료 떨어졌어요?"

"네, 방금 받은 주문까지는 딱 될 것 같아요."

매출 기록부를 빠르게 한 번 훑어본 서은이 경묵에게 의아하다는 듯 물었다.

"경묵씨, 평소보다 매출이 훨씬 안 나왔는데요?"

"네, 오늘 일부러 물건을 조금만 받았어요. 오늘은 저희도 준비를 해야죠."

경묵이 기대감에 가득 찬 목소리로 답하자 서은 역시 살짝 웃으며 고개를 끄덕였다.

그렇게 조금 이른 시간에 '경묵이네 북경각'이 영업을 마쳤다. 한 차례 주문을 받았으니, 이제는 한 차례 빈 접시들이 돌아올 차례였다.

개수대에 뜨거운 물을 잔뜩 받아두고, 서은과 정혁이 회수해오는 접시들을 그대로 개수대 안에 넣어두며 청소를 했다.

11

평소라고 깨끗하지 않게 한 것은 아니었지만, 경묵은 오늘 유독 깨끗하게 닦아내고 있었다. 바닥이면 바닥, 화구면 화구, 주방집기면 집기. 경묵은 젖 먹던 힘까지 짜내며 반짝반짝 광이 나도록 열심히 닦아내고 있었다.

청소를 마치자 잔뜩 쌓인 설거지거리가 경묵을 기다리고 있었다.

경묵은 잽싸게, 그리고 깨끗이 접시들을 닦아내기 시작했다.

경묵은 물론이고 모두가 뒷정리를 하는데 걸리는 시간도 날이 가면 갈수록 점점 단축되고 있었다.

그만큼 일이 숙련되어가고 있다는 것이었다.

금세 영업 정리를 마친 세 사람이 트럭에 올라탔다. 운전석에는 경묵이 중간에는 서은이 앉고, 조수석에는 정혁이 앉았다.

정혁은 조수석에 올라타며 평소처럼 엄살을 떨어댔다.

"아이고, 오늘도 세상에서 제일 열심히 일했더니 몸이 부서질 것 같네."

서은은 그런 정혁을 바라보며 고개를 저어보였다.

경묵은 서은이 기록해둔 매출과 돈이 일치하는지 한 번 세어보고는 곧장 트럭에 시동을 걸었다.

공원을 빠져나가기도 전에 정혁이 조수석 창문에 이마를 기대고 꾸벅꾸벅 졸기 시작했다.

그런 정혁을 한 번 바라본 경묵은 장난기가 잔뜩 어려 있는 미소를 한 번 지어보이고는 서은에게 말했다.

"서은씨, 꽉 잡아요!"

그 때, 서은의 눈에 앞에 있는 과속 방지턱이 들어왔다.

한강공원을 빠져나가기 전에 있는 마지막 과속방지턱 이었다.

이윽고 경묵은 과속방지턱을 향해 빠른 속도로 트럭을 몰기 시작했다.

쿵-!

차 안이 한 차례 크게 진동하며, 정혁의 이마가 제법 세 게 조수석 창문에 부딪쳤다.

그럼에도 불구하고 정혁은 여전히 잠에 취해있었다.

그 모습을 지켜보던 서은이 배시시 웃음을 지어보이며 먼저 말을 꺼냈다.

"어라? 오늘 정말 피곤하신가 봐요."

경묵 역시 천진난만한 미소를 지어보이며 말했다.

"그러게요, 정말 열심히 일했나본데요?"

서은은 피곤한 듯 입을 쩍 벌린 채 잠들어있는 정혁을 바라보며 말했다.

"직원을 한 명 더 뽑아야 하지 않을까요?"

"하긴, 정혁이형도 원래는 주방인력이니까 홀에서 일 해 줄 사람이 한 명 있으면 좋을 것 같기는 하네요."

세 사람이 탄 트럭은 금세 고속도로로 접어들었다.

경묵은 창문을 살짝 열어 보인 후에 서은에게 물었다.

"서은씨, 날이 많이 풀린 것 같죠?"

"네, 많이 따뜻해진 것 같아요."

창 너머에서 넘어오는 바람이 차기야 했지만, 춥지는 않았다.

"혹시 캠핑 좋아하세요?"

"캠핑이요?"

경묵은 지금 달리고 있는 고속도로 옆쪽으로 보이는 캠핑장을 한 손으로 가리키며 말했다.

"네, 저는 정혁이형이랑은 종종 왔었거든요."

"전 한 번도 가본 적이 없어서요."

경묵이 곁눈질로 서은을 바라보며 말했다.

"산정호수 근처에도 캠핑장이 있었다던데요? 그 근처에서 취사가 불가능해서 캠핑장 매출이 제법 괜찮았다는 것 같더라고요."

"캠핑장이라……. 지금은 문 닫았겠죠, 뭐."

경묵은 무언가 결심한 듯 밝은 표정으로 고개를 한 번 끄덕여보이고는 운전을 계속했다.

'캠핑이라……'

트럭이 멈춰 설 때 까지 두 사람은 계속해서 시시콜콜한 잡담을 주고받았다.

한참 뒤에 트럭이 멈춰선 곳은 '캠핑용품 판매점'이었다.

제법 규모 있는 매장인지라 앞에 공터에 넓은 주차공간이 마련되어 있었다.

경묵은 트럭을 세우고는 서은에게 손짓을 해보이며 말했다.

"자, 내립시다."

"……여긴 왜요?"

"왜긴요? 아무리 장사하러 가는 거라지만 우리도 놀러온 기분쯤은 낼 수 있지 않겠어요?"

두 사람은 잠에 잔뜩 취해있는 정혁은 깨우지 않은 채 가게 안으로 들어섰다.

경묵과 서은은 가게 안을 천천히 한 번 둘러보았다.

넓은 매장 안에 펼쳐져있는 텐트들과 주방용품들.

서은은 들어올 때야 경묵에게 이끌려 마지못해 들어왔다지만 안을 둘러보고 있자니 제법 흥미가 생긴 모양이었다.

"우와, 이거 귀엽게 생겼네요. 이것도 예쁘게 생겼고."

서은은 아기자기한 캠핑용품들에게 완전히 매료된 듯 보였다.

경묵은 그런 서은을 바라보며 웃음을 지어보이고는 말했다.

"캠핑이 처음에 접하기가 어려워서 그렇지, 한 번 가보고 나면 정말 빠질 수밖에 없을 걸요?"

"재미있을 것 같기는 해요."

서은의 말을 듣고 잠시 동안 무언가를 곰곰이 생각하는 듯 보이던 경묵이 곧장 말을 이었다.

"아마, 정혁이 형도 엄청 좋아할 거예요. 우리 비밀로 하고 있다가 내일 깜짝 놀라게 해 줄까요?"

"그래, 그래. 좋아요."

이윽고 경묵이 사뭇 진지한 표정으로 말을 덧붙였다.

"그리고……."

사실 정혁과 캠핑을 갈 때면 캠핑장에 있는 용품들을 대여해서 사용했었다.

이것저것 빌리다보면 터무니없이 비싼 대금을 지불해야 했지만, 몇 번 쓰지도 않는 캠핑용품을 구입하는 것이 훨씬 부담이 되었던 까닭에서였다.

경묵은 이전에 캠핑을 해 본 경험을 살려 바비큐를 위해 꼭 필요한 용품들만 골라냈다.

그나마 다행인 점은 경묵 일행에게 만능에 가까운 트럭이 있었기 때문에 구매목록을 대폭 줄일 수 있었다.

"네, 손님 543,200원입니다."

분명 필요한 품목들만 골라 넣었음에도 불구하고 금액이 무려 50만원을 넘어선 것이었다.

경묵은 살짝 떨리는 것 같은 손으로 직원에게 자신의 카드를 내밀었다.

카드를 받아든 직원이 환히 웃어 보이며 결제를 진행했다.

"네, 감사합니다."

물론 지금의 경묵에게 50만 원은 더 이상 큰돈이 아니었지만, 이전의 검소한 습관은 여전히 몸에 남아있었다.

잠깐 사이에 전에 정혁과 열악한 환경에서 즐겼던 캠핑이 떠올라 미소가 절로 지어졌다.

직원들은 경묵이 구입한 캠핑용품들을 경묵의 트럭으로 나르기 시작했다.

경묵은 환한 웃음을 머금은 채로 서은과 함께 캠핑용품점 밖으로 걸음을 옮겼다.

차 안에서 잠깐 기다리자, 계산을 도와준 직원이 운전석 창문을 두드렸다.

경묵이 창문을 내리자 직원이 밝은 웃음을 지어보이며 말했다.

"사장님, 물건 다 실어드렸습니다."

"아, 예. 감사합니다!"

이윽고, 경묵은 분명 좋은 추억이 될 것 같다는 확신을 품은 채로 다시 시동을 걸었다.

산정호수 부근은 던전이 3곳이나 발발하기 전에는 제법 괜찮은 관광 유원지였다고 한다.

그러나 지금의 산정호수는 관광객들의 발이 끊긴 탓인지, 마치 호수가 숨을 멈춘 것 같은 고요함만이 맴돌고 있었다.

주인 없는 건물들과 비어있는 유원지, 마치 폐허같은 모습을 하고 있었다.

아직까지도 가끔씩 호수 표면에 낚시 바늘을 깊숙하게 찔러 넣는 이들이 있기는 했다지만 그런 이들 모두가 각성자들이었다.

경묵이네 북경각 푸드 트럭이 산정호수 유원지 인근 공터에 멈춰 섰다.

아직 새벽안개가 가시지 않은 이른 시간이었다.

자욱한 안개 탓인지 괜스레 스산한 느낌이 드는 것 같기도 하였다.

이윽고, 멈춰선 트럭의 양쪽 문이 열리더니 경묵과 정혁 그리고 서은이 트럭에서 위풍당당한 모습으로 내려섰다.

"자, 시작해볼까요?"

경묵이 말을 마침과 동시에 손뼉을 한 번 세게 치자, 모두 영업 준비를 시작했다.

푸드 트럭 짐칸 옆면이 날개처럼 열리며 주방 칸이 모습을 드러냈다.

정혁과 서은은 일사분란하게 움직여 테이블을 준비해 두었고, 경묵은 식재료 밑 작업을 시작했다.

탁탁탁탁탁탁-

경묵의 칼과 도마가 일정한 박자로 부딪히고 있었다.

일사분란한 소리에 맞추어 야채들이 도마 위에 너저분하게 흩어지기 시작했다.

호수 너머에서는 해가 떠오르고 있었고, 고요한 산정호수에 '경묵이네 북경각' 이 분주하게 움직이는 소리가 울려 퍼지고 있었다.

세 사람은 금세 영업 준비를 마쳤다.

오늘 영업은 아침 10시에 시작될 예정이었으니, 시작까지는 아직 2시간이나 남은 셈이었다.

영업 종료시간을 지정을 해두기는 하였으나, 사실상 평소와 마찬가지로 오늘 분량의 식재료가 떨어지는 때가 곧 영업 종료시간이었다.

이미 버프요리 판매에 대한 대대적인 홍보 역시 마쳐둔 상태였다.

'각성자 협회' 의 도움 덕분에 공식 홈페이지 메인화면에도 작게 배너를 실을 수 있었고, 서은이 운영하는 '엘릭서샵' 인터넷 홈페이지에도 며칠 간 크게 광고를 해 둔 상태였다.

뿐만 아니라 자체적으로 운영 중인 블로그와 SNS에도 홍보를 마친 상태였다.

경묵은 몸을 푸는 듯 한쪽 어깨에 손을 올린 후 팔을 빙빙 돌려대며 주방 칸에서 내려왔다.

"흠…… 오늘 장사 좀 잘 될까요?"

경묵이 살짝 걱정스러운 듯 묻자, 정혁이 귀찮다는 듯 답했다.

"야, 언제 안 된 적이나 있었냐?"

"그래요, 경묵씨. 걱정 말아요."

그 때, 경묵이 정혁 모르게 서은에게 눈짓을 한 번 해보이자 서은이 고개를 끄덕여보였다.

"큼, 흠……."

경묵은 헛기침을 한 번 해보고는 정혁이 앉은 의자 주변을 한 바퀴돌고는 다시 입을 뗐다.

"형, 오늘 아침식사는 형이 집도하시는 것이 어떻겠습니까?"

"뭐? 갑자기 왜?"

경묵이 어깨를 한 번 들썩여 보이며 정혁에게 물었다.

"원래 북경각에서 일 할 때는 번갈아가면서 했었잖아요. 형 집에서 간단하게 끼니 해결하실 때 외에는 따로 팬 잡으실 일도 없잖아요."

"그건 그렇지."

정혁이 고개를 끄덕이며 대답하자 경묵이 말을 이었다.

"스승님, 오랜만에 주방에 재림하셔서 저와 서은씨의 미각에 감동을 선사해주실 의향은 없으신 겁니까?"

사실 정혁은 '경묵이네 북경각'의 영업개시 이후로는 제대로 된 주방에서 팬을 잡아본 적이 한 번도 없었다.

게을러서나 의욕이 없어서가 아니라 여건이 뒷받침을 해주지 않았다.

첫날 이후로 정혁의 업무는 자연스럽게 서빙이 된 것이다.

사실 정혁은 주방 안에 들어가고 싶은 마음이 하늘을 찌를 것 같았지만, 때가 되면 경묵이 알아서 조율을 해주리라는 생각으로 불평 한 마디 하지 않고 기다리고 있었다.

"그럼 스승님이 한 번 보여줘?"

정혁은 잔뜩 너스레를 떨며 경묵에게 답하자, 서은 역시 한 마디 거들었다.

"오! 저도 정혁씨 요리를 맛볼 수 있는 거예요? 이거 영광인데요?"

정혁은 기다렸다는 듯 주방 칸으로 걸음을 옮기며 두 사람에게 말했다.

"그럼 내가 나의 출중한 실력을 한 번 보여주도록 하마, 서은씨도 잘 봐요!"

정혁은 주방 칸에 올라서서 오랜만에 팬 손잡이를 쥐어보자 가슴이 조금 설레는 것 같은 느낌을 받았다.

사실 되도록 주방 칸 근처에도 오지 않으려 노력했다.

혹시라도 자신이 경묵에게 주방에 들어가고 싶어 하는 모습을 보인다면, 안 그래도 바쁜 경묵이 괜히 자신에게 신경을 쓰지는 않을까 걱정한 탓이었다.

어쨌든, 오랜만에 들어온 주방은 정말이지 감회가 새로웠다.

숨을 한 번 크게 들이쉰 정혁은 트럭 주방 칸에 마련된 간이 냉장고 문을 열어 젖혔다.

정혁은 쭈그려앉은 채로 냉장고를 안을 들여다보며 아침 식사 메뉴를 정하기 시작했다.

'어디보자……. 계란도 있고……. 파도 있고…….'

그 때, 경묵이 트럭 바로 앞까지 걸어와서는 정혁을 불렀다.

"형!"

"왜 인마?"

경묵은 정혁에게 미소를 살짝 지어보이고는 말을 이어나갔다.

"이번에 버프요리 판매 마치고나서, 월요일에 인사이동이 있을 예정이에요."

경묵의 말을 들은 정혁이 자리에서 일어나서는 경묵을 바라보며 되물었다.

"뭐? 무슨 소리야?"

"월요일부터는 그렇게 주방 안에서 일하시면 될 것 같아요."

정혁의 입가에 밝은 미소가 떠올랐다.

"야, 그러면 서빙은 누가하고?"

"그건 걱정 안하셔도 돼요."

"뭐야? 사람 구한 거야?"

경묵이 고개를 끄덕여보이고는 정혁에게 밝은 목소리로 말했다.

"네. 믿음직한 친구 한 명 있어요."

정혁이 아침 식사 준비에 열중해있는 동안, 경묵 역시 주방 칸 위로 올라섰다.

한 번에 두 명이 서서 일하기에도 공간이 부족하다는 느낌이 들지 않았다.

경묵은 화구 앞에 서서 짜장을 볶을 준비를 시작했다.

짬뽕이야 그 자리에서 한 번에 10인분 11인분씩 볶아내면 그만이라지만, 짜장은 미리 볶아둔 것을 밥통에 담아둔 후 사용하곤 했다.

경묵은 팬에 식용유를 두른 후, 이계들소 살을 꺼냈다.

원래라면 돼지고기를 사용해야하지만, 가격이 비싼 버프요리인 만큼 좋은 재료를 사용하고 싶은 마음이 들어서였다.

'돼지 같은 몬스터는 없나?'

길게 썰어낸 이계들소 토시살을 기름에 살짝 볶아낸 후 따로 빼 두었다.

원래는 양파가 투명해질 쯤 돼지고기를 함께 볶아내야 했지만, 소고기의 특성상 오래 조리하면 식감이 망가지는 것을 감안한 것 이다.

경묵은 볶아둔 토시살을 인벤토리 안에 넣어두었다.

우선은 지금의 온도와 식감을 유지시키다가, 짜장면이 손님상에 나갈 때 인벤토리에서 꺼내서 고명삼아 올려서 내면 되는 것이었다.

흡족한 듯 웃음을 지어보인 경묵은 팬을 기름으로 한 번 더 코팅시키듯 가열하기 시작했다. 다음 순간, 그 위로 양파를 잔뜩 넣었다.

화아아악─

수분을 머금은 양파가 잔뜩 열이오른 기름에 닿자 한 번 크게 불길이 치솟아 올랐다.

불길이 크게 일었음에도 불구하고 경묵은 아랑곳하지 않고 곧장 천천히 양파를 볶아내기 시작했다.

단 한조각의 양파도 또, 끄트머리 조금이라도 태우지 않으려 부지런히 볶아대고 있었다.

양파가 파도처럼 움직이며 계속해서 뒤섞였다.

국자는 팬 안에 담긴 양파를 앞으로 밀어냈고, 팬 끝은 넘어가려는 양파를 잡아주려는 듯 보였다.

정혁은 양파를 볶아내는 경묵의 모습을 보고 흠칫 놀란 듯 보였다.

'뭐지…?'

그냥 평범하게 서서 짜장 양파를 열심히 볶아대고 있었을 뿐이었는데, 이상하리만큼 위압감이 들었다.

팬을 잡은 한 손과, 국자를 쥔 한 손의 움직임이 그려내는 곡선이 아름다워 보였고, 양파가 떠올랐다가 다시금 팬에 닿으며 나는 음이 너무도 듣기에 좋았다.

정혁은 눈을 한 번 비비고는 다시금 자신의 일에 집중했다.

양파가 투명해질 쯤 까지 볶아낸 경묵은 그 위로 전에 미리 볶아둔 볶음 춘장을 풀어 넣었다.

그리고는 설탕과 후추 소금으로 살짝 간을 한 후에 물과 전분으로 농도를 맞추는 것으로 마무리 지었다.

이 모든 작업들 중 정량화되어있는 것은 아무것도 없었다.

그저 모든 조리과정이 감에 의해 진행되었다.

조리 능력치가 일정을 넘어서고 나자 알고 있던 모든 계량 단위가 쓸모없어졌다.

주방저울에 의지해서 그람(g)을 재가며 조리했던 지난 날과 달리, 지금은 감에 의지하고 있었다.

그리고 경묵의 감은 최고의 맛을 내는데 한몫 단단히 하고 있었다.

경묵은 펄펄 끓고 있는 짜장이 든 팬을 들어 올려서는 안에 든 짜장을 전기밥솥 안으로 쏟아냈다.

모락모락 올라오는 김과 함께 고소하고 달콤한 향이 퍼지고 있었다.

경묵은 쏟아낸 후에도 팬에 살짝 남아있는 짜장을 새끼손가락으로 닦아내듯 찍어서는 입 안으로 옮겼다.

입 안 가득하게 달콤하고 고소한 맛과 향이 퍼졌다.

윤기가 흐르는 연갈색, 적당한 단맛. 딱 자신의 추억 속에 있는 짜장의 맛이었다.

십 수 년 전의 기억을 더듬어서 똑같은 맛을 낸다는 것은 결코 쉬운 일이 아니었다.

가장 크게 도움이 된 것은 갑작스러웠던 미각의 발달이었다.

발달한 미각 덕분에 자신이 조리한 요리를 맛보면 맛볼수록 문제점을 자각할 수 있었다.

어떤 재료와 어떤 조리방식이 어떠한 맛을 내고 있는지를 정확히 알 수 있었다.

아무리 여러 가지 맛이 담겨있어도 아무런 소용이 없었다.

조금만 정신을 집중하면 그 맛을 각각 따로따로 느껴낼수도 있었다.

천천히 그 맛을 따라서 거슬러 올라갈 수도 있었고, 맛

이 아쉽다는 생각이 들 때면 어떻게 했어야하는지를 알
수 있었다.

자신의 혀가 최고의 스승이 된 것이다.

경묵이 쫓아가려 한 맛은 어릴 적에 자주 가던 중국집
의 짜장 맛이다.

어머니 아버지 그리고 경묵. 이렇게 세 식구가 한 지붕
에서 살던 어린 날, 주말이면 가던 동네의 허름한 중국집.

'다복정.'

특별한 맛은 아니었지만, 지금 와서 생각해보아도 참으
로 깔끔한 맛이 분명했다.

'다복정'의 짜장 맛이 딱 지금의 경묵이 볶아낸 짜장과
같은 맛이었다.

그때의 짜장 맛이 평생을 그리워할 맛이 된 것이다.

그리고 경묵은 그 맛을 그려낸 것이다.

"자 오늘도 장 맛 좋고요~"

경묵은 콧노래를 부르며 개수대에서 방금 사용한 팬을
씻어내기 시작했다.

팬을 깨끗하게 씻어내고 물기를 닦아낸 다음 빈 화구
위에 올려두었다.

마침 정혁도 아침식사준비를 마친 것인지, 접시에 갓
볶아낸 밥을 옮겨 담고 있었다.

"뭐야, 형? 설마 아침부터 볶음밥이에요?"

"야, 아침부터든 점심부터든, 오랜만에 갓 볶은 짜장 맛 좀 보자."

고슬고슬한 밥알이 사이사이 품고 있던 열기를 뿜어내고 있었다.

정혁은 방금 접시로 옮겨 담은 밥 위로 짜장 한 국자를 천천히 뿌려냈다.

접시에 담긴 볶음밥을 바라보던 경묵은 저도 모르게 침을 한 번 삼켜냈다.

꿀꺽-

"맛은 있겠네요."

들어간 듯 보이는 재료라고는 듬성듬성 보이는 잘 볶아진 계란과, 잘게 썰어서 넣은 대파와 당근이 전부였다.

그 위로 완두콩도 몇 개 올려내고, 깨까지 솔솔 뿌리고 나니 보기에도 좋았다.

경묵과 정혁이 볶음밥을 나눠든 채로 주방 칸 아래로 내려왔다.

"와, 맛있겠다."

"중식요리의 대부 2명이 콜라보레이션으로 만든 볶음밥이에요. 맛있게 먹어요."

정혁이 숟가락을 집어 들며 서은에게 말했다.

이윽고 테이블 하나에 둘러앉은 세 사람이 아침 식사를 시작했다.

경묵은 우선 짜장이 묻지 않은 부분을 한 술 떠서는 육안으로 먼저 살펴보았다.

적당하게 볶아진 밥알과 적당하게 볶아진 채 밥알과 촘촘하게 얽혀있는 계란.

입 안에 침이 절로 고였다. 경묵은 천천히 볶음밥이 담긴 숟가락을 입가로 옮기기 시작했다.

숟갈을 입 안에 넣은 순간, 밥알들이 입 안에 흩어졌다.

가장 처음에는 고소한 향과 맛이 느껴졌고, 그 다음에는 계란의 담백하고 부드러운 맛이 혀에 맴돌았다.

조금 느끼하다싶은 순간이면 적절하게 잘게 썰린 파가 씹히곤 했다.

그럼 그 순간, 매콤한 맛이 천천히 새나와 달래주었다.

경묵은 한참을 씹다가 맛있다는 말을 하려 정혁을 바라보았다.

그런데, 정혁과 서은 두 사람 모두 숟가락을 놓은 채 경묵을 바라보고 있는 것이 아닌가? 경묵이 두 사람을 바라보며 물었다.

"왜요?"

"어때요?"

서은이 묻자, 정혁이 긴장한 듯 침을 한 번 삼켜냈다.

경묵은 숟가락으로 밥 위에 뿌려진 짜장을 한 쪽으로 밀어내며 말했다.

"맛있는데요? 얼른 먹어요. 식으면 맛없어요."

"알았어요, 정혁씨도 얼른 드세요!"

정혁은 맛있다는 말을 듣고 나서야 안도한 듯 숟가락을 다시 손에 쥐었다.

세 사람은 식사를 마친 후에 한참동안 쉬는 시간을 가졌다.

정혁은 트럭 조수석에서 잠시 눈을 붙이고 있었고, 경묵은 테이블 앞에 앉아서 핸드폰을 매만지고 있었다.

서은은 트럭 운전석 뒤편에서 블랙보드에 적힌 메뉴의 가격들을 지워내고 다시 채워나가기 시작했다.

"어디보자······."

──────────────────────────

'경묵이네 북경각'

일류 버프 요리 판매.

짜장면 - 200,000원

짬뽕 - 200,000원

볶음밥 - 200,000원

사천볶음밥 - 200,000원

인원수대로 시키시면 탕수육+만두 서비스

(전 메뉴 모두 이계들소 고기를 사용합니다.)

※나눠드시면 효과가 떨어집니다.※

※지속시간 : 3시간※

버프효과 1개 선택가능.

민첩+3/ 힘+3/

공격력+2/ 마력+2/

모든 메뉴 기본효과 - 초당 회복력+0.3, 모든 원소저
항+1

포장 됩니다.(인벤토리에 들어갑니다.)

카드는 안 됩니다.

계산 선불입니다.

서은은 완성된 메뉴판을 바라보며 흡족한 듯 고개를 끄
덕여보였다.

처음에는 메뉴 가격을 50만 원으로 통일했었지만 조금
하향조정하기로 했다.

오늘과 내일 사용해야할 핵심재료 몇 가지에 미리 축
복마법을 걸어둔 채 경묵의 인벤토리 안에 넣어 두었
다.

이제 주문을 받는 족족 버프마법을 걸어서 조리를 하면
되는 것이니 완벽히 준비가 끝난 셈이었다.

정혁이 잠에서 덜 깬 눈으로 조수석에서 내려오자, 경
묵이 휴대폰으로 시간을 확인했다.

9시 53분.

어느덧 영업 개시 시간이 코앞이었다.

경묵은 기지개를 한 번 펴보이고는 주방 칸 위로 올라섰다.

서은은 손거울을 보며 얼굴을 한 번 점검하고는, 밝게 웃어 보았다.

많은 인원은 아니었지만 조금씩 사람들이 근처를 오가는 것이 보였다.

모두가 던전으로 향하는 각성자들이거나 던전에서 나온 각성자들일 것이 분명했다.

얼마 지나지 않아 젊은 남자 3명이 푸드 트럭 앞에 섰다.

"저, 영업 합니까?"

오늘의 개시 손님이었다.

서은은 밝게 웃으며 손님들에게 자리를 안내해 주었고, 경묵은 요리를 준비했다.

"중국집치고 조금 비싼데?"

"뭐 어때?"

"그래, 그래. 오늘 우리 팀 버퍼도 없겠다, 아쉬운 대로 이거라도 먹고 가자."

"여기 공격력짬뽕 2개 마력짜장1개 주세요. 탕수육도 주시는 거 맞죠?"

"네, 맞습니다. 인원수대로 시키시면 탕수육하고 만두 드리고 있습니다."

사실 원가를 생각해보면 탕수육이 아니라 금반지를 줘도 이상하지 않았다.

　"오, 좋네. 여기 계산먼저 해야 되죠?"

　옷차림이 가장 허름한 깡마른 민머리 남자가 질문과 동시에 자신의 안주머니에서 지갑을 꺼내 열었다.

　안에 빼곡하게 들어있는 5만 원짜리 지폐를 잘 헤아려서는 서은에게 건넸다.

　750,000원.

　평범한 가게라면 하루 총 매출액이 될 수도 있는 금액.

　오늘 푸드 트럭의 장부 가장 윗줄에 기입될 첫 매출이었다.

　서은은 곧장 뒤 돌아 주방 칸의 경묵에게 외쳤다.

　"경묵씨! 공격력 짬뽕 2개, 마력 짜장 1개에 서비스 해주세요!"

　첫 손님을 시작으로 제법 많은 손님들이 푸드 트럭을 찾고 있었다.

　딱 한 무리가 식사를 마치고 떠나면 또 손님 한 무리가 오는 정도였다.

　딱히 바쁘지도 않았고, 그렇다고 해서 마냥 한가하지도 않았다.

　그렇게 시간을 영업을 계속하던 중, 한 가지 궁금한 것이 생겼다.

'잠깐, 만약 버프를 걸어둔 식재료로 정혁이형이 요리 하면…?'

만약 버프가 걸린 식재료를 각성자가 아닌 일반인이 조리하게 되면 어떻게 되는 것일까?

자신이 버프를 걸어둔 식재료로 정혁이 요리를 한다면?

"형, 안 바쁘면 잠깐 올라와주실 수 있으세요?"

"왜?"

정혁이 푸드 트럭 위로 올라오자 화구 앞에 서있던 경묵이 자리를 비키며 말했다.

"오랜만에 짬뽕 한 번만 볶아주시면 안 돼요?"

"짬뽕? 짬뽕은 갑자기 왜?"

"궁금한 게 있어서 그래요, 많이 말고 한 3인분 정도만 볶아주세요."

정혁은 고개를 한 번 끄덕여보이고는 팬 손잡이를 손에 쥐며 말했다.

"뭐야, 알았어 인마."

무심한 듯 말했지만, 정혁은 팬을 잡는다는 것 자체가 마냥 기분 좋았다.

경묵은 정혁의 옆에 서서 필요한 재료를 미리 준비해주었다.

예전 경묵이 북경각 주방에 처음 취직을 했을 때 경묵

의 부 업무 중 하나는 정혁이 필요한 재료를 눈치껏 준비
해두는 것이었다.

그리고 그것조차 똑바로 하지 못해서 혼나곤 했었던 시
절이 있었다.

그 때 어리바리했던 자신의 모습을 한 번 떠올려보니
괜스레 웃음이 나왔다.

"크큭…."

정혁 역시 그 시절의 생각이 난 것인지 밝은 목소리로
말했다.

"야, 옛날생각 나지 않냐?"

"그러게요, 저도 그때 생각하고 있었는데."

정혁이 고개를 살짝 돌려 경묵을 바라보며 답했다.

"우리 경묵이가 참 잘 컸어, 이렇게 형님도 먹여살려주
고."

말을 하는 순간에도 손은 절대 멈추지 않고 야채들을
볶아내고 있었다.

두 사람이 옛날이야기를 나누며 한참을 웃자, 바깥에
있던 서은이 궁금한 듯 바라보며 물었다.

"대체 무슨 이야기해요?"

경묵은 눈가에 고인 눈물을 훔쳐내며 서은에게 말했
다.

"옛날이야기 하고 있었어요, 옛날이야기."

정혁은 잘 볶아낸 야채 위로 고춧가루를 뿌리고 또 한참을 볶아낸 후에, 팬 안에 끓는 물을 부어넣고 마지막으로 한 번 더 팔팔 끓여냈다.

정혁은 국자로 짬뽕 국물을 뒤적거리다가 경묵을 바라보며 말했다.

"자, 완성."

척 보기에도 먹음직스러워 보이는 짬뽕이었다.

"오, 맛있겠는데요? 과연 몸에도 좋을지 한 번 봅시다."

"응?"

경묵은 선반에서 짬뽕그릇을 하나 꺼내 짬뽕 국물을 옮겨 담기 시작했다.

그릇에 담긴 국물 위에 부추와 메추리알을 고명으로 올리고는 들고 내려왔다.

경묵이 테이블 위에 그릇을 하나 올려두자 서은이 다가오며 물었다.

"그게 뭐에요?"

"정혁이형이 볶은 짬뽕이에요."

"짬뽕? 오늘 점심은 짬뽕이에요?"

"그렇기도 하고, 버프를 걸어둔 식재료로 조리한 거거든요."

그 말을 들은 서은의 눈이 번뜩였다.

"버프를 걸어둔 식재료로, 정혁씨가 조리한 거라고요?"

"네, 맞아요."

"와! 왜 그 생각을 못했지? 그런데 그렇게 조리해도 버프가 걸려요?"

"아직 어떻게 될지 몰라요, 이제 한 번 확인해 보려고요."

경묵은 쉼 호흡을 한 번 한 후에 정혁이 볶아낸 짬뽕을 바라보며 속으로 되뇌었다.

'옵션.'

[짬뽕]

이윽고 경묵의 눈앞에 정혁이 볶아낸 짬뽕의 옵션이 나타났다.

경묵은 자신의 눈앞에 나타난 상태 창을 천천히 읽어 내리기 시작했다.

정혁은 주방 칸에서 허공을 바라보는 경묵을 지켜보고 있었다.

"왜 그러는데?"

"잠시 만요, 형."

꿀꺽―

경묵의 진지한 대답에 정혁은 침을 한 번 삼켜냈다.

――――――――――――――――――――――――

[짬뽕]

등급 : 일반

설명 : 정성껏 조리한 짬뽕 국물.

사용효과 : 초당 회복력+0.3 / 모든 원소저항+1 (지속
시간: 3시간)

정혁이 조리한 짬뽕 안에는 경묵이 걸어둔 [축복]의 효
과가 고스란히 담겨있었다.

사용 효과를 관찰한 경묵이 큰 소리로 외쳤다.

"이야!"

정혁의 입장에서는 통 이해할 수가 없는 상황이었다.
정혁이 보기에는 그저 짬뽕을 진지한 눈빛으로 바라보다
가 환호성을 지르는 꼴이었다.

서은 역시 눈앞의 상태 창을 읽고 있는 것인지 점점 입
꼬리가 올라가기 시작했다.

서은의 표정변화를 눈치 챈 경묵이 서은을 바라보며 물
었다.

"서은씨! 사용효과 보여요? 보이죠?"

"네……. 잘 보이네요!"

영문도 모른 채 두 사람을 지켜보던 정혁이 걱정스러운
듯 두 사람을 바라보며 물었다.

"왜 그래? 뭐 있어?"

그리고는 불안한 눈빛으로 자신이 만든 짬뽕 국물을 한
번 살펴보았다.

육안으로 살펴보기에는 자신이 늘 볶아내던 평범한 짬뽕과 다를 바가 없어보였다.

경묵은 옆에 짬뽕에서 시선을 거두지 못하고 있는 정혁을 꽉 끌어안으며 소리쳤다.

"형, 성공이에요!"

"뭐가?"

경묵은 정혁을 더 꽉 끌어안으며 격양된 목소리로 외쳤다.

"형이 방금 볶은 짬뽕에 버프효과가 붙어있어요!"

"뭐……?"

정혁은 경묵에게 안긴 채로 믿기지 않는다는 듯 테이블에 양 손을 올려두고는 자신이 조리한 짬뽕국물을 넋 놓고 바라보았다.

아무리 뚫어져라 쳐다본다고 한들 정혁의 눈앞에 상태창이 보일리가 만무했다.

"것 참, 나는 뭐가 뭔지 알 수가 있어야지."

딱딱한 말과 달리 정혁의 입 꼬리는 연신 경련하듯 씰룩대고 있었다.

투덜거리는 듯 보였지만. 사실 정혁은 새어나오려는 웃음을 꾹 누르느라 정신이 없었다.

"그래도 어쨌든 나도 음식에 버프효과라는 것을 담아낼 수 있다 이거네……? 맞지?"

"그래요, 정혁씨! 축하드려요!"

"형, 이거 이렇게 됐으니 북경각의 주방장 자리는 누가 될지 모르겠는데요?"

서은 역시 밝게 웃으며 정혁에게 진심어린 축하의 말을 건넸다.

정혁은 실감하지 못하는 것인지 연신 떨떠름한 표정을 짓다가 웃음을 지어보였다.

그렇게 한참을 넋 놓고 있던 정혁은 그제야 경묵의 어깨에 자신의 두꺼운 팔을 두르고는 장난스러운 어투로 말했다.

"야, 인마! 주방장은 당연히 나지! 너는 사장님이고!"

"그래요, 그래. 난 사장님도 좋고 주방장도 좋으니까 아무거나 할 게요."

이로서 중요한 것은 오로지 '버프가 걸린 식재료'라는 사실이 검증되었다.

상위 등급의 버프가 걸려있는 식재료라고 하더라도 누가 조리하든 상관없이 쏠쏠한 버프효과가 담긴다는 것..

이 또한 어떻게든 활용할 수 있는 여지가 있는 고급정보였다.

아니, 어쩌면 어딘가에서는 이미 활용되고 있을 지도 모르는 노릇이었다.

정혁 역시 버프요리의 조리가 가능하다는 것을 알고 나니, 다른 욕심이 생겨났다.

설령 정혁이 아닌 누구더라도 할 수 있는 것이라고 해도 상관이 없었다.

경묵이 생각하는 자신의 사람은 오로지 정혁이었다.

비록 위험이 따른다지만 정혁을 강화하고 싶다는 욕심이 들었다.

정혁을 강화시켜서 새로운 능력을 부여하고만 싶었다.

물론 경묵은 아직 강화를 할 때마다 어떤 효과가 부여되는지는 잘 모르고 있었다.

사실 잘 모르는 정도가 아니라 무지한이라 해도 과언이 아니었다.

자신이 받은 효과를 정혁 역시 받을지 아닐지에 대해서도 잘 모르는 실정이었다.

하지만 고작 2번의 강화만으로도 대단한 변화를 얻어내지 않았던가?

육체 강화가 정혁에게는 어떠한 변화를 안겨줄 지는 미지수였다.

아직은 확신이 서지 않았지만, 분명 자신의 능력이 정혁에게 도움이 될 방법이 있을 것이라는 추측을 하고 있었다.

확실히 산정호수의 영업은 한강공원에서의 영업보다는 여유가 가득했다.

발 딛을 틈 없이 몰려들던 손님들이 그리워지는 것 같은 기분이 들었다.

"하아아암……."

입을 쫙 벌리고 하품을 한 경묵은 주위를 한 번 둘러보았다.

점심시간까지만 해도 제법 바빴던 것 같은데, 조금 지나고나니 손님들 발길이 끊겼다.

경묵은 은연중에 오늘 영업이 거의 끝난 것 같다는 예감이 들었다.

파리가 날리기에는 아직 날이 선선해서 다행이라는 생각이 들 정도였다.

아마 여름이었다면 파리 한 두 마리쯤 날아다니는 광경을 목격했을 수도 있었을 것이라는 생각이 들었다.

한가한 것도 한가한 것 이었지만, 점심을 먹고 나니 피로가 더욱 배가된 듯 했다.

솔솔 불어오는 강바람에 따뜻하게 내려쬐는 햇빛과 포만감에 눈꺼풀은 점점 무겁게만 느껴졌다.

경묵이 잠을 떨쳐내려 고개를 마구 휘젓다가 주위를 둘

러보니 서은은 의자에 앉아 팔짱을 낀 채 고개를 숙이고 졸고 있었고, 정혁은 트럭 주방 칸 위에서 플라스틱 통을 깔고 앉아 벽에 등을 기댄 채 잠들어 있었다.

"아이고, 다들 숙면중이시네. 어쩐지 조용하다 했지."

경묵은 기지개를 한 번 펴보이고는 아직 정리되지 않은 테이블들을 치우기 시작했다.

물론, 서은과 정혁이 해야 하는 일이었지만 경묵은 전혀 개의치 않고 있었다.

간밤의 일정이 두 사람에게는 고된 듯 보였다.

세 사람은 아침 일찍 산정호수에 도착해서 영업 준비를 해두기 위해 해가 뜨기도 전에 모여서 출발해야했다.

어제 영업이 끝난 후로 몇 시간 제대로 쉬지도 못하고 출발을 하게 된 것이다.

경묵은 콧노래를 부르며 천천히 접시들을 모아 주방 칸 앞의 선반에 올려두고, 물수건으로 테이블 위를 깨끗하게 닦아내기 시작했다.

그러던 중, 테이블 위에 놓인 검은색라이터가 경묵의 눈에 들어왔다.

경묵은 물기를 잔뜩 머금은 물수건을 테이블 옆에 대충 던져놓고는 라이터를 살펴보았다.

무광 검정색, 끄트머리에는 금색 테두리가 둘러져있었다.

"어디보자, 듀……폰?!"

라이터 하단에 쓰여 있는 로고를 천천히 읽어보니 익히 들어본 브랜드의 제품이라는 것을 알 수 있었다.

거의 모든 애연가들이 갖고 싶어 하는 명품 라이터였다.

'정말 퐁 하는 소리가 나려나?'

경묵은 천천히 엄지손가락으로 라이터 상단 부를 밀어 젖혔다.

다음 순간, 라이터의 뚜껑이 열리며 청량한 소리가 귓가를 간지럼 태우듯 울려퍼졌다.

퐁-!

다들 좋다 좋다 해서 그런 것인지는 몰라도, 정말 듣기에 좋은 소리임이 분명했다.

경묵은 입가에 미소를 잔뜩 머금은 채 라이터 뚜껑을 몇 번을 열고 닫았다.

퐁-! 퐁-! 퐁-!

제법 듣기 좋은 소리가 분명했다.

물론 그렇다고 수십, 혹은 수백만 원을 주고 살만큼 대단한 물건은 아니라는 생각이 들었다.

경묵은 손에 들린 라이터를 한 번 유심히 살핀 후 자신의 바지 주머니 안에 대충 쑤셔 넣어 두었다.

우선 주머니에 넣어둔 후, 혹시라도 찾으러 온다면 돌

려주고 아니거든 시간이 날 때마다 담배를 태워대는 정혁에게 줄 생각이었다.

경묵은 콧노래를 부르며 상 위를 천천히 닦아내기 시작했다.

간략하게 정리를 마친 경묵은 트럭의 옆문을 세게 두드리며 외쳤다.

쾅─쾅!

"자, 기상! 기상!"

갑작스러운 큰 소리에 두 사람이 잠에서 덜 깬 눈으로 경묵을 바라보았다.

정혁은 손등으로 자신의 입가를 한 번 훔쳐내고는 양손으로 눈을 연신 비벼대고 있었다. 경묵은 그런 정혁을 바라보며 한숨을 쉬며 고개를 한 번 저어보이고는 말했다.

"오늘 영업 여기서 접죠. 어차피 더 와봤자 한 두 팀일 것 같고……."

"벌써?"

정혁이 여전히 잠에서 덜 깬 말투로 끼어들며 되물었다. 경묵은 고개를 끄덕이며 다시 한 번 손에 쥔 핸드폰을 내려다보았다.

"아마 오늘 손님이 여기서 끊길 것 같아요, 보통 저녁에 던전 공략을 시작하는 팀은 없으니까요."

서은이 고개를 끄덕이며 답했다.

"그건 그렇죠, 그래도 조금 기다리면 아침에 들어간 손님들을 받을 수는 있을 텐데……."

경묵은 고개를 저어보이며 서은에게 답했다. "아니에요, 한 두 팀 더 받자고 이렇게 가만히 앉아서 기다리고 있으니 이왕 여기까지 온 거 우리도 놀러온 기분 좀 내보는 게 어때요?"

경묵은 양 손뼉을 세차게 마주쳐 보이고는, 두 사람에게 말했다.

"자, 서은 씨는 홀 마감 좀 해주시고 정혁이형은 저 대신 주방 마감 좀 해주세요."

"뭐? 내가?"

"그래요, 형도 명백히 따져보자면 주방 직원이잖아요."

정혁은 마지못해 고개를 끄덕이며 경묵에게 물었다.

"너는?"

"저는 지금 할 일이 조금 있어서요."

정혁이 고개를 저으며 주방 칸 위로 올라서자 경묵이 외치듯 말했다.

"자, 그럼 다들 열심히 해주세요!"

경묵은 곧장 전망이 좋은 자리를 찾기 위해 주변을 둘러보기 시작했다.

마무리 작업을 두 사람에게 맡긴 것은, 호수가 한 눈에 보이는 곳에 어제 사둔 캠핑용품들을 미리 설치해두기 위함이었다.

호수가 한 눈에 보이는 전망 좋은 자리를 찾은 경묵은 인벤토리를 열었다.

인벤토리 안에는 어제 구입한 캠핑용품들이 들어있는 박스가 들어있었다.

상점 기능을 이용하여 구입한 박스안에 캠핑용품을 일일이 나눠서 담아둔 것이다.

하나씩 하나씩 꺼내다보니 이것도 조금은 귀찮다는 생각이 들었다.

'차라리 상점에서 컨테이너 박스를 하나 사버릴까?'

우선 경묵은 바비큐 그릴을 잘 세워둔 후에 불만 붙이면 바로 조리를 할 수 있도록 준비를 해 두었다. 그릴 밑에 번개탄을 넣어 두었고, 의자와 테이블을 잘 펴서 세워두었다.

시간이 조금 지나면 강바람이 제법 차게 느껴질 수도 있을 것 같다는 생각에 난로를 켜서 자리를 데우기 시작했고, 랜턴도 켜서 손이 닿는 나뭇가지에 걸어 두었다.

이것으로 전반적인 준비는 마친 상태였다.

경묵은 어제 함께 구입한 토치가 작동이 되는지를 시험해보기 위해 한 번 켜보았다.

탁-

'어라?'

탁, 탁—

토치의 스위치를 아무리 눌러 보아도 불이 켜질 생각을 하지 않았다.

가스 나오는 소리는 들리는 것으로 아마도 안에 내장된 부싯돌이 고장난 것 같았다.

그 때, 경묵은 손님이 흘리고 간 명품 라이터가 생각났다.

주머니에 든 라이터를 꺼내서 뚜껑을 열어 젖혔다.

퐁—!

다시 한 번 경쾌한 음이 울려 퍼진 후, 경묵은 먼저 라이터의 불을 켜 보았다.

라이터 끝에 붙어있는 불이 바람에 살짝 살짝 흔들렸다.

경묵이 토치를 가져다대고 토치 스위치를 누르기 직전이었다.

"…세요…."

불 안에서 누군가가 자신에게 말을 하는 것 같다는 느낌이 들었다.

"뭐야…?"

"……."

아무런 소리도 들리지 않자, 경묵은 다시금 토치의 주둥이를 불꽃 가까이에 가져다댔다.

그 때, 라이터의 작은 불꽃 안에서 다시 한 번 소리가
들려왔다.

"안…녕 하…세요?"

"뭐야!"

갑작스럽게 들려온 소리에 소스라치게 놀란 경묵은 라
이터를 떨어트렸다.

경묵은 다시 한 번 조심스럽게 떨어진 라이터 가까이에
다가서서는 라이터를 관찰하기 시작했다.

'옵션!'

이윽고 눈앞에 방금까지 손에 쥐고 있던 기이한 라이터
의 옵션이 나타났다.

[듀폰 라이터 16884]

등급 : 일반

설명 : 뚜껑을 열 때 듣기 좋은 소리가 나는 라이터.

눈앞에 나타난 상태 창을 몇 번이고 읽어봤지만, 라이
터에는 특수한 옵션이 없었다.

경묵은 침을 한 번 삼켜내고는 라이터를 다시 주워들었
다.

뚜껑을 열지 않은 채로 귀에 가져다대보았지만 아무런
소리도 들리지 않았다.

경묵은 다시 한 번 라이터의 뚜껑을 열어젖히고, 부싯돌을 넘기며 불을 켜 보았다.

틱-틱-

다시금 호리호리한 불꽃이 라이터 끝에 솟아났다.

경묵은 침을 한 번 삼켜내고는 라이터 끝에 맺힌 불꽃을 뚫어져라 쳐다보았다.

들리던 목소리는 들려오지 않고 있었다.

하지만, 절대로 잘못들은 것 같지는 않았다.

아직도 불꽃 속에서 들려오던 어린아이의 음성이 귓가에 맺혀있는 듯 생생했다.

그렇게 정적도 잠시, 다시금 불꽃이 경묵에게 말을 걸었다.

"안…녕…하세……요?"

경묵은 숨을 한 번 고른 후에, 대답을 해 주려 마음먹었다.

"그래, 안녕? 넌 누구니?"

"……저……는……."

불꽃 안에서 들려오는 음성은 불꽃이 움직일 때마다 끊어지고 있었다.

"응?"

"불을… 키…워 주……세……."

경묵은 여전히 라이터 끝에서 넘실거리는 불꽃을 하염

없이 바라보고 있었지만, 아무런 소리도 들려오지 않았다.

'뭐지? 불을 키워달라는 건가?'

경묵은 반대편 손에 쥐고 있던 토치의 주둥이를 라이터에 가져다대고 다시금 스위치를 눌렀다.

화아아악-

토치 안에서 나온 가스가 라이터 끝에 맺혀있던 불꽃을 만나며 제법 강한 불길을 일으켰다.

경묵은 토치 발화 스위치에서 손가락을 떼지 않은 채 일렁이는 불꽃을 하염없이 바라보았다. 이윽고, 불꽃 속에서 어린아이의 음성이 들려왔다.

"감사합니다, 이제야 살 것 같네요. 좁고 답답해서 죽는 줄 알았어요."

경묵은 그제야 자신이 강화를 거치며 얻었던 '불의 힘'이 떠올랐다.

"감사합니다, 이제야 살 것 같네요. 좁고 답답해서 죽는 줄 알았어요."

경묵은 그제야 자신이 강화를 거치며 얻었던 '불의 힘'이 떠올랐다.

불꽃은 다시금 경묵에게 물었다.

"죄송하지만, 잠깐 밖으로 나가봐도 될까요?"

"응? 응……."

어안이 벙벙해진 경묵이 마지못해 대답하자, 불꽃 속에서 구슬만한 크기의 동그라미가 천천히 모습을 드러냈다.

구슬만한 크기의 붉은 색 동그라미는 자유롭게 경묵 주변을 맴돌다가 경묵의 손 근처에 멈춰섰다.

"하, 바깥세상은 정말 신기하네요."

경묵은 갑작스럽게 펼쳐진 상황에 아무런 말도 하지 못하고 서있었다.

자신의 손 근처에서 조잘거리는 붉은 구슬을 손에 쥐어보려 움직이자, 구슬은 빠르게 경묵의 손이 닿지 않는 곳으로 벗어났다.

"헤헤헤, 반가워요. 저는 불의 정령이에요."

모르긴 몰라도, 자신을 불의 정령이라 소개한 구슬의 목소리는 들을수록 기분이 좋아지는 목소리였다.

하는 짓도, 목소리도 제법 귀여운 것이 이상하게 소유욕을 자극했다.

"사실 몇 번이나 불 속에서 주인님을 훔쳐보았지만 말을 걸 수가 없었어요."

"주인님? 날 훔쳐봤다고?"

경묵이 놀라 되물었지만, 정령은 생각 외로 너무나 초연하게 답했다.

"네, 저는 주인님의 불의 정령이에요."

"나의?"

"네, 저는 주인님의 불의 정령."

그리고는 다시 한 번 아름다운 궤적을 그리며 주변을 맴돌았다.

그 모습이 마치 애교를 부리는 것 같아 보기 좋았다.

"저희는 계약을 해야 해요."

"계약?"

"네, 제가 주인님의 정령이고 저의 주인이 주인님이라는 것을 증명하기 위한 계약이에요."

"증명? 누구한테?"

"우선은 우리 서로에게, 그리고……."

경묵은 정령을 바라보며 천천히 대답을 기다렸다.

"나머지는 정령계의 비밀이라 말씀드릴 수가 없어요."

조금 김이 빠지긴 했지만, 말하는 것이 녀석에게는 직무유기나 다름없을 테니 더 이상 묻지 않기로 결심했다.

경묵이 의외로 순순히 고개를 끄덕이자, 정령은 수줍은 것 같은 목소리로 말을 덧붙였다.

"하지만, 저희가 조금 친해지면 말씀드릴지도 몰라요. 원래는 말해선 안 되는 것이지만요."

경묵은 우선 조금 더 이성적으로 생각을 해보기로 했다.

저번 강화 사건 이후로 도진 의심병일 수도 있지만, 어떠한 이점이 있고 또 어떠한 단점이 있는지를 한 번 들어볼 생각이었다.

'자고로 계약이건 약속이건 함부로 했다간 크게 후회할지도 모른다 이거지!'

경묵은 음흉한 미소를 한 번 지어보이고는 불의 정령에게 물었다.

"그런데, 이름이 뭐야?"

마치 어린아이를 대하듯 의식적인 친절함이 잔뜩 묻은 목소리였다.

아마 정혁이 이 광경을 본다면 적어도 3년 치 놀림감은 될 것이라고 생각하고 있었다.

"아직 없어요, 제 이름은 주인님이 지어주셔야 해요."

"그래, 그럼 우선은 '정령'이라고 부를게. 정령아, 내가 너와 약속을 하면 어떤 이점이 생기고 또 어떤 제약이 생기는지를 먼저 말해줬으면 하는데?"

경묵이 침착하게 묻자, 정령은 다시금 경묵의 손바닥 위에 내려앉았다.

다시금 귀여운 남자아이의 목소리가 경묵의 귓가를 간지럼 태웠다.

"이점은 많지만 제약이랄 것은 없어요."

"뭐?"

너무도 달콤한 제안이었다.

'아무런 제약도 없는데 나를 주인으로 섬기겠다고?'

경묵은 좀처럼 의심을 떨쳐낼 수가 없었다.

그런 경묵의 속을 아는지 모르는지 정령은 경묵의 몸 주변을 천천히 날아다니고 있었다.

그 모습이 너무도 천진난만해 보이는 탓에 자신의 의심에 대해 괜한 죄책감이 들 지경이었다.

"그럼 어떤 이점이 있는지 간략하게 말해줄 수 있어?"

"물론이죠. 음, 우선 첫 번째는 말이죠……."

정령은 계약을 했을 시의 이점에 대해서 설명하기 시작했다.

우선 가장 첫 번째는 마나를 이용해서 불의 세기를 줄였다가 키웠다 할 수 있다는 것이었다.

잘 생각해보면 엄청난 메리트가 있는 셈 이었지만, 생각 외로 많은 마나를 소모해야한다는 사실을 덧붙이는 것으로 미루어보아 생각처럼 자유롭게 사용할 수 있는 능력은 아닌 듯 보였다.

첫 번째 능력에 대해서 장황하게 설명을 마친 정령에게 경묵이 물었다.

"그래, 그럼 다음은?"

"없어요."

너무도 당당하게 대답한 탓에 경묵은 잠시 동안 말을 잇지 못했다.

"없다고? 첫 번째라며? 두 번째 능력도 있는 거 아니야?"

"아직은 없어요."

아직은 이라는 말에 희망을 가진 경묵은 다시금 어린아이를 상대하는 것 같은 어투로 정령에게 물었다.

"그럼, 나중에는 더 생길 수도 있다는 거네?"

"네. 맞아요."

"그래? 그럼 어떤 유형의 힘이 생기는 지는 모르고?"

"네, 아직은 몰라요."

이쯤에서도 경묵의 의심은 쉽사리 거두어지지 않았다.

"그럼 나중에는 제약이 생길 지도 모른다는 거네?"

"주인님."

"응?"

이리 저리 움직이던 정력은 경묵의 눈앞에 딱 멈춰서서는 다시금 입을 뗐다.

"속고만 사셨어요?"

경묵이 무안한 듯 배시시 웃음을 지어보이자 정령은 다시금 말을 이어나갔다.

"아니, 아니. 내가 널 의심하는 게 아니라 그런 능력을 아무런 대가없이 사용한다는 게 조금 마음에 걸려서 그래."

"대가가 없지 않아요."

일순 경묵의 표정이 찡그러졌다.

"아무런 제약도 없다며?"

"대가가 없다고는 말하지 않았어요."

"그래? 좋아. 그럼 어떤 대가를 지불해야하는데?"

살짝 오기가 생긴 것인지 경묵이 신경질적인 목소리로 되물었다.

한 번에 잘 설명 해주면 쉽게, 쉽게 할 수 있는 것을 끝까지 늘어져서 물어야만 대답을 해주는 것이 마음에 들지 않은 것이다.

정령은 다시금 경묵 주변을 선회하며 대답했다.

"저를 키워주시면 돼요."

"키워?"

방금 전의 신경질적인 물음 덕분인지, 이번에는 제법 자세한 설명을 해주었다.

"주인님께서 불과 친밀해지시면 친밀해지실수록 제가 성장해요. 아니면 주인님이 성장을 이룩하셨을 때, 저도 함께 성장을 이룩해요. 반대로 제가 성장하게 되더라도 주인님이 함께 성장하실 수 있어요."

경묵은 녀석이 말하는 성장이 '레벨 업'이라는 것을 알 수 있었다.

녀석의 말을 정리해 보았을 때 알 수 있는 것은 두 가지였다.

첫 번째 경묵이 레벨을 올리면 계약한 정령의 레벨이 오른다.

두 번째 정령이 레벨을 올리면 경묵의 레벨이 오르거나 경험치가 오른다.

이번에는 나름 애써서 자세히 설명한 것 같기는 한데 그래도 설명이 조금 모호한 부분이 있었다.

불과 친밀해진다? 경묵은 다시금 정령에게 되물었다.

"불과 친밀해진다는 게 뭐야?"

"간단해요. 불과 가까운 곳에 계시면 되요. 주인님께서 불의 근처에 오래 있으면 있을수록 저는 더 성장할 수 있어요."

사실 생각해보면 경묵이 요리를 할 때면 자연스레 불과 가까운 곳에 서있게 된다.

경묵은 혹시나 하는 마음으로 정령에게 되물었다.

"그럼, 그냥 요리를 하는 것만으로도 널 성장시켜줄 수 있겠네?"

"네, 맞아요."

"……."

경묵은 정령이 해준 말을 토대로 천천히 생각을 정리해 내가기 시작했다.

잠깐, 그럼? 평소처럼 열심히 요리를 하면 정령이 조금씩 성장하게 된다.

　정령이 성장을 이룩하게 되면 계약되어있는 경묵 역시 함께 성장을 하게 된다.

　그 말은? 요리를 하는 것만으로도 각성자 레벨을 올릴 수 있다는 말이었다.

　경묵을 유혹하기에 충분한 제안이었다.

　"계약은 어떻게 하는 거지?"

　"주인님께서 저를 받아들여주시면 되요."

　받아들인다는 말에 괜스레 온 몸에 소름이 돋았다.

　불의 정령이라는 이름 탓 인걸까?

　이상하게도 갑자기 강화를 하던 때 느꼈던 뜨거움이 떠올랐다.

　"혹시 그 과정이 조금 고통스러운가……?"

　경묵이 소심한 목소리로 되묻자, 경묵의 주위를 천천히 맴돌던 정령이 다시금 경묵의 손등위에 안착했다.

　"헤헤헤, 주인님은 겁이 많으시네요. 아니에요, 아프지 않아요."

　"그래?"

　경묵은 다시 한 번 계약 조건을 꼼꼼히 따져보았지만 적어도 손해는 보지 않는 장사인 듯 보였다.

　이윽고 경묵이 정령에게 말했다.

"좋아, 계약 하도록 하자."

"기다렸어요, 주인님."

손등 위에 있던 정령이 경묵의 손을 따라 또르르 구르기 시작했다.

천천히 구르더니 약지 손가락 첫 번째 마디에 멈춰선 정령은 천천히 경묵의 손가락 안으로 스며들기 시작했다.

아프기는커녕 아무런 느낌도 들지 않았다.

이윽고 옅은 빛이 경묵의 약지 손가락을 감쌌다가, 자취를 감추었다.

"아! 이게 뭐야?"

경묵의 약지 손가락 첫 번째 마디 위에 문신 같은 자국이 생겨났다.

구슬 같던 정령의 모습을 그대로 빼다 박은 자국이었다.

손가락으로 아무리 문질러 봐도 지워질 생각은커녕, 살이 붉게 달아오르는 탓에 색이 더 선명해지는 것처럼만 보였다.

그 때, 경묵의 귓가에 다시금 듣기 좋은 정령의 목소리가 울려 퍼지는 듯 했다.

– 주인님.

"어라, 뭐야?"

– 이제 주인님께서 저를 필요로 하실 때에는, 불을 키시면 돼요. 어떠한 불도 상관이 없어요.

경묵은 정령이 한 말의 의도를 이해할 수 있었다.

불을 키면 된다.

라이터든 가스레인지든 불을 켠 다음 녀석이 안에서 밖으로 나오면 되는 것이니 아무런 문제될 것이 없었다.

그런데 손가락 위에 남은 문양 탓에 괜히 찝찝한 기분이 들었다.

"이건 어떻게 못해?"

– 네, 그게 저와 주인님이 한 계약의 증표인 걸요?

"그래? 쩝⋯⋯."

아쉬운 마음에 손가락 위를 문지르던 경묵이 이내 체념했다.

어쨌든 굉장히 만족스러운 조건임에는 변함이 없었다.

요리를 하는 것만으로 각성자 레벨을 올릴 수 있다니, 앞으로는 요리에 전념하며 필요한 식재료가 있을 때에만 던전을 드나들면 되는 것 이다.

그리고 사실 만족스러운 데는 이유가 하나 더 있었다.

"혼자 운전 할 때 부르면 안 심심하겠는데?"

네비게이션과 대화를 나누는 사람도 있다던데, 정령을 불러서 노닥거리면 제법 심심하지 않게 시간을 보낼 수 있을 것 같았다.

외로움도 달래고, 정령과 친밀함도 쌓고 말 그대로 일석이조인 셈이었다.

경묵의 말을 제대로 듣지 못한 정령이 경묵에게 되물었다.

- 네? 뭐라고요?

이내 경묵은 음흉한 미소를 지으며 손사래를 쳐 보였다.

"아니야, 아니야. 이제 돌아가서 쉬고 있으라고."

- 알겠어요, 주인님, 저…… 그런데…….

"응?"

- 제 이름 지어주시면 안 될까요?

경묵은 잠시 동안 고민에 빠졌다.

'이름이라…….'

"이름은 내가 천천히 생각을 해봐도 될까?"

-네……? 저도 빨리 이름을 갖고 싶은 걸요……?

경묵은 보인 적 없던 진지한 태도로 정령에게 말했다.

"이제 너의 주인으로서, 네가 두고두고 좋은 이름으로 불렸으면 좋겠다는 생각에서 그러는 거야."

사실 지금 당장 생각하기가 조금 귀찮았다.

조금 지나면 서은과 정혁도 마감을 마칠 테고, 지금 당장은 조금 쉬고 싶다는 생각뿐이었다.

– 주인님…….

"응?"

'들킨 건가? 뭐야, 설마 내 속마음도 읽을 수 있고 그런 거야?'

이윽고 다시금 맑은 목소리가 들려왔다.

– 정말 감동이에요. 주인님께서 내려주실 이름을 기다리고 있을 게요.

경묵은 그제야 안도의 한숨을 내쉬었다.

막상 이렇게 기뻐하는 모습을 보자니 조금 미안한 마음도 들기야 했지만, 어쨌든 지금은 지금의 일을 해야 했다.

"그래, 그래. 그럼 이제 들어가서 쉬어."

–네, 주인님. 필요할 때 불러주세요.

그 때, 말로 형언할 수는 없지만 무언가 교감이 끊긴 것 같은 느낌이 들었다.

혹시나 싶은 마음에 불의 정령을 몇 번 불러보았지만, 대답이 없었다.

'대충 이런 거로군.'

어쨌든 엄청난 소득이었다. 불과 며칠 만에 정말이지 놀라울만한 발전을 이뤄내고 있었다.

물론 이 또한 제대로 따져 본다면 스스로를 강화함으로 인해서 얻을 수 있었던 소득이다.

'요리를 해서 레벨을 올린다…….'

미소가 절로 지어졌다. 우선 캠핑 준비를 제대로 마무리한 후에, 두 사람을 데리러 영업을 하던 장소로 돌아갔다. 경묵이 거들 것도 없이 이미 정리를 거의 마무리 지은 듯 보였다.

서은은 이미 정리를 마친 듯 주방 칸 앞의 선반에 기대어 서서 정혁과 대화를 나누고 있었고, 정혁 역시 주방 정리 마무리단계인 개수대 청소를 하고 있는 듯 보였다.

경묵이 트럭 앞에 섰을 때에는, 정혁 역시 일을 끝마친 듯 주방 칸에서 내려오고 있었다.

"이야~ 서럽다, 서러워. 아이고, 찬물로 설거지를 잔뜩 했더니 손이 꽁꽁 얼 것 같네."

정혁은 경묵을 보자마자 한껏 투덜대기 시작했다. 경묵은 그런 정혁을 바라보며 한 번 웃음을 지어보인 후에 말했다.

"자, 갑시다."

정혁이 손에 남은 물기를 자신의 바지춤에 몇 번 쓱쓱 비벼 닦으며 물었다.

"어딜 가?"

경묵이 환한 미소를 지어보이며 말했다.

"어디긴요? 가보시면 압니다. 자, 일단 탑시다!"

먼 거리는 아니었지만, 푸드 트럭 화구를 이용해서도

몇 가지 음식을 조리할 계획이었기 때문에 차를 옆에 주차해두기 위해 타고 가는 것이었다.

차에 올라탄 경묵은 시동을 걸기 전에 장부를 열어 장부에 적힌 총 매출액을 확인해보았다.

"엥?"

눈을 한 번 비빈 후 다시 한 번 장부에 적힌 금액을 보았다.

생각보다 너무도 많은 매출이 적혀있었다.

이미 장부 내역을 확인한 정혁과 서은은 놀란 듯 장부를 훑어보는 경묵을 바라보며 기분 좋은 미소를 지어보이고 있었다.

"서은씨, 우리 사장님 놀라신 것 같은데 청심환 사드려야 하는 것 아니에요?"

"큭큭… 그러게요~ 사장님, 우선 약국으로 갈까요?"

경묵은 대답은커녕 시선한번 주지 않은 채 장부에 기입된 내역을 확인했다.

점심시간에 손님들이 반짝 몰아치기야 했었다지만, 이렇게 많은 금액을 벌 수 있을 만큼은 아니었다.

"설마……?"

경묵은 장부를 처음부터 한 번 천천히 훑어보며 판매된 품목을 세며 금액을 합산해보기 시작했다.

제법 높아진 지능과 지혜 능력치 덕분인지 암산이 한결

더 수월했다.

"말도 안 돼……."

오늘 단 하루의 매출은 무려 10,750,000원.

고작 43접시의 짬뽕과 짜장면을 팔고 벌어들인 돈이었
다.

이대로라면 억대 매출은 더 이상 꿈이 아니었다.

13장. 일반인 경묵, 공포의 6시간
MODERN FANTASY STORY

각성! 북경각

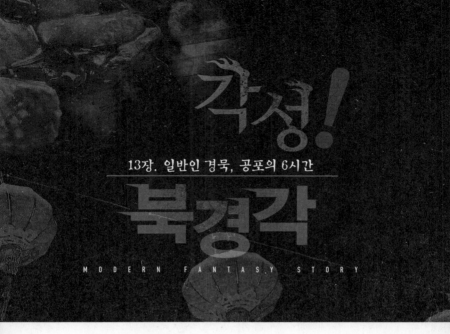

10,750,000원.

경묵은 운전석 옆에 놓인 가방을 집어 들어서는 살짝 벌려 안을 살펴보았다.

가방 안에는 만 원짜리 지폐와 오만 원짜리 지폐가 잔뜩 담겨있었다.

"허……."

헛웃음이 나왔다.

전에 길드에서 받은 보상금을 확인했을 때와는 차원이 다른 기분이었다.

가장 중점적인 사안은 이 거금이 직접 만든 요리를 팔아서 번 돈이라는 사실이었다.

감정이 복받쳐 오른 탓에 하마터면 왈칵 눈물이 쏟아질 뻔 하였지만, 절대로 있어서는 안 되는 일이었다.

경묵은 돈이 든 가방을 조수석 서랍에 넣었다.

그리고는 곧장 트럭에 시동을 걸며 살짝 떨리는 목소리로 말했다.

"우리 가게가 생기는 건 정말 시간문제겠어요. 우선 오늘은 맛있게 먹도록 합시다!"

'경묵이네 북경각' 트럭은 얼마 지나지 않아서 경묵이 미리 봐둔 자리 옆에 딱 멈춰 섰다.

차에서 내린 서은과 정혁은 자신들의 눈앞에 펼쳐진 광경에 놀라지 않을 수 없었다.

자리 바로 옆 나뭇가지에 매달려있는 랜턴, 가운데 놓인 난로.

제법 편해 보이는 의자와 높이가 딱 알맞은 듯 보이는 테이블.

깔끔한 외형의 바비큐 그릴과 그 뒤로 넓게 펼쳐져 있는 산정호수.

가히 절경이라고 할 수 있었다.

"와우, 분위기 진짜 끝내주는데?"

"와…. 경묵씨 이걸 언제 다 준비하셨어요?"

서은의 물음에 경묵은 한껏 너스레를 떨며 답했다.

"언제 준비하긴요, 서은씨랑 정혁이형 열심히 일하고

있을 때 준비했죠. 자, 다들 앉아요. 오늘 너무 수고 많으
셨어요!"

이윽고 테이블 위에 어제 저녁 미리 준비해서 인벤토리
에 넣어둔 음식들을 하나씩 꺼내서 올리기 시작했다.

부위별로 손질해둔 이계들소 살과 큼직큼직하게 썰어
놓은 야채들을 기다란 꼬챙이에 꽂아 미리 만들어둔 꼬
치.

그리고 널찍하게 썰려있는 채끝 살을 3덩어리 준비했
다.

경묵이 널찍하게 썰어놓은 것이 아니라, [식재료 손질]
스킬이 멋대로 널찍하게 손질을 해 놓은 것이었다.

한 덩어리가 한명 몫이었다.

채끝 살은 보통 한 마리를 도축하면 8kg이 나온다.

고로 경묵의 인벤토리에는 32kg에 가까운 채끝 살이
손질 된 채로 보관중인 셈 이었고, 양이 부족하다면 얼마
든지 더 먹을 수 있는 상황인 것 이다.

갓 도축해낸 듯 루비처럼 새빨간 육질, 마치 숨을 쉬고
있는 듯 싱싱해 보였다.

물론 갓 도축해낸 고기라고 하여 무조건 맛이 뛰어난
것은 아니다.

오죽하면 '고기는 썩기 직전이 가장 맛있다' 는 말이 있
을 지경이니 말이다.

물론 썩은 고기를 먹는 것은 절대 안 되겠지만, 썩기 직전의 고기가 무엇을 말하고 있는지는 아주 간단히 알 수 있다.

썩기 직전의 고기가 지칭하는 것은 바로 '잘 숙성된 고기'이다.

유명한 레스토랑이나 식당의 경우 자체적으로 고기 숙성 실을 운영하고 있는 경우도 있었다.

그리고 숙성의 방법이 고급 '스테이크 하우스'들의 자체적인 비법이라 할 수 있었다.

고기의 맛을 좌지우지하는 것은 숙성이었다.

하지만 경묵이 인벤토리에서 꺼낸 이계들소 살은 예외였다.

갓 도축한 고기가 오히려 식감이 떨어지는 이유는 바로 사후강직 때문이다.

고기를 도축해낸지 한 시간 가량이 흐르면 근육 다발들이 수축하여 딱딱해진다.

그렇기에 숙성을 통해 근육섬유들을 끊어내야만 맛있는 식감의 고기를 맛볼 수 있는 것이다.

그러나 경묵이 도축해낸 이계들소는 아직 죽은 직후의 상태를 유지하고 있었다.

또한 손질을 하여 인벤토리에 넣는데 오래 걸려봐야 채 5분이 걸리지 않았다.

말 그대로 그 당시의 생생함을 그대로 유지하고 있는 것이었다.

오히려 갓 도축했을 때의 상태 그대로이기 때문에 오히려 더 맛있을 수 있었다.

숙성을 거치며 생기는 육즙의 풍미는 조금 부족할지 모르겠으나, 고기의 신선도와 본질적인 맛만큼은 압도적으로 뛰어난 것이었다.

그리고 마치 루비처럼 새빨갛게 빛나는 붉은 살결은 육안으로 보는 것만으로도 즐거울 정도였다.

두 사람은 그런 경묵이 꺼내는 식재료를 하나하나 구경해보고 있었다.

눈앞에 펼쳐진 호수와 앉은 자리만이 절경이 아니었다.

테이블 위에도 절경이 펼쳐지고 있었다.

경묵은 아까 바비큐 그릴 안에 넣어둔 번개 탄 위에 숯을 몇 개 올려두었다.

번개탄에 불을 붙이려 토치를 꺼내들었다가, 아까 정령이 한 말이 생각났다.

'불의 세기를 마나를 이용해서 조절하실 수 있게 되신 거예요!'

그 말이 떠오른 경묵은 주머니에서 듀폰 라이터를 꺼내들어서는 뚜껑을 열었다.

그 다음, 토치 주둥이를 라이터에서 일어난 불꽃 앞에 두고는 점화버튼을 눌렀다.

토치에서 일어난 불꽃이 번개탄에 닿고, 얼마 지나지 않아 불꽃이 번개탄에 옮겨 붙기 시작했다.

탁-타타탁-다닥-

번개탄이 불협화음을 내며 타오르기 시작했다.

경묵은 번개탄에서 일어나는 불꽃을 바라보며 생각에 잠겼다.

'마나를 이용해서 불꽃의 세기를 마음대로 조절할 수 있다라…….'

경묵은 불꽃을 바라보며 천천히 떠올려보기 시작했다.

다른 스킬들을 사용하는 것의 가장 기초는 이미지를 상상하며 마음속으로 스킬의 이름을 한 번 되뇌이는 것이었다.

경묵은 사력을 다해 불꽃이 커지는 모습을 상상했다.

그러나 불꽃은 경묵을 약 올리듯 세차게 흔들리고 있을 뿐 아무런 변화가 없었다.

"흠……."

다시 한 번 경묵은 불꽃을 쏘아보며 머릿속으로 천천히 그림을 그려내기 시작했다.

스킬의 정확한 명칭을 몰라서 그런 것인지 쉽지 않았

다.

경묵은 정령이 해주었던 말을 다시 한 번 곱씹어 보았다.

다.

−마나를 이용해서 불의 세기를 줄이거나 늘릴 수 있어요!

'그래!'

이윽고 경묵은 자신의 모든 마나가 불로 바뀌는 모습을 상상했다.

천천히 자신의 몸을 맴돌고 있는 기운이 불의 성질을 갖게 되는 모습을 상상하기 시작한 것이다.

그리고 그 때, 경묵의 머릿속에 알 수 없는 공식 하나가 그려졌다.

$$[: \Delta \varepsilon + \mu \Psi 2 / \text{h} - \Delta^{2}]$$

'이게 뭐지?'

갑작스레 떠오른 공식은 그저 알 수 없는 기호들의 나열일 뿐이었다.

그러나 그 공식은 불과 몇 초 후, 어떻게 하면 마나를 불꽃으로 바꿔낼 수 있는지에 대한 이해를 돕고 있었다.

자신이 어째서 난생 처음 보는 기호를 통해 깨달음을 얻게 된 것인지는 전혀 알 도리가 없었다.

우선 경묵은 최대한 감각적으로 자신의 마나를 움직이고 시작했다.

자신의 마나가 불의 매개체가 되어 타오르는 모습을 상상하며, 순환 시키고 또 순환 시켰다.

순식간에 몸 안 이곳저곳을 빠르게 오가던 마나를 천천히 내보냈다.

눈에 보이지 않는 경묵의 마나가 동그란 구의 형태로 바비큐 그릴 속의 불 속에 나타났다.

콰화아아아아아아-!

경묵의 마나가 불꽃 속에서 구현됨과 동시에 순간적으로 바비큐 그릴에서 경묵의 상체만한 불꽃이 일어났다.

"어머!"

"어?!"

갑작스레 일어난 불길에 서은과 정혁이 깜짝 놀란 듯 뒷걸음질을 치며 동시에 외쳤다.

경묵이 자신의 마나가 불꽃이 되는 상상을 멈추자 불길은 금세 가라앉았다.

상체만한 불길이 약 1초 남짓 솟아오른 것이었다.

그럼에도 불구하고 스스로 제법 많은 마나를 소모했다는 사실을 체감할 수 있었다.

정혁은 걱정스러운 눈빛으로 불길이 잦아든 그릴 주변으로 천천히 걸어와서는 그릴을 한 번 살펴보았다.

"이거 불량품 아니야?"

"아니에요, 형. 번개탄을 다 겹치게 놓아서 그런가 봐
요."

안심시키려는 경묵의 노력에도 불구하고 정혁은 의심
을 쉽게 떨쳐내지 못했다.

그렇다고 해서 정령에 대해서까지 설명하기에는 너무
장황하고, 귀찮았다.

시간을 두고 천천히 설명을 해주어도 될 것 같다는 생
각이 들었다.

"아무리 번개탄이 겹치게 놓여 있어도 그렇지, 방금 불
은 장난 아니었는데?"

"걱정 마시고, 앉아서 음식만 기다리시면 됩니다! 아!
맞다, 주방 칸 간이 냉장고에 캔 맥주 잔뜩 들어있어요!"

'캔 맥주'라는 단어에 정혁의 몸이 반사작용을 하듯
잽싸게 움직였다.

서은은 그런 정혁을 바라보며 웃고 있었고, 경묵은 자
신의 상태 창을 열어 마나를 확인해 보았다.

방금 전 화력을 조종하면서 얼마만큼의 마나를 소모했
는지를 알고 싶어서였다.

MP : 140/540

남은 마나는 고작 140.

방금 전의 화력 조절로 무려 400의 마나를 사용한 것
이다.

단 한 번을 사용해 본 것이지만, 대략 어떤 느낌의 능력인지도 대충 감이 오는 것 같았다.

우선, 말 그대로 자신의 마나를 이용하여 불의 세기를 조절할 수 있다.

그리고 키워낸 불의 세기에 따라 유지할 수 있는 시간이 달라진다.

불의 세기를 키우는 데에 한계는 없는 듯 했지만, 방금 경묵은 400의 마나를 사용하여 자신의 상체만한 불길을 1초 동안 유지해낼 수 있었다.

더군다나 자신의 마나는 비슷한 수준의 각성자들보다 월등히 높은 편이었다.

히든 스킬인 [아는 것이 힘이다!]의 지속 효과 덕분이었다.

무려 480의 마나를 보정 받고 있는 상태이니, 만약 히든 스킬을 익히지 못했더라면 가정용 가스레인지만한 화력의 불꽃을 고작 몇 초 키워내는 것이 전부였을 것이다.

'확실히 사용을 남발하는 데에는 조금 무리가 있겠군.'

매력적인 능력인 만큼 사용에 제한이 있는 셈이었다.

만약 자신의 마나가 더 높아진다면 최고의 공격기술이 될 지도 모르겠다는 느낌이 들었다.

후에 마나의 양을 끌어 올리게 된다면 자신의 모든 마나를 사용해서 한 방에 타격을 입힐 수 있는 필살의 기술이 될 것 같았다.

즉 이 '불의 능력'이 마법 계열 각성자, 더군다나 비격수 계열 각성자인 자신만의 동귀어진(同歸於盡) 수법이 될 것 같다는 예감이 들었다.

물론, 요리를 하는 데에도 제대로 써먹을 수 있을 것 같았다.

그리고 지금도 살짝 능력의 덕을 보았다.

대단한 효과를 본 것은 아니라지만, 정령과의 계약을 통해 얻은 '불의 능력' 덕분에 숯에 한 번에 불을 붙여낼 수가 있었다.

아마 원래대로라면 한참을 기다려야 했을 것이다.

매캐한 연기와 함께 상쾌한 숯 향이 천천히 올라오기 시작했다.

하얗게, 그리고 속은 붉게 달아오른 숯이 그릴 아래에서 열을 잔뜩 뿜어내고 있었다.

경묵은 집게를 들어 그릴 위에 채끝 살을 천천히 그릴 위에 올리기 시작했다.

그릴에 채끝 살이 한 장, 한 장 닿을 때마다 듣기 좋은 소리가 들려왔다.

치이이익—

그릴 아래에서 새빨갛게 달아오른 숯이 채끝 살을 자극하고 있었다.

경묵은 고기 표면에 자국이 보기 좋게 남도록 그릴 선에 맞추어 고기를 한 번 움직여 주었다.

얼마 지나지 않아서 한 번씩 뒤집어 주었다.

경묵은 핏기가 살짝 맴도는 스테이크를 접시 위에 한 장씩 올리기 시작했다.

연갈색을 띄고 있는 채끝 스테이크가 모락모락 올라오는 김을 뿜어대고 있었다.

경묵은 스테이크를 올려둔 접시를 테이블 중앙에 내려놓았다.

마지막으로 정혁이 꺼내온 캔 맥주까지 테이블 변두리에 듬성듬성 올려두는 것으로 진정한 절경을 완성시켰다.

"이야, 엄청 맛있겠어요!"

"그러게, 경묵아 너도 얼른 와서 먹어라! 식으면 맛없다!"

경묵은 두 사람을 바라보며 한 번 웃음을 지어보인 후에 한 손에 끼고 있던 목장갑을 빼서 바지 앞주머니에 반만 쑤셔 넣었다.

그리고는 테이블 위에 놓인 캔 맥주를 능숙하게 한 손으로 딴 다음 들어보이고는 두 사람을 바라보며 말했다.

"두 분 모두 수고하셨습니다, 두 분 덕분에 첫 버프요리 판매를 굉장히 성공적으로 마칠 수 있었다는 생각이 듭니다."

경묵은 웃음을 머금은 채 자신을 바라보는 두 사람을

천천히 번갈아보며 말을 이었다.

"자고로 서론이 길면 재미가 없죠, 남은 이야기는 술과 함께 풀어나가도록 합시다! 그럼 이제 모두 잔을 들어주세요."

정혁과 서은 역시 테이블 위에 놓인 캔 맥주를 따서는 높이 들어보였다.

"자! 경묵이네 북경각의 번창을 위하여!"

"위하여!"

"위하여!"

세 사람의 캔 맥주가 허공에서 살짝 맞닿았다.

그 여파로 인하여 출렁이다 못해 넘쳐흐른 맥주가 손에 잔뜩 묻었음에도 불구하고 세 사람은 마냥 즐거운 듯 보였다.

세 사람의 술자리는 자정이 되어서야 겨우 끝을 맺었다.

자정이 되도록 웃고 떠들며 즐거운 한 때를 보는 세 사람은 인근에 있는 숙박시설에서 한참동안 곯아떨어졌다.

❀

다음 날 영업 역시 어제와 크게 다를 것이 없었다.

전 날과 다름없이 한산하고, 가벼웠다.

따뜻한 햇볕 때문에 졸음이 쏟아졌고, 점심시간이 지나고 나니 다시금 손님들의 발길이 뜸해졌다.

오늘 푸드 트럭을 찾은 손님 중 반 이상이 어제 본 손님이었다.

이제야 던전 공략을 마치고 나온 후 다시금 들린 듯 보였다.

더군다나 새롭게 산정호수 던전을 찾은 각성자들도 걸음을 하고 있어, 어제의 매출을 근소한 차이로 이길 수 있을 것 같다는 예감이 들었다.

하지만 지금 경묵에게 중요한 것은 매출이 아니었다.

경묵은 한없이 진지한 표정으로 자신의 눈앞에 나타낸 안내 창을 읽어내고 있었다.

안내 창은 경묵이 조리를 하고 있던 도중 느닷없이 나타났다.

[휘하 정령이 한 단계 발전을 이룩하였습니다.]

[경험치가 미약하게나마 상승합니다.]

[정령 창을 이용하여 정령의 상태를 확인하실 수 있습니다.]

경묵은 정령 창을 열어서 확인해보기 전에 트럭 주방 칸 화구에서 타오르고 있는 불꽃을 바라보며 말을 걸었다.

"야."

대답이 없었다. 경묵은 다시 한 번 무심한 목소리로 불꽃에 대고 한 번 더 불러보았다.

"야, 야."

그 때, 경묵의 귓가에 불의 정령의 밝은 목소리가 울려 퍼졌다.

– 네! 주인님! 언제 불러주시나 기다리고 있었어요!

대답과 동시에 녀석이 주방 화구 불꽃에서 튀어나왔다.

곡선을 그리며 날아오른 녀석이 경묵의 눈높이에 맞추어 멈춰 섰다.

"나오라고 한 적은 없는데?"

– 죄송해요, 돌아갈게요.

녀석은 마치 살충제를 직격으로 맞은 모기처럼 힘없이, 그리고 불규칙적인 궤적을 그려내며 바닥으로 천천히 하강하기 시작했다.

경묵은 그런 정령의 모습이 너무도 귀여워 참을 수가 없을 지경이었다.

"잠깐, 잠깐! 농담이야! 농담!"

천천히 낙하하던 녀석이 경묵의 말을 듣고는 제 자리에 떡하니 멈춰 섰다.

– 다행이에요! 사실 조금 속상할 뻔 했거든요! 주인님께 감사인사를 드리고 싶었어요!

"응? 응. 그래, 괜찮아."

－ 저를 성장시켜 주셔서 정말 감사합니다.

정령의 말을 듣고 있자니, 경묵은 자신의 초등학교 시절이 떠올랐다.

어버이날 상당히 상투적인 말투로 저를 키워주셔서, 혹은 낳아주셔서 감사하다는 말과 함께 심각한 솜씨로 만든 카네이션을 부모님의 가슴팍에 달아드리던 어린 시절 말이다.

그렇지만 기분은 썩 나쁘지 않았다.

부모님 역시 이런 기분이셨을까? 불의 요정은 다시금 경묵 가까이로 날아들어서는 말했다.

－ 처음으로 제 성장을 이룩해주셨으니 고마움의 표시로 저의 비밀을 하나 알려드릴게요.

"비밀? 무슨 비밀?"

－ 이건 고급 정보인데 말이에요…….

정령의 비밀이 해봤자 무엇일까 싶었지만 다른 한편으로는 살짝 궁금하다는 생각이 들었다. 경묵은 최대한 무심한 표정으로 바라보며 정령의 입에서 다음 말이 나오기를 기다리고 있었다.

일순 트럭 주방 칸 안에 정적이 흐르고 있었다.

이윽고 정령이 다시금 말을 이어나가기 시작했다.

－ 사실 주인님께 제 정체에 대해서 말씀을 드리려고요…….

"네 정체? 정령이잖아, 정령. 불의 정령."

경묵이 당연하다는 듯 답하자, 정령은 천천히 생각을 정리하다가 말했다.

– 음, 그러니까 제 형태 말이에요.

"형태?"

현재 불의 정령은 작은 구슬의 형태를 하고 있었다. 불과 1,2CM 남짓한 작은 구슬의 형태.

– 사실 지금의 저는 알의 형태에요.

"뭐, 알? 구슬이 아니라 알이라고?"

경묵은 겉모습만 보고 힘이 집약되어있는 구슬 정도로 생각하고 있었다.

그런데 알이라니?

알이라는 말을 듣자마자 경묵의 눈에 당황한 기색이 역력히 드러났다.

알이라는 이야기는, 지금의 귀여운 이미지와 상반되는 모습이 껍질 속에 숨어있을 지도 모른다는 이야기였다.

정령에게는 미안한 이야기지만, 얻게 될 능력도 능력이지만 사실 생김새가 귀여워서 더 정이 갔던 부분도 분명히 있었다.

경묵은 불안한 마음에 머릿속으로 알에서 태어나는 온갖 생물들을 하나하나 다 떠올려보고 있었다.

참새, 거북이, 병아리, 도마뱀, 뱀, 악어, 펭귄……

'알에서 태어나는 동물이 또 뭐가 있더라…….'

경묵은 헛기침을 한 번 해보이고는 정령에게 물었다.

"그래? 그럼 무슨 알인데?"

– 사실, 그건 저도 잘 모르겠어요! 지금 저는 단단한 껍질 안에 들어있다는 사실만 알 수 있어요!

불의 정령은 이렇게 가끔씩 김이 새는 대답을 하곤 했다. 모른다는데 어쩌겠는가?

"후……."

경묵은 한숨을 한 번 내쉬었다.

과연 저 작은 알이 반으로 쩍 갈라지고 나면 그 안에서 뭐가 나올까?

경묵은 천진난만하게 자신의 앞을 날아다니는 녀석을 바라보며 제발 지금의 귀여운 모습을 잃지 않기를 빌고 있었다.

경묵은 불안을 뒤로 하고 입가에 진득한 미소를 지어보이며 한껏 친근한 말투로 정령에게 말을 건넸다.

"흠, 안에 있는 네 모습을 안다면 이름을 짓기가 쉬울 텐데……."

– 앗? 이름이요!?

녀석은 이름이라는 말에 유달리 격하게 반응하였다. 표정을 알 수 있거나 한 것은 아니지만, 목소리의 억양만으로도 녀석의 기분을 분간해낼 수 있었다.

"어디보자, 뭐가 좋을까."

– 헤헤. 너무 떨려요, 주인님!

녀석은 긴장한 듯 제 자리에 가만히 멈춰서 있었다.

이름을 얻는다는 것이 녀석에는 큰 의미가 있는 일인
건가?

"화… 화동?"

– 화동이요?

"그래, 화동으로 하자."

녀석은 호기심이 생긴 듯 경묵의 얼굴 가까이 날아들어
물었다.

– 화동? 무슨 뜻이에요?

"불이 될 아이라는 뜻이야."

– 화동! 너무 마음에 들어요! 이얏호!

녀석이 환호성을 지른 순간, 경묵의 눈앞에 상태창이
나타났다.

[휘하 정령에게 이름을 하사하였습니다.]

[휘하 정령이 하사받은 이름에 몹시 만족합니다.]

[휘하 정령과의 친밀도가 +5% 상승하였습니다.]

눈앞에 나타난 안내 창 뒤로 보이는 녀석은 신나게 날
아다니고 있었다.

아무래도 경묵이 지어준 이름이 엄청나게 마음에 드는
모양이었다.

화동이 그리는 궤도를 넋 놓고 바라보던 경묵이 입가에 미소를 지어보였다.

"이름이 마음에 드니?"

– 네, 주인님! 드디어 저도 이름이 생겼어요, 아주 예쁜 이름이에요!

"마음에 든다니 다행이군."

경묵은 콧노래를 부르는 화동을 바라보다가 그제야 자신이 불 속에 있던 화동을 불러낸 이유가 떠올랐다.

"아, 맞다! 근데 네가 성장을 이룩하면 나도 성장을 하게 된다고 하지 않았나?"

– 네, 맞아요. 한 번 주인님의 성장치를 확인해 보세요.

'내 성장치라……'

만약 각성자 레벨이 올랐다면 분명 안내 창이 떴을 것이다.

그러나 화동이 성장을 이룩했음에도 불구하고, 경묵의 눈앞에는 레벨업 안내 창이 나타나지 않았다. 그 말인즉슨 각성자 레벨은 오르지 않았다는 말이었다.

'역시……. 요리만 해서 레벨을 올리려 한 것은 너무 도둑놈 심보인가?'

휘하 정령의 성장만으로는 눈에 띌 만큼 큰 경험치는 얻지 못하는 것이라고 결론을 내린 경묵은 별로 큰 기대 없이 자신의 상태 창을 열어 보았다.

'상태!'

━━━━━━━━━━━━━━━━━━━━━━━━━━━━

이름 : 임경묵 (+2)

레벨 : 6 (EXP:78.53%)

칭호 : 진정한 강화사의 힘

(강화 성공확률 15%상승)

(강화 성공시 10% 확률로 강화석 소모 없음.)

독서광 (지력 +3 지혜 +3)

공격력 : +7 (+1)

마력 : +30 (+24)

HP : 165 (+50)

MP : 580 (+460)

근력 : 18

지력 : 22 (+7)

민첩 : 17

지혜 : 20 (+7)

특수 능력치

조리 : 35

━━━━━━━━━━━━━━━━━━━━━━━━━━

상태 창을 확인한 경묵의 표정이 급 밝아졌다.

우선 36%였던 경험치가 78%까지 대폭 상승했다.

휘하 정령을 성장시키는 것만으로도 생각보다 엄청나게 많은 경험치를 얻을 수 있는 듯 했다.

물론 던전 공략을 한 번 마치는 것이 레벨을 올리는 데에는 훨씬 더 효율적이겠지만, 요리를 하면서 겸사겸사 각성자 레벨을 올릴 수 있다는 것은 엄청난 이점이었다.

생각보다 후한 경험치를 주고 있다는 사실 하나만으로도 만족스러웠다.

아까 봤던 안내 창이 생각난 경묵은 '정령' 창도 한 번 살펴보려 마음먹었다.

'정령 창을 열어서 정령의 상태를 확인해보라고 했나?'

불의 정령

이름 : 화동 (계약됨)

주인이 하사한 이름, 친밀도를 상승시켜줍니다. (+5%)

레벨 : 2 (Exp:3.27%)

등급 : 일반

친밀도 : 93% (+5%)

설명 : 정체를 알 수 없으나 미지의 기운이 느껴집니다.

정령 스킬

화력조절 - 개방완료

?????? - 개방되지 않음.

?????? - 개방되지 않음.

?????? - 개방되지 않음.

?????? - 개방되지 않음.

화동의 상태 까지 한 번 살핀 경묵은 제법 흥미롭다는 듯 고개를 끄덕여 보였다.

가장 마음에 드는 것은 93%나 되는 친밀도였다. 아마 100%가 끝이라는 말인데, 이 녀석은 지금 자신에게 완전한 충성을 맹세한 것이나 다름이 없어보였다. 친밀도를 확인하고 나니 화동이 녀석이 조금 더 귀엽게 보이는 듯 했다.

'이렇게나 날 잘 따른다는 말이야?'

그리고 다음은 바로 아직 개방되지 않은 4개의 스킬들. 화력 조절 외에도 후에 익힐 수 있는 정령스킬이 4개나 더 있는 듯 보였다.

모호하게 되어있는 설명 역시 경묵의 호기심을 자극했다.

'음…… 정체를 알 수는 없으나 알 수 없는 기운이 느껴진다 이거지……?'

경묵이 함께 푸드 트럭 주방 칸에서 내려오자, 녀석은 경묵의 주위를 선회하며 따라 내려왔다.

이쯤 되면 손님은 거의 끊겼다고 보아도 과언이 아니었다.

내려와서 둘러보니, 정혁은 보이지 않았고 서은 혼자 테이블에 앉아 장부를 정리하고 있었다.

경묵이 천천히 서은의 곁으로 걸음을 옮겨 옆에 선 후에 물었다.

"서은씨, 정혁이형은요?"

"모르겠어요? 담배 피러 가셨나?"

경묵의 어깨 근처를 날아다니는 정령 '화동'이 서은의 눈에 들어왔다.

"어머, 이게 뭐에요? 귀여워라!"

"아, 제 정령이에요."

"정령이요? 몇 번 들어본 적은 있어도 직접 보는 것은 처음이네요!"

서은은 밝은 표정으로 화동을 관찰하기 시작했다. 이윽고 서은이 고운 손으로 화동을 한 번 쥐어보려는 듯 손을 뻗자, 화동은 재빠르게 경묵의 등 뒤로 작은 몸을 숨기며 다급하게 외쳤다.

─ 앗! 주인님! 불의 힘이 없는 사람이 저를 만지면 큰일 나요! 이래뵈도 제가 제법 뜨거운 녀석이거든요!

"그래?"

그때 서은이 경묵에게 되물었다.

"네? 뭐라고요?"

아마도 화동의 말을 전혀 듣지 못하고, 경묵의 말만 들은 듯 보였다.

경묵이 상황을 이해하지 못한 듯 살짝 허둥대자, 화동이 말을 이었다.

– 주인님! 정령이 계약을 시도 중인 사람이 아니거나, 계약을 마친 사람이 아니라면 정령의 말을 들을 수 없어요.

서은에게 이렇게 귀여운 화동의 목소리를 들려주지 못한다고 생각하니 조금은 아쉬운 기분이 들었다.

경묵은 텅 빈 테이블을 한 번 바라보다가 서은에게 물었다.

"서은씨, 약속하신 것 기억하시죠?"

"네?"

"영업 잘 되면 저녁에 영화 보기로 했었잖아요."

경묵의 떨리는 마음을 아는지 모르는지 화동은 계속해서 경묵의 주변을 신나게 날아다니고 있었다.

"아…… . 네…… ."

서은이 살짝 고개를 숙이며 대답했다.

시선은 펼쳐져있는 장부에 고정되어있었고, 손에 쥐고 있던 펜으로 괜스레 무어라 적어나가고 있었다.

핸드폰을 꺼내 시간을 한 번 확인해보니, 어제 영업을 정리한 시간과 엇비슷했다.

지금 마감을 시작하고 서울로 출발해야 조금 여유 있게

영화 한 편 보고 집에서 쉴 수 있을 것 같다는 생각이 들었다.

"오늘도 이쯤에서 슬슬 정리할까요?"

"사장님 말씀 따라야죠, 뭐."

"오늘 매출은 어떻게 되요?"

서은은 펼쳐진 장부를 몇 장 넘기고 나서 말했다.

"오늘 매출 총액은 11,500,000원이에요. 어제 오늘 매출 총 합은 22,250,000원이고요."

겨우 이틀이란 시간동안, 고작 89인분의 음식을 팔아서 벌어들인 돈이 무려 22,250,000원이었다.

이젠 조금 익숙해진 것인지 헛웃음조차 나오지 않았다.

마음만 먹는다면 정말 짧은 시간 안에 자신의 가게를 얻어낼 수 있는 상황이 찾아온 것이다.

경묵은 고개를 한 번 끄덕이고는 말했다.

"알았어요, 정혁이 형 돌아오면 같이 마감 시작하시면 될 것 같아요."

"네, 알겠어요."

경묵은 다시금 주방 칸 위로 올라갔다.

인벤토리를 열어 남은 식재료들을 한 번 헤아려보았다.

생각보다 많은 양의 식재료가 남아있었지만 대수롭지 않게 여겼다.

'다음에 또 쓰지 뭐.'

평범한 식당이었다면 있을 수 없는 일이겠지만, 인벤토리의 보관 기능은 가히 절대적이라 할 수 있을 지경이었다.

천천히 인벤토리 안을 둘러보다 보니, 덩그러니 남아있는 중급 강화석 3개가 경묵의 눈에 들어왔다.

강화사의 본능인 것인가?

연이어 콧노래를 부르며 자신의 주변을 날아다니는 화동이 눈에 들어왔다.

현실의 물건도 강화가 되고, 사람도 강화가 되는데, 정령이라고 해서 강화가 불가능할 것 같지는 않았다.

경묵이 화동에게 자신의 손바닥을 들이밀어 보이자 화동이 경묵의 손바닥 위에 내려앉았다.

이윽고 경묵이 점잖은 목소리로 화동을 불러 보았다.

"화동."

– 네, 주인님.

경묵은 강화에 어떤 위험부담이 따를지 모른다는 사실을 알고 있었기에 화동의 의견을 물으려한 것이다.

정령은 사물과 다르게 스스로 생각할 수 있고 또, 자신의 생각을 말할 수 있지 않던가?

경묵은 화동의 의견을 들어본 후, 대답여하에 따라 결정을 내릴 생각이었다.

"혹시 강화에 대해서 알고 있어?"

- 네, 물론이죠. 정령 계에도 이름난 강화사들이 있는 걸요?

정령 중에도 강화사가 있다니, 조금 의외였다.

어쨌든 정령 중에도 강화사가 있다니 쉽게 이해를 시킬 수 있을 것 같다는 생각이 들었다.

"그래? 그럼 조금 말이 쉽겠네. 나는 너를 강화시켜줄 수 있어."

- 사물이 아니라, 저를요?

화동이 놀라 되묻자 경묵은 무던하게 대답했다.

"물론 아직 정령을 강화해본 적은 없지만, 분명 가능할 거야."

- 주인님! 정말 멋있어요! 정령을 강화시킬 수 있는 강화사는 정령 계에도 몇 없는 걸요?

이 또한 의외의 정보였다. 어쩌면 정령을 강화한다는 것은 불가능할지도 모르겠다는 생각이 스쳐지나갔지만, 안되면 말면 그만이었다.

"어쨌든, 나는 너의 의견을 들어보고 너의 의견에 따르려고 해. 직접적인 강화에는 큰 위험이 따를 수도 있거든."

- ……

곧장 말을 잇지 못하는 화동의 모습을 본 경묵은 역시 쉽게 결정을 내리기에는 어려운 문제 일 것이라고만 생각했다. 그러나 그것은 경묵의 오산이었다.

- 주인님! 저는 주인님이 제 주인님이여서 너무 기뻐요! 저는 주인님이 하시는 일이라면 뭐든지 따를 거예요!

화동의 언사가 귀엽기 그지없었지만 경묵은 최대한 진지한 목소리로 말했다.

"아니야, 화동아 나는 너의 의견을 묻는 거야."

- 음, 저를 강화해주셨으면 좋겠어요! 주인님께 더 보탬이 될 수 있을 거예요!

화동의 지극히 낙천적인 말투 때문이었을까?

경묵은 화동에게 조금은 경각심을 심어주어야겠다는 생각을 했다.

"위험 부담이 따를 수도 있고, 어쩌면 고통을 겪어야할 수도 있어. 나도 그랬었거든."

- 괜찮아요, 저는 이겨낼 수 있어요.

단호한 화동의 모습을 보고 있자니 경묵의 입가에 미소가 떠올랐다.

경묵은 강화라는 단어를 속으로 되뇌며, 화동을 바라보고 있었다.

경묵의 눈앞으로 익숙한 상태창이 나타났다.

[중급 강화석 1개가 소모됩니다.]

[강화를 진행하시겠습니까?]

이윽고, 다음순간 강렬한 빛이 화동의 몸을 감싸기 시작했다.

그런데 평소와는 조금 달랐다.

화동의 몸에 스며들어야할 옅은 빛들이 쉽사리 스며들고 있지 못했다. 더군다나 얼핏얼핏 보이는 화동의 형체가 조금씩 흐트러지고 있는 것 같다는 생각이 들었다.

– 주인님……?

화동 역시 이상을 감지한 것인지 불안한 목소리로 경묵을 불렀다.

이윽고 경묵의 눈앞에 처음 보는 상태창이 나타났다.

[강화에 실패하였습니다.]

[강화 대상이 소멸됩니다.]

'뭐……?'

크게 놀란 경묵은 곧장 손을 뻗으며 화동을 움켜쥐려 애썼다.

이윽고 서서히 형체를 잃어가고 있는 화동에게 경묵의 손이 간신히 닿을 수 있었다.

어찌할 바를 모르던 경묵은 본능적으로 자신의 양손에 자신의 모든 마나를 응축시켜 화동을 감쌌다.

"안 돼!"

화동과 계약을 함으로 인해서 부여받은 능력을 잃고 싶은 것이 아니라 화동을 잃고 싶지 않았다.

만난 지 채 24시간도 되지 않았다지만, 경묵과 화동은 제법 끈끈한 유대감으로 이어져있었다.

어떻게든 화동을 지켜내고 싶었다.

짧은 시간이었지만 너무 정이 들어버린 것이었다.

이윽고 경묵의 손에서 밝은 빛이 일음과 동시에 안내창 하나가 나타났다.

[강화사의 의지로 강화 대상을 지켜내는데 성공하셨습니다.]

눈앞에 나타난 안내 창을 재빠르게 한 번 훑어본 경묵은 자신이 손에 쥐고 있는 화동을 바라보았다.

다행히도 화동의 모습은 강화시도 전의 모습 그대로였다.

경묵이 안도의 한숨을 내쉬었을 때, 경묵은 자신의 몸에 찾아온 이상을 감지해낼 수 있었다.

첫째로 활력을 아예 잃은 듯 힘이 하나도 없었다.

둘째로 항상 자신의 몸 안을 떠돌던 마나의 기운이 느껴지지 않고 있었다.

경묵은 아무런 힘도 느껴지지 않고 있는 자신의 손바닥을 내려다보았다.

그 때, 이런저런 고민을 시작할 새도 없이 경묵의 눈앞으로 다시금 안내창이 연이어 나타났다.

띠링-띠링-띠링-

[강화대상을 지켜낸 대가로 6시간 동안 모든 MP를 잃습니다.]

[강화대상을 지켜낸 대가로 6시간 동안 모든 지속효과 스킬이 발동되지 않습니다.]

[강화대상을 지켜낸 대가로 6시간 동안 모든 능력치가 반감됩니다.]

"뭐……?"

경묵은 다시 한 번 눈앞에 나타난 안내 창들을 훑어보았다.

그러니까 정리를 해보자면 6시간동안 스킬을 사용할 수도 없고, 지속스킬도 사용할 수가 없고, 모든 능력치가 반감이 되어있다?

'뭐야 그럼 일반인이랑 다를 게 없잖아?'

자신의 능력치를 한 번 점검해보려 속으로 상태 창을 되뇌었으나, 아무런 변화도 없었다.

'상태.'

심지어 상태 창 뿐 아니라 인벤토리며 스킬 창까지 뭐 하나 불러낼 수 있는 것도 없었다.

경묵은 라이터를 켜서 다시금 화동을 불러보았다.

"화동아!"

- 네?

불안에서 화동의 음성이 들려왔다.

"아니야, 아니야. 쉬어."

- 헤헤. 알았어요, 주인님!

경묵은 정령 창을 열어보았다.

정령 창이 나타나자 제대로 한 번 훑어보지도 않고 손으로 밀어내 눈앞에서 치워버렸다.

모든 상태 창을 불러올 수 없지만, 정령 창만큼은 예외인 듯 했다.

물론 정령 스킬인 '화력 조절'은 사용이 불가능 할 것이 분명했다.

자신의 마나를 촉매로 이용하는 기술인데, 마나를 완전히 봉인 당했으니 당연한 일이었다.

강화에 실패한 것이 5분 전쯤이었다.

경묵은 휴대폰을 꺼내 현재 시간을 살펴보았다.

5시 23분.

대략 11시 20분 경 까지는 각성자가 아닌, 영락없는 일반인이 된 것이다.

"쩝."

경묵은 아쉬움에 입맛을 한 번 다지고는 곧장 주방 정리를 시작했다.

이 느낌 이대로 스물 몇 해를 살아왔건만, 얻었던 힘을 잃게 되어서 그런 것일까?

기분이 나쁠 정도로 무기력한 느낌이었다.

개수대 수도꼭지에서 흘러나온 찬 물이 경묵의 손에 닿자 어느 정도 생각이 맑아지는 것 같은 기분이었다.

'그래, 그래도 화동이를 잃지 않았으니까 됐어.'

경묵은 금세 콧노래를 부르며 접시들을 열심히 닦아내기 시작했다.

❀

이제 제법 노련해진 세 사람은 재빠르게 영업 정리를 마치고 트럭에 올랐다.

막상 떠나려니 괜스레 아쉬움이 남기도 했다.

정혁은 다시금 조수석 창문에 머리를 박은 채 졸기 시작했고, 서은도 팔짱을 낀 채 고개를 숙인 채 졸고 있었다.

나른한 저녁이었다.

평소 피로감을 잘 느끼지 못하던 경묵이었음에도 불구하고 능력이 반 토막 난 것 때문인지, 괜한 피로감을 느끼고 있었다.

속도로 진입 전에 있는 마지막 좌회전 신호를 받은 경묵이 천천히 운전대를 왼쪽으로 돌리며 엑셀을 밟았다.

톡─

라디오를 켜려 뻗은 손이 버튼에 닿기 전에 중심을 잃은 서은의 머리가 경묵의 오른쪽 어깨에 기대졌다.

순간 잠이 한 번에 달아났다.

경묵은 자신의 어깨에 기댄 채 잠든 서은을 한 번 힐끔 바라보고는 다시 운전에 집중했다.

피식 하고 웃음이 새어나왔다.

자신에게 기댄 채 잠든 서은이 숨을 들이쉬고 내 뱉으며 몸을 조금씩 들썩이는 느낌이 그대로 전해졌다.

심장이 세차게 뛰었다.

경묵은 입가에 웃음을 잔뜩 머금은 채 계속해서 곧게 뻗은 고속도로를 내달렸다.

경묵이 집에 도착한 것은 9시가 다 되어서였다.

서울에 들어온 것이야 한참 전이었지만, 서은과 정혁을 각자 집 앞에 내려준 탓이었다.

할머니는 재국이 아저씨와 제주도 여행을 떠나셔서 집에 계시지 않았고, 경묵은 곧장 준비를 해야했다.

서은과 10시 30분, 경묵의 집 근처 번화가에서 다시 만나기로 한 것이다.

약속시간 까지는 앞으로 한 시간 반. 경묵은 우선 잽싸게 준비를 하기 시작했다.

능력치가 반감되고 마나가 사라진 탓인지, 몸이 무기력했지만 마음만은 그렇지 않았다.

무기력하기는커녕 너무 신나서, 신나도 너무 신이 나서

지금 당장 '펑' 하고 폭발을 해도 이상할 것이 없을 정도였다.

"크흐흐흐……."

경묵은 우선 시원하게 씻은 후에, 거울 속 자신의 모습을 바라보며 나르시즘에 빠졌다.

촉촉하게 젖은 머리카락을 손으로 한 번 쓸어넘긴 후 거울을 바라보며 괜스레 멋있는 표정을 지어보였다.

그리고는 팔 여기저기에 힘을 줘보기도 하고, 턱을 한 번 쓸어보기도 하였다.

'이 정도면 제법 쓸 만하지 않나?'

샤워를 마친 경묵은 방으로 들어와 옷을 고르기 시작했다.

다 꺼내놓고 보니 몇 벌 되지 않는 것 같다는 생각이 들었다.

'조만간 옷도 잔뜩 사야겠는데?'

경묵은 바닥에 널브러진 옷가지를 한 번 둘러본 후에 자신이 생각하기에 가장 무난한 옷들을 골라냈다.

머리를 말리고 시간을 한 번 확인한 경묵은 곧장 약속 장소로 향했다.

저녁 10시 20분. 경묵은 약속시간보다 30분이나 이르

게 약속장소 근처에 도착해서 서은을 기다리고 있는 중이
었다.

해가 진지 한참이 지났음에도 불구하고 바람이 차지 않
았다.

경묵은 핸드폰으로 웹 서핑을 하며 약속장소인 동상 앞
에서 서은이 오기를 기다리고 있었다.

비록 [우아한 움직임]스킬의 효과가 나타나고 있지 않
다고는 하지만, 경묵의 생김새는 일반인들에 비해 월등히
뛰어난 편에 속했다.

딱히 비싸거나 특별한 옷을 입은 것도 아니었고, 그냥
청바지에 면 티 그 위로 검은색 가죽 자켓을 하나 걸쳤을
뿐이었다.

그럼에도 불구하고 수많은 사람들의 시선이 경묵에게
맴돌았다.

고개 숙인 채 휴대폰만 바라보고 있던 경묵이 고개를
들어 주위를 한 번 둘러보니 번화가 안에는 거나하게 취
한 사람들이 가득했다.

다들 행복한 시간을 보내고 있는 듯 보였다.

삼삼오오 짝을 이룬 이들이 행복한 표정으로 이야기를
나누며 왔다갔다하고 있었다.

간만에 즐기는 여유라서 그런지 더더욱 값지게만 느껴
졌다.

경묵이 웃음을 머금은 채 다시금 고개를 숙여 휴대폰을 매만지기 시작했을 때, 누군가 경묵의 어깨를 톡톡 두드리며 경묵을 불렀다.

"저기…… 너, 경묵이 맞지?"

굉장히 익숙한 목소리였다.

경묵은 곧장 뒤 돌아서서 자신을 부른 익숙한 목소리의 주인을 살펴보았다.

"어, 너?"

놀랍게도 자신을 부른 여자는 지영이었다.

중학교 시절부터 3년간 자신과 만남을 지속했던, 그리고 북경각에서 배달직원으로 일하던 때 자신에게 크나큰 상처를 안겨주었던 전 여자친구.

지영은 놀라울 만큼 크게 변한 경묵의 외형을 위아래로 한 번 훑어보고는 인상을 찌푸렸다.

'뭐야? 왜 이렇게 잘 생겨졌지? 어디 고치거나 한 것 같지는 않은데…….'

속으로 살짝 후회하고 있었다.

그 구질구질하던 짜장면 배달부가 이렇게 훌륭하게 클 줄은 꿈에도 몰랐던 것이다.

지영은 곧장 사글사글한 미소를 지으며 자신의 양 손으로 경묵의 팔뚝을 쥐며 말했다.

"정말, 오랜만이다. 뭐하고 지냈어? 연락도 안하고 말이야."

"아, 그냥……."

어이가 없었다.

'연락? 내가 너한테 연락을 하라고?'

경묵에게 지영은 절대로 좋은 기억일 수 없었다.

그냥 지금 대화가 빨리 끝나고 서로 갈 길을 갔으면 하
는 심정이었기에 그 때의 일에 대해서는 일부러 왈가왈부
하지 않았다.

"누구 기다리고 있어?"

경묵은 가식적인 미소를 지으며 자신을 바라보는 지영
에게 조금 냉담한 목소리로 답했다.

"여자 친구 기다려."

그리고는 지영의 손에 잡혀있던 자신의 팔뚝을 조심스
레 떼어냈다.

물론 서은이 자신의 여자 친구는 아니었다만, 지영을
떼어내기 위해 말한 것이다.

그리고 경묵의 희망사항이기도 했다.

지영은 경묵의 언사에 전혀 아랑곳하지 않고 경묵이 손
에 쥐고 있던 핸드폰을 빼앗아 쥐며 말했다.

"내 연락처 알려줄게, 우리 다음에 밥이라도 한 번 같이
먹자."

지영은 경묵의 핸드폰을 손에 쥔 채, 경묵의 얼굴을 한

번 훑어보았다.

그리고는 입 꼬리를 한 번 말아 올려 보인 후에 말을 이었다.

"예전에 우리 만날 때 기억나? 그 때 엄청 재미있지 않았어? 가끔은 정말 그 때로 돌아가고 싶다니까……. 엄청 좋았는데, 그치?"

지영은 말을 하는 와중에도 경묵의 휴대폰에 자신의 번호를 적어두느라 바쁜 상태였고, 지영의 말을 듣는 경묵의 표정은 점점 굳어가고 있었다.

'재미있고 좋았나?'

분명 재미있었던 것 같기는 했다.

좋았던 것 같기도 하고. 어이가 없어서 입가에 미소가 지어졌다.

경묵이 지은 미소의 의도를 모르는 지영은 자신도 미소를 지어보이며 경묵에게 되물었다.

"그치? 너도 가끔 그때 생각나지?"

돌을 맞은 개구리는 기억해도 던진 사람은 기억하지 못한다는 말이 떠올랐다.

잊고 있었던 당시의 배신감이 마음 가장 아래에서부터 치솟아 올라왔다.

'우리가 어떻게 끝이 났었는지는 기억이나 하고 있는 건가? 기억하고 있는데 지금 나한테 이런 이야기를 하고 있는 건가?

사실 경묵에게 있어서 지영이 그 때의 일을 기억하고 말고는 크게 중요한 것이 아니었다.

어차피 앞으로는 볼 일이 없는 사람이었다.

오늘의 우연한 만남을 계기로 이제 지영은 경묵에게 있어서 '지나 가다라도 마주치지 않기를 바라는 사람'이 된 셈이다.

경묵은 지영이 손에 쥐고 있던 자신의 핸드폰을 다소 세게 낚아챘다.

경묵의 갑작스러운 행동에 놀란 지영이 두 눈을 크게 뜬 채 경묵을 바라보자, 경묵이 다소 날카로운 목소리로 말했다.

"미안하지만, 나는 너랑 밥 먹을 시간이 없을 것 같은데."

그리고는 다시 낚아 챈 자신의 핸드폰을 외투 주머니에 넣으며 한 번 웃어보이고는 말을 덧붙였다.

"물론 시간이 있더라도 같이 밥 먹을 생각이 없기도 하고."

그 말을 들은 지영의 눈동자가 세차게 흔들렸다.

"뭐?"

그 때, 대충 훑어보더라도 가격이 상당해 보이는 고급 외제차가 두 사람의 앞에 멈춰섰다.

운전석 창문이 서서히 내려가기 시작한 후, 결국 서은이 모습을 드러냈다.

서은은 한 번 밝은 미소를 지어보이며 경묵에게 말했다.

"경묵씨, 미안해요. 조금 일찍 나와 있으려고 했는데, 부근에서 계속 신호가 걸려서 조금 늦었어요."

경묵은 시간을 한 번 확인해본 후 밝게 웃으며 답했다.

"아니에요, 저도 온지 얼마 안 됐어요. 아직 약속시간도 안되었는데요 뭐."

그 때, 경묵에게 머물던 서은의 시선이 옆에 멀뚱멀뚱 서있는 지영에게로 옮겨갔다.

서은은 지영을 손가락으로 가리키며 경묵에게 물었다.

"근데 저쪽은 누구?"

당하는 입장에서라면 상당히 기분나쁠법한 언사였지만, 서은의 의도가 그랬다.

서은이 미간을 살짝 찌푸리며 경묵에게 묻자, 경묵은 밝게 웃어 보이며 말했다.

"지영이라고, 그냥 아는 친구에요. 저번에 두어 번 정도 말했던 것 같은데……."

"아, 물론 기억하죠! 반가워요."

옆에 멀뚱멀뚱 서있는 여자가 지영임을 알게 된 서은의 표정이 미묘하게 변했다.

지영이 억지 미소를 지으며 고개를 살짝 숙여보이자, 서은이 가소롭다는 듯 웃어보였다.

'흥, 이게 감히 누구한테 꼬리를 쳐?'

더군다나 전에 술자리에서 경묵에게 들었던 이야기가 있다 보니 지영이 여간 괘씸하게 느껴지는 것이 아니었다.

서은은 지영을 위에서부터 한 번 쓱 훑어보았다.

물론 서은만 지영을 훑어보고 있던 것은 아니었다.

지영은 이미 자신이 서은의 상대가 되지 않는다는 사실을 알고 있었다.

서은이 타고 있는 외제차는 그렇다 치더라도, 손에 있는 시계며 반대편 손목에 차고 있는 팔찌까지 모두 다 하나같이 이름난 명품이었다.

그 가격만 하더라도 제법 괜찮은 소형차를 한 대쯤 살 수 있을 정도였다.

더군다나 서은의 거침없어 보이는 언사만 보더라도 얼핏 알 수 있었고, 결론적으로는 자신이 보기에도 서은이 자신보다 빼어난 외모를 가지고 있음이 분명했다.

지영은 어차피 이길 수 없는 상대라면, 차라리 피해가는 것이 낫다고 생각했다.

그러나 그건 지영의 생각이었을 뿐, 서은은 독기어린 웃음을 지어보이며 지영에게 말했다.

"가방이 예쁘네요?"

서은이 자신의 가방을 언급하자 지영이 살짝 당황한 듯 되물었다.

"네?"

"귀엽네, 지영씨."

귀엽다는 서은의 말이 지영의 가슴을 후벼 파는 듯 했다.

물론 서은의 공격은 거기서 멈추지 않았다.

"지영씨, 제 집에 안 매는 백 많으니까, 한 번 놀러 와요. 몇 개 드릴게요."

지영은 붉어진 얼굴을 들지 못한 채, 가방끈을 쥔 손에 힘을 더욱 꽉 쥐었다.

지영이 들고 있는 가방은 사실 가품이었고, 지영을 한 번 훑어본 서은은 그 사실을 파악해낸 것이다.

서은은 다정한 목소리로 지영에게 말했다.

"괜찮아요, 나도 어릴 때는 가품이건 정품이건 상관없이 다 메고 다녔어요. 지영씨 나이 때는 안 그랬지만……."

서은은 말끝을 한 번 흐리고는, 지영에게 조소어린 웃음을 지어보인 후 다시 말을 이어나갔다.

"그래도 뭐 어때요? 여자가 예쁜 가방 메고 싶은 거야 다 똑같지. 그렇죠?"

경묵이 조수석에 탑승하자마자, 서은은 운전석 창문을 천천히 올리며 말했다.

"그럼, 다음에 봐요."

가식적인 눈웃음은 옵션이었다.

이윽고 서은의 고급 외제차가 큰 소리를 내며 금세 지영의 앞을 떠났다.

지영은 점점 멀어져 가고 있는 서은의 차를 째려보고 있었다.

지영의 눈가에는 눈물이 그렁그렁 맺혀 있었다.

지영은 자신의 화를 참지 못하고 아랫입술만 질근질근 물어대고 있을 뿐이었다.

물론 차 안에 있는 두 사람은 쾌재를 부르고 있었다.

그러나 지금의 일이 사건의 발단이 되리라고는 상상도 하지 못하고 있었다.

⚙

"서은씨, 정말 너무 통쾌했어요. 고마워요."

"이 정도야 아무 것도 아니죠, 그런데 혹시 번호 저장하거나 한 건 아니죠?"

"네?"

서은은 경묵을 힐끔 쳐다보며 물었다.

"아까 얼핏 보니까 핸드폰에 연락처 남겨주고 있는 것 같던데, 번호 저장해 둔 거 아니에요?"

"아니에요!"

경묵은 장난스럽게 대답하며 조수석 창문을 살짝 열었다.

이윽고 서은은 영화관 주차장에 차를 세웠다.

차에서 내린 경묵은 서은의 옷차림을 발견하고 살짝 웃음을 지어보였다.

신기하게도 서은 역시 경묵이 입고 있는 것과 몹시 흡사한 가죽 재킷을 입고 있었던 것이다.

더군다나 서은 역시 가죽재킷 아래로 딱 달라붙는 청바지를 입고 있었다.

"서은씨, 왜 따라 입고 그래요?"

"어? 제가 먼저 입었거든요? 경묵씨가 따라 입은 거 아니에요?"

두 사람이 티격태격 대며 영화관 안으로 들어서자, 사람들의 시선이 두 사람에게 집중되었다.

선남선녀가 비슷한 옷을 입고 서있으니, 진풍경이 아니래야 아닐 수 없었다.

상영 중인 영화 목록을 한 번 확인한 두 사람의 표정이 살짝 어두워졌다.

근처 시간대에 있는 영화들은 이미 시작을 해버려서 한참을 기다려야 하는 상황이었다.

한참을 고민하던 경묵이 서은에게 넌지시 말했다.

"이거 기다리기에는 너무 시간이 많이 남은 것 같은데요?"

"그럼, 그냥 영화는 다음에 볼까요?"

경묵은 상당히 아쉬웠지만 어쩔 수 없이 영화관 밖으로 걸음을 옮기기 시작했다.

두 세 시간 후에 상영하는 영화들을 보는 것이야 문제될 것은 없다지만, 상영 시간까지 포함해서 생각을 해본다면 귀가 시간이 늦춰지더라도 너무 늦춰진다.

영화관 밖으로 나선 두 사람은 천천히 번화가를 거닐기 시작했다.

사람들의 이목이 집중되는 것은 거리에서도 마찬가지였다.

경묵은 천천히 걸음을 옮기며 서은에게 물었다.

"서은씨, 식사는 하셨어요?"

"저는 그냥 집에서 간단하게 먹고 나왔는데, 경묵씨는요?"

서은은 자신의 머리칼을 귀 뒤로 슬쩍 쓸어 넘기며 대답했다.

이런 모습만 보면 천상여자인 것이 분명한데, 아까 지영에게 면박을 주던 날카롭던 서은의 모습을 다시 떠올려 보니 피식 웃음이 나왔다.

경묵은 시간을 한 번 확인한 후에 서은에게 말했다.

"저도 괜찮아요, 그럼 그냥 술이나 간단하게 한 잔 할까요?"

"그래요, 그럼."

두 사람이 찾은 술집은 평범한 실내포차였다.

술집 안에 들어서기 전부터 안에서 시끌벅적한 소리가 들려왔다.

규모가 큰 매장 안으로 수십 개의 테이블에 손님들이 가득하니 앉아 술잔을 들이키고 있었다.

"와, 장사 엄청 잘되네요."

"그러게요, 맛있나봐요."

두 사람은 직원의 안내를 받아 가게 안쪽으로 들어섰다.

"주문하실 때 불러주세요."

직원은 상 위에 메뉴판을 공손히 올려두고는 빠른 걸음으로 테이블을 떠났다.

경묵은 신기한 마음에 주변을 한 번 둘러보았다.

그런데 그 때, 멀찍이 떨어진 테이블에 앉은 지영과 눈이 마주쳤다.

지영은 또래로는 보이지 않고 조금은 나이가 더 들어 보이는 남자 셋과 술을 마시고 있었다.

경묵과 눈이 마주친 지영은 재빨리 눈을 피했다.

굳이 가서 아는 척을 해봐야 서로 불편하기만할 테니, 최대한 의식하지 않고 서은과 즐겁게 담소를 나누다 가야겠다고 마음먹었다.

이윽고 경묵 역시 시선을 거두었다. 그런데, 경묵의 눈에 다른 테이블들의 위에 놓인 부르스타가 눈에 들어왔다.

탕 종류의 안주를 부르스타 위에 놓아 내어주는 듯 보였다.

경묵은 주머니 넣어둔 라이터를 꺼내들어 뚜껑을 열어젖혔다.

퐁-!

서은은 갑작스레 라이터를 여는 경묵을 의아하다는 듯 쳐다보았지만, 경묵은 개의치 않고 불을 빤히 바라보다가 화동을 불러냈다.

"화동아!"

- 넵! 주인님!

불꽃 속에서 경묵의 부름을 받은 화동이 천천히 날아오기 시작했다.

서은은 그 모습을 보고는 양 손을 깍지껴 보이며 말했다.

"허…… 어떻게 해…… 너무 귀엽다……."

화동은 그런 서은을 의식한 듯 빠르게 경묵의 손등 위에 앉았다.

경묵은 다른 테이블 위에 놓인 부르스타를 검지로 가리키며 물었다.

"화동아, 저거 앞에 있어도 불과의 친밀도가 올라갈까?"

화동은 잠시 고민하듯 대답을 하지 않은 채로 경묵의 손등 위를 천천히 부유했다.

– 네, 비록 평소보다는 덜 하겠지만, 저 정도로도 충분할 것 같아요.

"그래, 알았어. 들어가서 쉬어."

화동이 경묵의 약지 손가락 위에 새겨진 문양 속으로 사라지자, 서은은 반짝반짝 빛나는 눈으로 경묵에게 말했다.

"너무 귀여워요, 둘이서 말도 할 수 있는 거예요?"

"네, 저 녀석 목소리가 얼마나 귀여운데요? 서은씨한테 못 들려드리는 게 아쉬울 정도예요."

"그렇게 귀여워요?"

"그럼요, 그리고 또 저 녀석이 똘똘하기는 얼마나 똘똘한데요?"

경묵의 말을 들은 서은은 조신하게 입을 가린 채 웃어 보이고는 말했다.

"경묵씨, 꼭 그거 같아요. 그거."

"그거?"

"자식 자랑하는 부모님 같아요, 꼭."

서은의 말을 들은 경묵 역시 밝게 웃어보였다.

두 사람은 술안주로 홍합탕을 주문했다.

얼마 지나지 않아 부르스타 위에 놓인 홍합탕이 나오자, 두 사람은 천천히 술잔을 기울이기 시작했다.

몇 번 술잔이 허공에서 맞닿자 시시껄렁한 농담에서 시작하여 이제는 조금 진지한 이야기가 오고가기 시작했다.

두 사람이 나누는 말들도 가게의 시끌벅적함에 조금씩 보탬이 되기 시작한 것이다.

오고간 이야기의 대부분은 푸드 트럭에 관한 이야기였다.

몇 번 술잔을 주거니 받거니 하다 보니 테이블 위에 놓인 빈병들의 수가 점점 늘어나기 시작했다.

또, 그렇게 테이블 위에 놓인 빈병들의 숫자가 늘어나면 늘어날수록 두 사람의 얼굴색도 붉어지고 있었다.

"서은씨."

"네?"

경묵이 서은의 잔에 술을 따라넣으며 말했다.

"고마워요. 서은씨한테도 고맙고, 정혁이형한테도 고맙고."

"뭐가요?"

서은은 옅은 미소를 지어보이며 되물었다.

경묵은 술병 주둥이를 자신의 잔에 기울여 따라내며 답했다.

"그냥 요즘 너무 행복해서요. 행복하게 도와주셔서 너무 고마워요."

이제 제법 취기가 오른 것인지 경묵이 들고 있던 술잔의 술이 살짝 넘쳐흘렀다.

이어서 홍합탕의 국물을 한 수저 떠서 입에 넣은 경묵은 인상을 찌푸리며 말했다.

"돈을 많이 벌어서가 아니라 꿈이랑 가까워져서 너무 행복해요."

"저도 요즘 정말 재미있고 행복한 것 같아요."

서은이 입가에 미소를 머금은 채로 자신의 잔을 쥐고 흔들어 보였다.

짼-

경묵의 잔과 서은의 잔이 허공에서 맞닿았다.

이윽고 경묵이 살짝 풀린 눈을 한 채, 약간 비틀거리는 걸음으로 화장실을 향해 걸음을 옮기기 시작했다.

그리고 그런 경묵을 바라보는 이들이 있었다.

지영과 그 일행들이었다.

지영의 바로 옆자리에 앉아있던 험상궂게 생긴 사내가 벌떡 일어서며 물었다.

"야, 지영아. 저 자식 맞지?"

"응, 맞아 오빠."

지영의 대답을 들은 사내와 그 일행 두 명이 경묵이 들어선 화장실을 향해 성큼성큼 걸음을 옮기기 시작했다.

경묵을 만났을 때, 지영 역시 약속장소를 향해 가는 길이었다.

현재 교제중인 남자친구와 그 친구들을 만나러 번화가로 나왔다가 서은에게 수모를 당한 것이었다.

기분이 더러웠지만 어쩔 도리가 없으니 참고 있었다.

하지만, 경묵이 같은 술집으로 들어서는 것을 본 이상 가만히 있을 수는 없다고 생각했다.

지영은 경묵이 가게 안에 들어서고 얼마 지나지 않아서 테이블에 고개를 숙인 채 눈물을 흘렸다.

세 사람이 영문도 모른 채 지영을 달래며 이유를 묻기 시작하고, 지영은 경묵을 가리키며 아까의 일을 과장해서 말한 것 이다.

술기운 탓이었는지 남자친구는 물론 두 친구들까지 경묵을 손봐주겠노라 호언장담을 하고 경묵이 일어서기만을 기다리고 있었던 것 이다.

지영은 경묵이 화장실에 들어선 후, 자신의 일행들이 뒤따라 들어선 것을 확인하자마자 서은의 테이블로 걸음을 옮겼다.

"어머, 언니."

서은이 고개를 들어 지영을 바라보자 지영이 입가에 미
소를 머금은 채 말을 이어나갔다.

　"어떻게 여기서 또 뵙네요."

　"아, 그래요."

　서은은 시선도 두지 않은 채, 핸드폰을 매만졌다.

　지영은 그런 서은을 바라보며 머리를 한 번 귀 뒤로 쓸
어 넘기고는 말했다.

　"언니, 저 마음에 안 들죠?"

❁

　경묵이 화장실 안에 들어서서 볼일을 본 후 손을 씻고
세수를 한 번 했다.

　술이 조금 깨는 것 같다는 생각이 들 때 쯤, 자신의 등
뒤에 서있는 세 명의 사내가 거울에 비쳤다.

　경묵은 거울을 통해 세 사람을 한 번 훑어본 후에 다시
세수를 하기 시작했다.

　그러자 가장 험악하게 생긴 사내가 경묵의 등을 톡톡
두드리며 물었다.

　"저, 혹시 임경묵씨 맞으십니까?"

　뒤 돌아선 경묵이 고개를 끄덕이며 대답했다.

　"네, 그런데요?"

그러자 세 사람 중 한 명이 화장실 문을 걸어 잠갔다.

상황이 심각하게 흘러가고 있다는 사실을 파악한 경묵은 시간을 확인했다.

11시 15분. 경묵의 능력이 돌아오려면 약 3분 내지 4분의 시간이 남아있었다.

이 사람들이 누구인지 의심할 새도 없이, 우선적으로 위협을 감지한 것 이다.

가장 최악의 시나리오는 능력이 돌아오기 전에 정신을 잃고 바닥에 쓰러지는 것이었다.

적어도 지금은 상황이 안 좋게 번졌을 때, 스스로를 지킬 힘이 없다는 것을 알고 있었다.

각성 이전보다 못한 수준의 힘과, 무기력하기만 한 몸, 거기다 술기운 탓에 똑바로 걷는 것도 힘든 상태였다.

더군다나 좁은 공간이었기에 지금의 자신은 도저히 어떻게 할 도리가 없었다.

경묵은 우선 침착하게 자신에게 말을 건 남자를 바라보며 말했다.

"저기……."

경묵이 말을 붙이기가 무섭게 남자의 주먹이 경묵을 향해 날아들었다.

몸을 굽혀 주먹을 피해낸 경묵은 남자를 지나쳐 끝쪽 벽에 달라붙어섰다.

그리고는 잽싸게 자신의 주머니에서 라이터를 꺼내 들었다.

"이 자식이, 피해?"

다른 사내 두 명도 소매를 걷어붙이고 경묵을 향해 다가서기 시작했다.

경묵은 라이터를 켠 후, 애타게 화동이를 불렀다.

"야! 화동아! 화동아!"

믿을 것이라고는 화동이밖에 없는 실정이었다.

경묵의 부름을 받은 화동이 천천히 불꽃에서 날아 나오기 시작했다.

- 네, 주인님!

"지금 대충 어떤 상황인지 알겠지?"

화동은 주변을 살피듯 천천히 좌우로 부유하다가 멈춰섰다.

사내들의 눈에는 화동의 모습이 전혀 보이지 않는 듯했다.

-음, 정확히는 모르겠지만 위험한 상황에 처하신 것 같네요.

"그래, 정답이야. 한 3분정도만 시간을 끌면 돼. 그때 능력이 돌아오니까 그때는 어떻게든 할 수 있을 거야."

세 사내에게는 지금 경묵이 혼자 중얼대는 것 같이만 보일 뿐이었다.

경묵은 숨을 한 번 내쉬고는 다시금 달려드는 사내의 어깨를 뚫어져라 쳐다보기 시작했다.

가장 덩치가 큰 사내가 경묵을 향해 달려들자, 경묵 역시 손에 쥐고 있던 라이터를 더욱 꽉 쥐었다.

이윽고 남자의 주먹이 경묵의 얼굴을 향해 날아들었다.

주먹에 실린 힘이 느껴졌다.

일반인 치고는 제법 매섭고 빠른 것이 딱 보기에도 사내는 오랫동안 운동을 한 듯 보였다.

'그런데 왜 무고한 시민한테 주먹을 휘두르는 거냐고!'

경묵은 최대한 몸을 틀어 주먹을 피하려고 했지만, 조금 늦었다는 사실을 감지했다.

맞을 각오를 하고, 자신도 한 대를 먹여줘야겠다고 마음먹었을 때였다.

주먹을 뻗던 남자가 갑자기 비명을 내질렀다.

"으아아악!"

남자는 자신의 발뒷꿈치를 부여잡고 주저앉았다.

남자의 발뒷꿈치에 몸을 비비고 있는 화동의 모습이 경묵의 눈에 들어왔다.

경묵은 그때 화동이 전에 했던 말이 떠올랐다.

'제가 제법 뜨거운 녀석이거든요.'

경묵은 화동을 인정해주기로 마음먹었다.

맞다, 뜨거운 녀석!

경묵의 입가에 미소가 떠올랐지만, 방심할 수는 없는 노릇이었다.

세 명이 한 번에 달려든다면 손을 쓸 방법이 없었다.

갑자기 주저앉아 비명을 지르는 친구를 뒤로 한 채 나머지 두 사내가 경묵을 향해 달려들었다.

경묵은 앞서 달려오는 사내의 배에 먼저 주먹을 꽂아 넣었다.

별 효력이 없다는 것이야 휘두르기 전부터 알고 있었다지만, 정말 아무런 효력도 없었다.

딱 거기까지였다.

다음 순간 경묵은 바닥에 자빠져, 두 사내에게 처참히 밟히기 시작했다.

그렇게 무자비하게 얻어맞기를 잠시, 두 사내 중 한명도 비명을 호소하며 바닥에 주저앉았다.

"뭐야! 앗 뜨거!"

달라붙어 경묵을 무자비하게 짓밟던 사내 한 명도 얼마 지나지 않아 고통을 호소하며 뒷걸음질을 쳤다.

바닥에 쓰러져있던 경묵이 옷을 털며 자리에서 일어났다.

시간을 확인하려 다시금 휴대폰을 꺼내들자, 사내 중 한명이 경묵에게 외쳤다.

"어쭈? 신고라도 할 셈인가 본데?"

그 때 휴대폰의 시간이 17분에서 18분으로 바뀌었다.

그리고 그 순간, 경묵의 몸에 힘이 돌아오는 것이 느껴졌다.

경묵은 양 팔을 벌린 채 돌아오고 있는 자신의 힘을 만끽하기 시작했다.

온 몸에 흐르는 마나며, 갑자기 평온해지는 마음, 아마도 [평정심]스킬 덕분인 듯 했다.

그리고는 마치 미친사람처럼 호탕하게 웃다가 자신의 핸드폰을 주머니에 넣으며 말했다.

"이제 신고는 너희가 해야 할 것 같은데?"

화동이 경묵의 곁에 다가서자, 경묵은 화동에게 말했다.

"고맙다 화동아, 들어가서 쉬고 있어."

– 더 도와드리지 않아도 돼요?

"응, 충분해. 정말 고마워."

– 네 주인님! 꼭 이기세요!

이윽고 화동이 경묵의 약지 손가락 위의 문양 속으로 다시금 사라졌다.

경묵은 입가에 고인 피를 한 번 닦아내고는 광기어린 웃음을 지으며 천천히 앞으로 걸어나가기 시작했다.

한 걸음을 내딛으며 작게 말했다.

'민첩강화.'

그리고 또 한걸음을 내딛으며 작게 말했다.

'증폭(공격)!'

다시 한 걸음.

'근력강화.'

세 남자는 무언가 경묵의 느낌이 달라졌다고 생각하고 있었다.

자신들의 눈을 한 번 비비고는 점점 다가오는 경묵을 넋을 놓고 바라보며 서 있었다.

그냥 입가에 고인 피를 훔쳐내는 동작이 어찌 그리 우아해보였는지 신기할 노릇이었다.

세 남자 가까이에 선 경묵이 입가에 미소를 머금은 채 말했다.

"자, 제일 먼저 맞을 사람 앞으로 나와."

스킬 [평정심]의 효과 덕분인지 경묵은 천천히 상황을 점검해나갈 수 있었다.

우선, 앞에 선 세 사내는 자신에게 원한이 있거나 원한이 있는 사람이 보낸 것 이다.

아까는 술기운에, 정신도 없었던 터라 생각할 새도 없었지만 한 번에 알 수 있을 것 같았다.

안 봐도 뻔 한 일이었다.

천천히 기억을 더듬다보니 지금 자신의 앞에 서서 목에 힘을 잔뜩 주고 있는 사내가 지영과 눈이 마주쳤을 때, 옆에 앉아있던 남자가라는 사실도 알 수 있었다.

우드드드득—

경묵은 손을 깍지 껴 뼈 소리를 한 번 내보였다.

세 남자는 아직 사태를 제대로 파악하지 못한 것인지, 여유 가득한 표정을 지으며 경묵에게 다가섰다.

경묵이 천천히 고개를 돌려 화장실 문을 바라보자, 지영의 남자친구 수훈이 한 걸음 앞으로 나서며 물었다.

"왜? 여기서 나가고 싶어? 형님들이 무서워서 죽겠냐?"

수훈이 잔뜩 비아냥거리는 말투로 묻자, 옆에 선 두 사내들이 뭐가 그렇게 즐거운 것인지 키득거렸다.

경묵은 양 팔을 빙빙 돌리고, 허리를 비틀며 몸을 풀기 시작하며 입을 뗐다.

"내가 대인 배는 못 되는 사람이라서, 너희한테 맞은 만큼은 꼭 돌려줘야겠다."

지금 경묵이 느끼고 있는 해방감, 마치 모래주머니를 차고 있다가 벗은 것만 같았다.

'드래곤볼'의 주인공 손오공.

그가 수련을 할 때 입는다는 수 십 킬로그램에 육박하는 옷가지들을 한 번에 벗어던진 기분이 이런 걸까?

마치 날아갈 듯 가벼운 몸과, 온 몸 근육 한 올, 한 올에 차고 넘치는 힘들. 갑자기 돌아온 힘 덕분인지, 몇 대 맞

아서 그런 것인지는 잘 모르지만 갑자기 취기도 확 가신
것 같다는 생각이 들었다.

경묵은 시험 삼아 주먹을 허공에다가 두어 번 휘둘러보
았다.

두 주먹이 번갈아서 빠르게 허공을 그었다.

슝— 슝—

주먹이 바람을 가르는 소리가 적나라하게 들려왔다.

분명 허공을 갈랐을 뿐인데도 주먹에 실린 힘이 얼마나
묵직한지를 알 수 있을 정도였다.

경묵이 주먹을 휘두르는 폼을 본 세 사람은 당황하지
않을 수 없었다.

수훈은 사실 섬뜩함마저 느끼고 있었다.

운동을 하는 사람으로서, 주먹에 저 정도 속도와 힘을
담아내려면 어떤 노력이 필요한지를 알고 있기 때문이었
다.

수훈은 애써 표정을 관리하며 허세를 부렸다.

"어쭈? 아직도 폼 잡고 서있는 거 봐라?"

"저거 어차피 똥 폼이야, 내가 아까 한 대 맞아봤잖아."

경묵에게 복부를 가격 당했던 사내가 자신의 두 친구들
에게 말했다.

경묵은 가소롭다는 듯 웃음을 지어보이고는, 숨을 한
번 내쉬며 앞으로 천천히 걸어 나갔다.

경묵 역시 어렸을 적의 오랜 탈선 경험으로 알 수 있었다.

이런 쓸데없는 의협심을 깰 수 있는 가장 좋은 방법은 대장을 눈앞에서 확실하게 박살내는 것이었다.

의리로 이름하에 뭉쳐있지만 근본적인 두려움 앞에서 보기 좋게 산산조각 날것이 분명했다.

이런 부류의 녀석들은 대부분 대장이 눈앞에서 박살나면 전의를 잃는다.

오늘 경묵은 녀석들의 의리를 박살내 줄 생각이었다.

경묵은 앞으로 걸어 나아가며 셋 중 누가 대장노릇을 하고 있는 녀석일지를 판별해내기 시작했다.

딱 보기에도 중앙에 선 채 한껏 목에 힘을 주고 있는 수훈이었다.

그리고 지금 경묵은 수훈을 향해 빠른 속도로 내달리기 시작했다.

어차피 폭이 고작해야 3m 도 되지 않는 좁은 화장실에서 전속력을 내기란 불가능했다.

경묵은 낼 수 있는 최대한의 속도로 수훈을 들이 받아 버렸다.

그리고는 자신의 어깨가 수훈의 복부와 부딪히는 동시에 수훈의 양쪽 허벅지 뒤편을 잡아 올려버렸다.

하체가 경묵에게 들어올려지자, 상체는 자연스레 뒤로 젖혀졌고 수훈의 몸이 순식간에 허공에 떠올랐다.

"어, 어, 어?"

갑작스러운 공격에 당황한 수훈의 두꺼운 양 팔이 허공을 휘저었다.

쿵-!

수훈이 제대로 상황을 파악하기도 전에 등짝이 바닥과 세게 맞닿았다.

이미 숨이 가쁘고 정신이 어질어질한 상태였다.

경묵은 그 위에 올라타서는 곧장 수훈의 관자놀이를 오른쪽 주먹으로 세게 후려쳤다.

빠악-!

마치 주먹이 아니고 둔기로 후려치는 듯 강렬한 소리가 화장실 내에 퍼지고 수훈의 몸이 잠시 경련했다.

마무리 일격이었다.

경묵의 일격을 정통으로 얻어맞은 수훈은 흰자위를 드러낸 채 그 자리에서 기절해버렸다.

"자, 한 놈 아웃."

방금 경묵이 가한 태클은 사실 정확한 기술은 아니었다.

단순히 증폭된 힘과 스피드에 의지한 기술일 뿐이었다.

비록 정확한 움직임으로 최상의 위력을 끌어낸 공격은 아니었지만, 그렇기에 기절에서 멈출 수 있었던 것이었다.

아마 경묵이 조금만 더 격투기에 밝았더라면, 수훈은
이미 세상 사람이 아닐지도 모르는 노릇이었다.

수훈의 두 친구들은 순식간에 벌어진 상황에 어안이 벙
벙해진 듯 눈만 깜빡이고 있었다.

"뭐… 뭐야?"

이윽고 경묵이 수훈의 몸 위에서 일어서며 남아있는 두
사람에게 미소를 지어보이자, 두 사내가 경묵의 등 뒤에
쓰러진 수훈을 바라보며 침을 한 번 삼켜냈다.

그도 그럴 것이 사실 수훈은 단순히 주먹깨나 쓰는 녀
석이 아니라, '아마추어 이종격투기 선수'였다.

비록 이런저런 수상 경력은 없지만, 적어도 잔뼈만큼은
제법 굵은 녀석이었다.

그런데, 그런 수훈이 겨우 주먹 한 방에 바닥에 쓰러져
있으니 어안이 벙벙할 수밖에 없었다.

'운인가? 그래, 수훈이 녀석이 술에 많이 취했으니
까…….'

운이라는 말로 자신을 다독인 사내가 숨을 빠르게 두어
번 내쉬며 제자리에서 가볍게 뛰었다.

평소 같았으면 도망칠 궁리를 했을지도 모르겠지만, 술
에게 용기를 빌린 상태이기도 했고, 적어도 비좁은 화장
실에서 2:1로 싸워서 질 것 같다는 생각은 들지 않았다.

"후, 후……."

사내는 숨을 내쉬며 주먹을 꽉 쥔 채 경묵을 향해 천천히 거리를 좁혀왔다.

경묵의 예상과는 달리 두 사내는 싸우려고 마음을 먹은 것 같았다.

'생각보다 제법 의리가 있는 녀석들이네?'

물론 싸우는 것이 멀뚱멀뚱 서 있다가 일방적으로 당하는 것보다야 나은 선택일지 모르겠지만, 가장 좋은 방법은 지금에라도 당장 경묵의 앞에 무릎 꿇고 비는 것이었다.

능력이 조금만 늦게 돌아왔더라면 어떻게 됐을지 모르는 노릇이었다.

아마 신나게 얻어맞고 이빨이 몇 개 빠진 상태로 화장실 칸 안에 쳐 박혀 있어야 했을 것이라 짐작하고 있었다.

경묵은 녀석들의 버릇을 고쳐주겠노라 마음먹은 상태였다.

더군다나, 3명이서 4명 몫의 응징을 당해야 마땅하다고 생각하고 있었다.

왜? 여자는 때릴 수가 없으니까.

"친구 좋다는 게 뭐겠어? 이런 게 좋은 거지."

경묵이 키득거리며 양 손을 털어내자, 두 사내가 경묵을 향해 동시에 달려들었다.

아까 두 사내가 동시에 달려들었을 때는 속수무책으로

자빠져서 짓밟혀야 했지만, 지금은 아니었다.

지금 경묵은 오히려 웃음 짓고 있었다.

⚙

끼이이익-

경묵이 화장실 문을 열고 밖으로 나서자, 서너 명의 사람들이 짜증이 가득한 얼굴로 경묵을 바라보았다.

경묵은 개의치 않고 그런 이들을 지나쳤다.

화장실의 문이 열리기만을 간절히 기다리던 이들이 하나, 둘씩 화장실 안으로 들어섰지만, 바닥에 널브러져 있는 사람은 한 명도 없었다.

경묵에게 주먹을 휘두르려던 세 사람은 화장실 칸을 하나씩 사이좋게 나눠가진 상태였다.

세 사람 모두 마치 술에 취한 상태로 볼일을 보러 화장실에 왔다가 변기에 앉아 잠든 것 같은 모습이었다.

경묵은 자신을 기다리고 있을 서은에게로 걸음을 옮겼다.

자신이 앉아있던 테이블에 가까워졌을 때, 손거울을 들고 자신의 화장을 고치고 있는 서은 역시 눈에 들어왔다.

그리고 그 옆에 선 지영이 보였다.

135

경묵은 숨을 한 번 내쉬고는 자신의 머리칼을 위로 쓸어 올렸다.

점점 거리가 좁혀지자 서은과 지영의 대화내용이 들려오기 시작했다.

"근데 지영씨는 향수도 조금 그런 걸 쓰네?"

"뭐라고요? 언니 방금 뭐라고 하셨어요?"

지영이 격양된 목소리로 앉아있는 서은에게 물었다.

서은은 지영을 바라보며 잠깐 미소를 지어보인 후에 곧장 자신의 손거울로 시선을 옮기고는 말을 이어나가기 시작했다.

"기분 나빴으면 미안해요, 지영씨는 향수보다는 베이비로션이 더 잘 어울리지 않을까 해서."

"아니, 아니…… 진짜 어이가 없네?"

"어머, 기분 나쁘셨나보다. 미안해요."

지영은 서은의 능청스러운 행동이 너무도 얄밉게 느껴졌다.

마음 같아서는 자신에게 눈길 한 번 주지 않고 화장을 고치고 있는 서은의 뒤통수를 후려 친 다음 머리채를 휘어잡고 싶었다.

물론 그렇게 할 자신도 없었거니와, 그렇게 할 수도 없었기에 꾹 참으며 천천히 입을 뗐다.

"언니, 그런데 있잖아요……."

서은은 여전히 눈길 한 번 주지 않고 있었다.

지영은 입가에 조소 섞인 웃음을 지어보이며 말을 이었다.

"아마 지금쯤이면 언니 남자친구 화장실에서 기어 다니고 있을 걸요?"

지영이 준비한 회심의 일격이었다.

아니나 다를까, 말을 마치자마자 서은이 지영을 바라보았다.

그러나 서은이 다음 순간 보인 반응은 계획에 없던 것이었다.

그 말을 들은 서은이 웃음을 터트린 것이다.

어찌나 웃은 것인지 눈가에 눈물이 맺힐 정도였다.

서은은 웃음이 멎어들기를 기다리며 자신의 눈가에 맺힌 눈물을 손가락으로 훔쳐냈다.

"그럼 구급차라도 불러줘야겠네요?"

지영은 그런 서은의 반응에 적잖이 당황한 듯 보였다.

그리고 그 때 경묵이 대화를 나누고 있는 두 사람 곁에서서 능청스러운 투로 말했다.

"서은씨, 다른데 가서 한 잔 더 할까요?"

자신의 옆에 멀쩡하게 서있는 경묵의 모습을 확인한 지영이 놀라 뒷걸음질 쳤다.

분명 경묵은 지금 세 남자에게 흠씬 두들겨 맞고 피 떡이 되어있어야 했다.

더군다나 자신의 일행들이 경묵의 뒤를 따라서 화장실에 들어가는 것 까지 확인을 했었다.

그러니 더더욱 지금 상황을 쉽게 이해할 수 없었던 것이다.

"뭐… 뭐……, 뭐야?"

경묵은 어깨를 한 번 들썩여보이고는 손가락으로 화장실 방향을 가리키며 말했다.

"네 의리 넘치는 친구들, 다들 거하게 취한 것 같더라고. 변기에 앉아서 잠든 것 같던데 가서 좀 챙겨주는 게 어때?"

의리 넘치는 친구들? 맞다.

지영 몫까지 균등하게 나눠서 맞아주었으니 의리가 흘러넘치는 녀석들이라 해도 과언이 아니었다.

경묵은 위로하듯 지영의 어깨를 가볍게 두드려주고는 곧장 뒤돌아서서 계산대로 걸음을 옮겼다.

서은 역시 가방을 들고 자리에서 일어나서는 경묵의 뒤를 따라 계산대를 향해 몇 발자국 걸어갔다.

그러던 중 갑작스레 걸음을 멈춘 서은이 뒤를 돌아 지영을 바라보았다.

가끔은 말 보다 무서운 것이 침묵이라 하였던가?

서은은 지영과 눈이 마주치자, 눈웃음을 한 번 지어보이고는 다시금 걸음을 옮겼다.

"경묵씨, 같이 가요~!"

✧

다음 날 아침, 경묵이 정신을 가다듬으며 침대에서 몸을 일으켰다.

배게 근처를 더듬거려 핸드폰을 집어든 경묵이 시간을 확인했다.

아직 한참 여유가 있었다.

경묵은 반대편으로 돌아누우며 다시금 잠에 빠져들 준비를 하기 시작했다.

"어라?"

그 때, 경묵의 발달한 후각을 간지럼 태우는 맛있는 향이 부엌에서 전해져오기 시작했다.

이상한 일이라 생각을 하지 않을 수 없었던 것이, 제주도 여행을 가신 할머니가 돌아오시려면 아직 이틀은 더 지나야 했다.

경묵은 아직 술기운이 가시지 않은 몸을 간신히 일으켜 부엌으로 천천히 걸음을 옮겼다.

방에서 나온 경묵은 자신의 눈을 의심하기 시작했다.

익숙한 뒷모습의 여자가 부엌에 서 있었다.

'서은씨……?'

심지어 자신의 티셔츠와 반바지를 입은 서은이 부엌에서 무언가를 열심히 조리하고 있었다.

경묵의 심장이 미칠 듯 빠른 속도로 뛰기 시작했다.

그 때, 한 손에 국자를 쥐고 있는 서은이 뒤돌아서며 경묵에게 물었다.

"일어났어요?"

14장. 추억의 맛, 마음을 움직이는 요리
MODERN FANTASY STORY

각성!
북경각

MODERN FANTASY STORY

서은의 얼굴을 보고 있자니, 어제의 기억이 천천히 수면위로 떠올랐다.

어제 그렇게 일을 마무리 지으며 가게를 나섰고, 서은과 함께 자신의 집으로 돌아왔음이 떠올랐다.

'아!'

거실에서 다시 한 번 술잔을 나눈 것이 기억이 났다.

그리고…… 술자리가 계속되고 취기가 잔뜩 오른 상태에서 서은에게 편한 옷가지들을 전해주며 했던 말이 떠올랐다.

"내가 집 주인이니까, 침대에서 잘 거예요. 서은씨는 거실에서 주무시던지 저기 할머니 방에서 주무시면 돼요."

"네…? 네…."

갑작스레 펼쳐진 상황에 서은은 당황한 듯 했지만 경묵은 뒤도 돌아보지 않은 채 방으로 걸음을 옮기며 말했다.

"그럼 이만."

점점 선명히 떠오르는 기억 탓에 심장박동만 빨라졌고, 얼굴은 붉어지고 있었다.

물론 서은은 그런 경묵의 술버릇을 마냥 귀엽게만 생각하고 있었다.

경묵은 다시금 들려오는 서은의 목소리에 정신을 차렸다.

"경묵씨, 속은 조금 괜찮아요?"

"네? 네. 저, 서은씨……."

표정으로 미루어보아 서은은 아마 지금 새어나오려는 웃음을 참고 있는 듯 보였다.

"괜찮아요, 경묵씨. 신경 쓰지 말아요!"

"흐아……."

경묵은 자신의 관자놀이를 어루만지며 탄식을 내뱉었다. 본래 이성의 끈을 놓치거나 할 만큼 술에 취하지는 않는 경묵인데도 불구하고 서은과 술을 마신 후 실수를 한 것이 벌써 두 번째였다.

적어도 서은을 주량으로 당해낼 수는 없을 것 같다는 확신이 들었다.

이 정도면 그래도 큰 실수는 하지 않은 것이라며 자신

을 위로했지만, 부끄러움을 완벽히 떨쳐낼 수는 없는 노릇이었다.

경묵은 냉장고를 열어 찬 물을 벌컥벌컥 들이키기 시작했다.

반면, 서은은 제법 기분이 좋은 듯 천천히 아침식사 준비를 하고 있었다.

자고 일어나 눈을 떴더니, 서은이 아침식사 준비를 하고 있다?

기분이 좋기야 미치도록 좋은 상황이었지만, 어젯밤의 실수 때문에 온전히 행복을 느끼고 있을 수만은 없는 상황이었다.

"앉아서 조금만 기다리세요."

탁– 탁– 탁– 탁–

일정한 속도로 서은이 손에 쥔 식칼과 도마가 맞닿는 소리가 울려 퍼졌다.

비록, 정혁이나 경묵의 칼질만큼 빠른 속도는 아니었지만, 원하는 크기와 모양대로 정확하게 썰어내고 있다는 사실은 분명했다.

지금껏 서은의 요리 실력을 한 번도 본적은 없었지만 모양새를 보아하니 요리솜씨도 제법 나쁘지 않은 듯 보였다.

뒤편에 앉아 서은이 상을 차려내기를 기다리던 경묵이 물었다.

"도와드릴까요?"

"아니요, 오늘은 제가 차려드리고 싶어서요. 지금까지 매일 경묵씨가 해주는 음식만 먹었었잖아요."

서은은 긴 머리를 뒤로 살짝 올려 묶은 상태였다.

헐렁헐렁한 자신의 티셔츠를 입고 있는 모습을 보고 있자니 귀엽다는 생각이 들었다.

이윽고 서은이 끓인 김치찌개가 상에 놓였다.

불 위를 떠난 지 오래였지만 온기를 머금은 뚝배기 덕분에 칼칼해 보이는 찌개 국물이 연신 '보글보글' 소리를 내며 계속해서 끓어오르고 있었다.

끓어오르는 찌개를 바라보고 있자니 입가에 절로 미소가 지어졌다.

서은은 연이어 작은 뚝배기에 담긴 계란찜을 내왔다.

노란색 계란찜이 마치 숨을 쉬듯 살짝, 살짝 수축과 팽창을 반복하고 있었다.

중앙에 올려진 홍고추 고명을 보고 있자니, 서은의 정성이 느껴지는 듯 했다.

뚝배기와 닿는 부분에 일은 기포는 끓어오르고 있었고, 피어오르는 김에는 한없이 고소한 향이 담겨있었다.

말 그대로 정성이 담겨진 한 상이었다.

서은은 냉장고에 있던 몇 가지 반찬을 더 꺼내고는 고슬고슬한 밥을 그릇에 담아내 상에 올려두었다.

이윽고 두 사람이 마주앉아 식사를 하기 시작했다.

경묵이 수저를 들고 먼저 계란찜을 조금 떴다.

몽글몽글한 계란찜이 수저 위에서 작게 진동했다.

한 입. 다음엔 아직도 잔잔하게 끓어오르는 찌개 국물을 떠서는 입가로 천천히 옮겨갔다.

또, 한 입. 경묵은 놀람을 감추지 못한 채, 지금껏 보인 적 없는 맛있는 식사를 하기 시작했다.

서은이 차려낸 밥상 위에서 자신이 가장 그리워하던 시간을 본 것이다.

애석하게도 사람들은 지나간 시간에 대하여 정확히 기억하지 못한다.

신이 인간에게 내린 축복중 하나가 망각이라는 말이 있지 않던가?

나빴던 기억을 망각하며 그리움이라는 물감으로 지난 시간을 조금씩 덧칠하기 시작한다.

그리고 그렇게 덧칠된 기억을 '추억'이라고 명명한다.

다만 쉽사리 잊히거나 변형되지 않는 것이 있다. 그 시간에 느꼈던 감정.

대부분의 사람들이 자신의 기억 속에 남은 특별한 날의 날짜라던가, 그날 입었던 옷이라던가 하는 세세한 부분들은 정확히 기억하지 못한다.

하지만, 적어도 그 때 느꼈던 감정만큼은 제대로 기억하는 경우가 태반이다.

그 날의 슬픔을 떠올리며 가슴이 시큰해지는 것을 만끽하기도 하고, 즐거움을 떠올리며 갑자기 입가에 웃음을 짓기도 한다.

그리고 종종 그런 감정을 떠올리는 매개체가 되는 것이 바로 '맛' 이다.

맛. 난데없이 맛이 왜 튀어 나오는 것인가 싶을 수도 있겠다.

하지만 우리는 생각보다 맛에 의지하여 기억하는 경우가 다분하다.

첫 째로 맛을 통해서 그 시절을 떠올리고, 두 번째로 함께 먹었던 사람을 떠올린다.

세 번째로 먹던 때의 분위기를 떠올리고, 네 번째로 그 음식을 맛보던 시절의 자신을 그리워한다.

누구에게나 향수가 담긴 음식이 있고, 지금 서은이 차려낸 음식이 경묵의 향수를 자극하는 음식이었다.

경묵의 어린시절, 세 식구가 한 식탁에 둘러앉아 함께하던 저녁식사.

요란한 상차림은 아니지만 정성이 담긴 담백한 찬거리와 따뜻한 밥. 당시 경묵의 어머니가 차려주시던 밥상이 딱히 특별한 맛은 아니었다.

유기농 재료만을 이용해서 인체에 해롭지 않게 조리한 음식도 아니었고, 가끔은 과하게 첨가된 조미료 탓에 씁쓸한 뒷맛이 나기도 했다.

지금 서은이 조리해낸 음식들도 마찬가지였다.

특별한 맛도 아니었고, 발달된 미각은 군데군데 엉성한 맛을 찾아내어 경묵에게 알려주고 있었다.

하지만 경묵은 정말 맛있게 식사를 하고 있었다.

비록 맛은 특별하지 않았지만, 그 의미만큼은 너무도 특별했다.

경묵은 지금 서은이 내놓은 음식 속에 투영된 자신의 과거를 돌아보고 있었다.

그 시절, 그 사람들과, 그 때의 분위기를 잔뜩 만끽하고 있었고, 아주 조금이라도 놓치지 않기 위해서 최대한 꼭꼭 씹어 먹고 있었다.

"서은씨."

"네?"

"너무 맛있어요."

너무 진지한 경묵의 칭찬에 서은이 멋쩍은 듯 웃어 보이며 다시금 수저를 움직였다.

"빈말인 거 다 아는데도 기분은 좋네요."

"네? 아니에요. 정말 너무 맛있어서 그래요."

경묵은 다시금 서은의 찌개를 한 술 뜨며 생각했다.

'맛뿐만이 아니라 모두의 마음을 움직일 수 있는 요리를 하고 싶다.'

경묵 역시 짜장을 볶을 때면, 어릴 적의 향수를 이용하여 볶아내곤 한다.

가족들과 함께 외식할 때마다 가던 '다복정'의 연갈색 짜장 맛.

무작정 다복정의 짜장 맛을 쫓는 것은 어쩌면 경묵에게는 해가 될 지도 모르는 일이기도 하다.

경묵이 다복정의 짜장 맛 보다 더 특별한 맛을 낼 수 있을지도 모르는 노릇이니 말이다.

자신에게 다복정의 짜장 맛이나, 서은이 정성스레 차린 밥상이 있다면 다른 사람들은 어떤 맛을 그리워하며 사는지가 궁금했다.

경묵은 다시 한 번 서은이 지은 밥을 떠서 입에 넣고 오물오물 씹으며 생각했다.

'모두의 추억이 겹치는 맛은 없을까?'

더불어 사람들의 감정을 움직일 요리를 할 수 있는 방법에 대해서도 고민하기 시작했다.

마음을 움직이는 요리가 하고 싶어 졌다.

이름이야 거창하지만, 사실 삼류 요리 만화에 나오는 말도 안 되는 요리처럼 용이 날아다니고 땅이 갈라질 정도로 맛있는 요리가 아니더라도 사람의 마음을 움직일 수 있다.

잊고 있던 시간을 떠올리게 하고, 향수를 느낄 수 있는 맛이면 충분했다.

어쨌든 경묵은 지금의 아침 식사를 통해 잊지 못하고 있던 맛을 떠올렸다.

그리고 그와 동시에, 언제고 시간이 제법 흐르게 된 후에 또 다시 추억하게 될 맛을 보게 된 셈이었다.

스스로도 알고 있었다.

분명 서은과 함께한 지금의 아침식사를 또 다른 음식을 통해 떠올리게 되고, 웃음 짓는 날이 올 것이란 사실을.

서은이 차려준 그 밥상은 참 행복했다.

❀

이윽고 식사를 마친 경묵은 커피포트에 물을 올리고는 믹스커피 봉지를 서은에게 흔들어 보였다.

서은이 고개를 끄덕이자, 금세 커피 두 잔을 타냈다.

"크."

눈을 떴을 무렵의 숙취는 이미 개운하게 사라진지 오래였다.

경묵은 커피 맛을 음미하듯 눈을 지그시 감은 채 앉아있었고, 서은은 그런 경묵을 바라보며 마냥 밝게 웃고 있었다.

"아까 그런 생각이 들더라고요."

"네? 어떤 생각이요?"

경묵은 서은의 눈을 바라보며 물었다.

"혹시 서은씨가 그리워하는 맛은 어떤 맛이에요?"

"그리워하는 맛이라⋯⋯."

서은은 곰곰이 생각을 해보기 시작했다.

"음, 어릴 때 어머니가 해주신 팬케이크 같아요."

"팬케이크요?"

"네, 동네 마트에서 파는 가루분말로 만드는 팬케이크 있잖아요, 가끔씩 그 가루 분말을 사오라고 심부름이라도 시키시는 날이면, 신이 나서 사오곤 했었거든요."

서은은 입맛을 한 번 다시며 말을 이었다.

"얼마나 맛있었는데요? 지금은 제가 아무리 해봐도 그 때 먹었던 맛이 안 나는 것 있죠?"

서은이 잔뜩 아쉬운 듯 보이는 표정으로 말하자, 경묵이 키득거렸다.

이번에는 서은이 되물었다.

"그런데 그리워하는 맛은 왜요?"

"제 음식에, 모두가 그리워하는 맛을 내고 싶다는 생각을 했거든요."

"모두가 그리워하는 맛이라⋯⋯. 조금 추상적인데요?"

경묵이 고개를 끄덕이며 대답했다.

"맞아요, 그래서 고민이에요. 모두의 향수를 자극하고

마음을 움직일 수 있는 요리를 하고 싶다는 생각이 들더라고요. 저한테는 서은씨가 끓여준 찌개랑, 정성껏 만들어주신 계란찜이 그랬어요. 어린 시절에 어머니 아버지랑 함께 수저를 들던 밥상이 떠오르더라고요."

경묵의 입가에 천천히 미소가 번지기 시작했다.

"사실, 마냥 그리워하고 살지는 않았지만 막상 그 맛을 다시 마주하니까 너무 그리운 거 있죠? 그 시간이 그리운 것도 아니고, 부모님이 그리운 것도 아닌 것 같은데 헷갈리더라고요."

경묵은 커피를 다시 한 모금 들이키고는 천천히 말을 이었다.

"그래도 나쁘진 않았어요. 아니, 나쁘기는커녕 마음이 편안하고 푸근해서 너무 기분이 좋았던 거 있죠? 저도 다른 사람한테 이런 느낌을 줄 수 있는 요리를 할 수 있을까요?"

서은은 어깨를 들썩여 보이고는 말했다.

"제가 한 요리가 경묵씨한테 그런 느낌을 줬다면서요, 저도 했는데 경묵씨가 왜 못하시겠어요? 음, 그리고 자세히는 모르지만 도움이 될 만한 사실을 하나 알고 있기는 해요."

"어떤 건데요?"

경묵이 호기심 가득한 표정으로 되묻자, 서은은 곧장 대답을 해주기 시작했다.

"버프 스킬 중에는 단순히 신체적인 능력치를 상승시켜 주는 게 끝이 아니라, 사람이나 동물의 감정을 움직일 수 있는 버프가 있다는 말을 들어본 적이 있어요."

경묵의 눈이 휘둥그레 해졌다.

"그런 스킬이 있다는 말이에요?"

"네, 아마 쉽게 익힐 수 있는 스킬은 아닌 게 분명해요."

"어째서요?"

서은은 입가에 멋쩍은 미소를 지어보이며 답했다.

"적어도 상점에서는 그런 스킬들의 스킬 북을 일절 판매하고 있지 않거든요."

상점에서 판매하지 않는다? 그렇다는 것은 '감정을 움직이는 버프'는 히든 스킬이라는 말이 된다.

히든 스킬이라면 아무리 간절히 원한다 해도 쉽사리 손에 넣을 수는 없었다.

본래라면 포기를 해야 옳겠지만, 경묵은 한 치도 물러날 수 없었다.

경묵은 어떻게든 그 히든 스킬의 실마리를 찾아내기로 마음먹었다.

향수를 자극하고 마음을 움직이는 요리를 해내겠다는 경묵의 원대한 목표를 이룩해 줄 것이 분명했기 때문이었다.

그리고 그 때, 경묵의 핸드폰이 진동하기 시작했다.

경묵은 전화를 받자마자 밝게 웃으며 답했다.

"와, 오랜만이에요. 그래요, 오늘부터 출근하기로 한 것 기억하죠?"

통화내용을 들은 서은이 의아하다는 듯 경묵을 바라보고 있었다.

경묵은 계속해서 수화기너머의 상대와 이런저런 대화를 주고받다가 말했다.

"그래요, 늦지 않게 출근하세요. 여전히 활기차시네, 바쁘니까 일단 끊고 있다가 혹시 길 모르겠으면 전화 한번 주세요."

이윽고 경묵이 전화를 끊자 서은이 물었다.

"누구에요? 혹시 오늘부터 홀에 출근하신다는 분인가?"

"네, 맞아요. 오늘부터 출근할 새 직원이에요."

새 직원이라는 말에, 서은의 궁금증이 배가되었다.

그리고 서은은 경묵에게 수줍은 듯 넌지시 물었다.

"그런데 그 분……."

"네."

"잘생겼어요?"

"아니요 제가 더 잘생겼어요."

경묵이 자리를 털고 일어서며 말했다.

"자, 서은씨. 저는 슬슬 나가봐야겠어요."

"아, 그래요?"

시간을 한 번 확인한 서은이 경묵에게 되물었다.

"원래 이렇게 이른 시간에 나가세요?"

"아니요, 갈 데가 있어서요."

경묵은 미소를 한 번 지어보이고는 자리에서 일어나 준비를 시작했다.

서은은 분주히 움직이는 경묵을 한 번 바라보고는, 뒤따라 일어섰다.

❀

두 사람이 집 밖으로 나섰을 때, 경묵이 서은을 바라보며 물었다.

"서은씨, 출근 전까지 시간 좀 내주실 수 있어요?"

"시간이요? 왜요?"

원래 오늘 자신의 약국에 한 번 들려보려고 했지만, 들리지 않아도 딱히 크게 문제가 되거나 할 것은 없다.

흥미가 생기는 일이면 주저 없이 경묵을 따라갈 생각이었다.

서은의 입장에서는 시장이나 도매상을 찾아가 물건을 받는 일들이 정말 재미있었다.

서은은 눈을 번쩍이며 물었다.

"어디 가는 데요?"

"음, 추억의 맛을 찾아서?"

모르긴 몰라도 제법 호기심이 생긴 모양인지 서은이 자연스레 트럭 조수석 위에 올라탔다.

경묵은 그런 서은을 바라보며 한 번 웃음을 지어보이고는 운전석 문을 열어 젖혔다.

서은은 가끔 트럭 운전석에 앉아있는 경묵을 보고 있자면, 괜스레 웃음이 나오곤 했다.

한 손으로 룸미러 각도를 조정하듯 이리저리 매만지는 경묵의 모습을 보던 서은이 웃음을 터트렸다.

"풉!"

"왜 그래요?"

경묵이 다소 당황한 듯 서은을 바라보며 물었다.

서은이 웃음을 터트릴 수밖에 없었던 것이 경묵의 얼굴은 트럭과 조화로운 얼굴은 아니었기 때문이었다.

경묵의 세련된 외모와 큰 키에 걸맞지 않게 트럭의 천장은 낮았고, 운전대는 초라해 보였다.

더군다나 지금은 더했다. 아직 물기가 가시지 않은 촉촉한 머리칼에 방금 세수를 마쳐서 새하얗기만 한 피부며 룸미러를 맞추는데 잔뜩 집중을 한 것이 아랫입술을 살짝 깨물고 있는 모습이 멋있기 그지없었다.

뭐랄까? 마치 트럭 위의 왕자님을 보는 느낌이랄까?

서은은 연신 입을 가린 채 웃어대며 경묵을 바라보고 있었다.

이렇게 천진난만하게 웃고 있는 서은의 모습을 보고 있자니, 경묵 역시 웃음이 절로 나왔다.

서은이 간신히 새어나오는 웃음을 억누르며 물었다.

"경묵씨는 트럭이 되게 익숙해 보이면서도 잘 안 어울리는 거 알아요?"

경묵이 차 키를 꽂아 넣으며 물었다.

"그거 칭찬 맞죠? 뭐 조금 귀티난다 이런 건가?"

"어떻게 듣느냐에 따라 다르겠죠?"

서은은 어깨를 한 번 들썩여 보이며 웃음을 지었다.

경묵이 트럭에 시동을 걸자, 천천히 진동하기 시작했다.

두 사람이 탄 트럭은 천천히 골목을 누비기 시작했다.

경묵은 좌, 우를 열심히 살피며 빠르지 않은 속도로 트럭을 몰고 있었다.

서은은 행선지가 너무도 궁금했지만 묻지는 않았다.

어차피 경묵이 대답을 해주지 않을 것이 불 보듯 뻔했기 때문이었다.

그리고 트럭이 멈춰선 곳은 어느 초등학교의 앞이었다.

"엥?"

"자, 내립시다."

경묵이 안전벨트를 푼 후 운전석에서 재빠르게 내렸다.

천천히 앞으로 걸어가는 경묵의 뒷모습을 멍하니 바라
보던 서은 역시 트럭 위에서 내려섰다.

경묵이 서은을 데리고 온 곳은 경묵이 졸업한 초등학교
앞의 작은 분식집이었다.

"자, 우선 맛 좀 봅시다."

"오, 떡볶이?!"

서은이 기뻐 보이는 표정으로 경묵을 바라보며 물었다.

경묵은 고개를 끄덕여보이고는 의아하다는 표정으로
되물었다.

"서은씨, 그런데 배 안 불러요?"

서은은 검지를 흔들어 보이며 말했다.

"경묵씨가 뭘 잘 모르시나 본데, 여자들은 원래 밥 들어
가는 배 따로, 간식 먹는 배 따로, 음료수 마시는 배가 따
로 에요."

"그래요, 어련하시겠어요."

경묵이 문을 열고 들어서며 외쳤다.

"이모!"

경묵의 뒤를 따라가던 서은이 가게 문 앞에서 잠시 걸
음을 멈추고 위를 올려다보자 허름한 간판에 '민경 분식'
이라는 문구만이 덩그러니 쓰여 있었다.

심지어 간판에 먼지가 잔뜩 낀 탓에 변색이 된 듯 보였
다.

거뭇거뭇 때가 탄 간판을 바라보던 서은이 침을 한 번
삼켜냈다.

사실 서은은 이렇게까지 낡아 보이는 가게에 와 보는
것이 처음이었던 터라 내심 긴장한 상태였다.

서은은 밖에 서서 '민경 분식'의 외관을 천천히 살피기
시작했다.

어묵 통 안에서 모락모락 올라오는 김과 순대를 쪄내는
찜통. 종류별로 분류되어있는 튀김들과, 제법 깨끗한 듯
맑은 노랑 빛을 띠고 있는 기름.

떡볶이를 볶아내는 칸은 무려 두 곳이나 되었다.

하나는 그냥 떡볶이, 그 옆에 있는 것은 거뭇거뭇한 것
이 짜장 떡볶이처럼 보였다.

서은은 그제야 천천히 가게 안으로 들어섰다.

경묵은 자리를 잡고 앉아 제집인양 선반 위에 놓인 TV
의 채널을 돌리기 시작했다.

가게 주인이 자리를 비운 듯 보였다.

"아휴 정말, 이 아줌마는 장사할 생각이 없다니까?"

경묵이 투덜거리며 자리에서 일어서서는 바깥을 향해
성큼성큼 걸어 나갔다.

그리고는 익숙한 솜씨로 접시위에 비닐을 씌우더니 떡
볶이를 담아내기 시작했다.

경묵은 접시 2개에 그냥 떡볶이와 짜장 떡볶이를 조금

씩 담아내서 서은이 앉은 자리위에 올려두고는 엄지손가
락에 살짝 묻은 떡볶이 소스를 살짝 맛보았다.

쪽—

그리고는 마치 자신의 가게라도 되는 양 당당하게 말했
다.

"먼저 먹고 있어요. 튀김 드실 거죠?"

"아니, 경묵씨. 그런데 이렇게 멋대로 가져다가 먹어도
되는 거예요?"

서은은 이런 경묵의 행동이 심히 걱정스러운 듯 보였다.

그러나 경묵은 아무렇지 않은 표정으로 무던하게 답했
다.

"괜찮아요, 그럴 수도 있죠. 튀김은 제가 맛있는 걸로
골라서 튀겨올게요."

경묵은 그 말만을 남기고 다시금 튀김을 튀기러 가버렸
다.

그 때, 가게 안으로 들어서는 한 아주머니와 서은의 눈
이 마주쳤다.

40대 중 후반쯤 되어 보이는 아주머니는 곱슬곱슬한
머리칼에 포근한 인상, 누가 보더라도 떡볶이 가게 사장
님처럼 보이는 인상이었다.

아니나 다를까 가게 안에 들어서자마자 경묵의 등짝을
후려쳤다.

짝-!

크게 포물선을 그린 두툼한 손이 경묵의 등짝에 맞닿으며 굉음을 냈다.

"아야!"

경묵이 한 손을 뒤로 빼서 자신의 등을 어루만지며 고통을 호소했다.

"야 이 썩을 놈아, 네 가게냐? 네 가게야?"

"아니, 이모가 없는데 어떻게 해. 우리 시간 없단 말이야."

경묵이 인상을 쓴 채 자신의 등을 연신 어루만지며 답했다.

서은은 그제야 방금 들어선 아주머니가 떡볶이 가게의 사장님이라는 확신이 들었다.

경묵과 아주머니는 제법 친한 듯 보였다.

사실, 방금 경묵의 등을 세게 후려 친 아주머니가 민경분식의 주인인 '순자' 였다.

경묵이 어릴 적부터 워낙 자주 들르기도 했었고, 순자는 말썽쟁이인 경묵이 안쓰러워 줄곧 돌봐주기도 했었다.

경묵의 할머니와도 친한 사이었기에, 경묵의 가정사에 대해서 잘 알고 있었기 때문이었다.

더군다나 서로 오래 봐 온 만큼 친밀한 사이라고 할 수 있었다.

그 때 순자가 자리에 조신하게 앉아 경묵을 기다리고 있는 서은을 바라보며 웃음을 지으며 물었다.

"아이고, 아가씨가 경묵이 각시인가? 참하기도 해라. 아가씨, 뭐 먹고 싶은 거 있으면 말만 해요. 알았지?"

"감사합니다, 떡볶이가 너무 맛있어요."

대답을 마친 서은 역시 미소로 화답하며 고개를 끄덕여 보였다.

경묵은 그런 서은의 처세술에 혀를 내둘렀다.

"서은씨, 맛은 보고 맛있다고 한 거예요?"

경묵은 튀김이 담긴 접시를 테이블 위에 내려놓으며 서은의 맞은편에 앉았다.

순자는 경묵과 서은이 앉은 자리 옆으로 의자를 끌어와 앉았다.

육중한 몸 탓에 의자가 짓눌리는 것 같다는 생각이 들 정도였다.

순자가 경묵에게 물었다.

"경묵아, 정말 너랑 만나는 아가씨야?"

"아니에요, 그냥 동업자에요."

"동업자? 아, 그래 할머니한테 말씀 들었다. 경묵이 너 요즘 돈 잘 번다며~? 할머니가 입이 마르도록 칭찬을 하시더라."

경묵이 고개를 끄덕이며 떡을 하나 집어 올렸다.

아래로 축 늘어지는 모양새를 보니 한참동안 푹 끓여낸 듯 보였다.

이윽고 경묵은 젓가락을 입가로 옮겼다.

말랑 쫄깃한 식감에 떡 안 깊숙한 곳 까지 스며든 매콤 달콤한 양념.

정말이지 어렸을 때 먹었던 맛 그대로였다.

"아, 역시 떡볶이는 여기가 최고라니까."

"이런 숨은 맛 집은 어떻게 알고 계세요?"

서은이 의아하다는 듯 경묵에게 물었다.

허름해 보이는 외관 탓에 들어오기도 꺼려졌었는데, 한 번 맛을 보고나니 그런 선입견이 완전히 깨진 것이다.

"어렸을 때부터 자주 오던 곳이에요. 제가 이 앞에 있는 초등학교 나왔거든요."

"어렸을 때부터요?"

서은이 의아하다는 듯 묻자 경묵 대신 순자가 대답했다.

"아가씨, 경묵이가 어렸을 때 얼마나 바보 같이 하고 다 녔었는지 아세요?"

"풉! 어떻게 하고 다녔는데요?"

서은이 웃음을 간신히 참아내며 순자에게 되물었다.

"저 짜장 떡볶이 소스를 입가에 항상 묻히고 다니는데 얼마나 바보 같던지. 뜨거운 물을 손에 묻혀가지고 박박 닦아주면, 아프다고 그냥 엄살을 부리는데…… 겨울이면

훌쩍거리면서 여기 이렇게 앉아가지고 만날 떡볶이 조금 얻어먹고 가고 그랬거든요."

서은이 밝게 미소를 지어보이자, 순자는 손뼉을 쳐 보이고는 말을 이어나갔다.

"그래, 그래. 어렸을 때 성질은 또 왜 이렇게 더러운지 만날 눈이 시퍼렇게 멍들어가지고 와가지고 계란으로 문질러준 게 한 두 번이 아니라니까? 경묵이 할머니가 여기 저기 사과하러 다니시느라 고생 많이 하셨지."

경묵은 순자의 폭로에도 아랑곳하지 않고 연신 떡볶이를 집어먹고 있었다.

어느새 경묵의 콧잔등에는 송골송골 땀이 맺혀있었다.

맛있게 먹는 경묵의 모습을 바라보던 순자의 입가에 미소가 걸렸다.

"코찔찔이가 참 많이도 컸네. 잘 컸다, 요놈아!

꼭, 엄마 같은 미소였다. 순자는 서은에게도 손짓을 해 보이며 말했다.

"아가씨도 얼른 들어요, 더 먹고 싶은 거 있으면 말하고."

순자가 자리를 비우자, 경묵이 순자의 뒷모습을 바라보며 작게 말했다.

"좋은 분이세요, 엄마가 곁을 떠나고 나서 이모한테 정말 많이 의지했던 것 같아요."

"친 이모에요?"

"아니에요, 어떻게 보면 남이죠."

서은은 다시 한 번 놀랐다.

상당히 친밀해 보이는 모습에 당연히 친 이모일 것이라고 생각한 것이다.

"경묵씨 주변에는 좋은 사람이 참 많네요."

"네?"

"정혁씨도 그렇고, 야채 아저씨도 그렇고, 여기 이모님도 그렇고……."

말끝을 흐렸던 서은이 집어든 떡볶이를 호호 불어보이고는 말을 이었다.

"저도 그렇고."

그리고는 다시금 들어 올린 떡볶이를 입 안에 넣고 오물오물 씹어대기 시작했다.

어릴 적으로 돌아온 것 같은 기분이었다.

이 촌스러운 연두색 접시며, 벽에 대충 붙여놓은 종이 메뉴판에 익숙한 떡볶이 맛과, 냄새.

요즘에는 거의 찾아보기 힘든 박스 TV와 가끔씩 끊어지는 화면.

마치 시간이 경묵의 어릴적으로 돌아간 것은 아닐까 싶은 착각이 드는 공간이었다.

감회에 젖은 경묵이 가게 안을 두리번거리자, 순자가 말했다.

"에휴, 경묵아. 여기도 이제 다음 달이면 끝이다."

그 말을 들은 경묵의 두 눈이 휘둥그레 해졌다.

"네? 그게 무슨 말씀이세요? 다음 달에 여기 정리하시는 거예요?"

"그래, 어쩌다보니 그렇게 됐다."

순자는 뒤도 돌아보지 않은 채 순대를 썰어내며 답했다.

푸근한 뒷모습이 유난히 축 쳐진 듯 보였다.

경묵이 격양된 목소리로 순자에게 되물었다.

"이모, 혹시 무슨 일 있어요?"

"그게 사실은……."

순자는 그제야 뒤돌아서서 경묵을 바라보며 조심스럽게 입을 뗐다. 살이 두툼하게 붙은 눈가에 슬픔이 분명하게 어려 있었다.

순자의 말을 들은 경묵의 표정이 어두워졌다.

만약 조금만 늦게 걸음을 했더라면, 순자의 떡볶이 맛보지 못할 뻔 했던 것이다.

사정은 이러했다. 학교 근처에 유명 프렌차이즈 기업들의 떡볶이 가게들이 우후죽순처럼 들어서는 것이 1차적인 타격이었다.

2차적인 타격은 그와 동시에 학교에서 시행한 불량식품 근절 캠페인 때문이었다.

순자는 자신이 끓여낸 떡볶이를 주걱으로 천천히 뒤적거리며 침울한 목소리로 말했다.

"내가 정성껏 끓인 떡볶이가 왜 불량 식품이라는 거야, 썩을 놈들이."

"그래도, 오던 애들은 자주 오지 않아요?"

"그래 몇 명 먹으러 와주는 애들은 있다만, 이런 거 저런 거 생각하기는커녕 월세 내는 것도 급급하고 힘들어."

순자는 침울한 표정으로 말을 이어나갔다.

주걱을 쥐고 있는 손은 멈추지 않고 연신 떡볶이를 휘젓고 있었다.

"이렇게 많이 해 놔봤자 다 팔리지도 않고 공연히 다 버리는 거야. 그래도 아쉬워서 그래, 아쉬워서. 이번에 영업 정리하고 나면 나도 다른 일자리 알아보고 해야지. 그래도 내가 학교 앞에서 장사한 게 어언 십 수 년인데, 아쉬워. 너무 아쉬워."

경묵이 한숨을 쉬며 고개를 푹 숙였다.

이대로 다시는 순자의 떡볶이를 맛보지 못한다고 생각하니 마음이 애잔했다.

그 때였다. 경묵의 눈앞에 여태껏 한 번도 본 적이 없는 안내 창이 나타났다.

[퀘스트가 생성되었습니다.]

'퀘스트……?'

심각한 상황에 눈치 없이 나타나버린 상태 창은 여태껏 단 한 번도 보지 못했던 안내 창이었다.

이윽고 눈앞으로 다음 안내 창이 나타났다.

*

[퀘스트 내용]

무너져가는 분식집의 숨겨진 조리법을 이어 받는다.

난이도 : 중급

퀘스트 유형 : 비술 습득

보상 : 1500GEM, 숨겨진 스킬 북.

*

난데없는 퀘스트였다.

'뭐야, 이게……. 불 난 집에 부채질 하는 것도 아니고, 비법을 전수해달라고 하라고?'

눈 딱 감고 해달라고 부탁하면 안 해 줄 순자가 아니라는 것도 알고 있었다.

그러나 그건 경묵 스스로 절대 원치 않는 행동이었다.

안내 창이 서은에게는 나타나지 않은 듯 보였다.

서은은 여전히 심각한 표정으로 자신의 턱을 매만지며 깊은 고민에 잠겨있었다.

경묵은 다시 한 번 눈앞에 나타난 안내 창을 훑어보았다.

기준 자체가 모호해도 너무 모호했다. 무너져가는 분식집의 비법을 전수받으라니?

비법이 한두 가지가 아닐 것이 분명한데, 어떤 비법을 말하는 것 인지를 통 알 수가 없으니, 제대로 된 난이도를 짐작할 수가 없는 것이었다.

물론 안내 창에 명시된 난이도는 '중급' 이었지만, 진정한 난이도는 분간해낼 방안이 없었다.

경묵이 했었던 게임들만 하더라도 표면상의 난이도와 실제 난이도가 다른 경우가 많았으니 말이다.

더군다나 난이도가 낮다고 하더라도, 시간이 오래 걸리는 퀘스트가 있기도 하고 거절을 하거나, 수락을 한 상태로 오랫동안 완료를 하지 못했을 때 어떤 패널티가 생길지도 모르니 경묵은 더더욱 신중하게 행동해야했다.

다만 보상에 눈이 가는 것이 사실이었다.

1500GEM 보다는, 공개되어있지 않은 [숨겨진 스킬북]이 마음에 걸렸다.

숨겨져 있는 스킬이라면 당연히 희소성이 높을 것이고, 어쩌면 경묵이 원하는 스킬의 스킬 북 일지도 모르겠다는 생각이 들었다.

바로 감정을 움직이는 버프 스킬. 헛된 상상일수도 있었지만 경묵은 입가에 미소를 머금은 채 침을 한 번 삼켰다.

그 때, 눈앞에 다른 안내 창이 나타났다.

[수락하시겠습니까?]

'이걸 어쩐다……'

마음 같아서는 당장 서은과 머리를 맞대고 회의라도 하고 싶었지만 다음 순간 그럴 상황이 아니라는 사실을 알 수 있었다.

갑작스럽게 눈앞에 나타난 숫자가 줄어들기 시작한 것이다.

10, 9, 8, 7, 6……카운트다운이 분명했다.

시간이 지나면 퀘스트를 영영 수락하지 못할지도 못한다는 불안감이 들어서였을까?

'수락!'

마음이 급해진 경묵이 속으로 되뇌었다.

이윽고 경묵의 눈앞에는 또 다른 상태창들이 나타나기 시작했다.

[퀘스트를 수락하셨습니다.]

[퀘스트 창을 열람하여 진행상태를 확인하실 수 있습니다.]

뭔가 속은 것 같은 기분이 들었다.

군이 표현을 해보자면, 홈쇼핑 프로그램을 보고 있다가 판매시간과 판매물량이 거의 다 떨어져간다는 진행자의 말 때문에 홧김에 물건을 구매해버린 것 같은 기분이었다.

우선 경묵은 현실을 직시하기로 생각하고, 순자에게 말을 꺼냈다.

"이모, 부탁이 하나 있어요."

"응?"

서은과 순자가 난데없이 부탁을 운운하는 경묵을 바라보았다.

그리고 경묵의 입에서 나온 다음 말은 부탁이라기보다는 제안이었다. 아주 매력적인.

경묵은 침을 튀겨가며 자신이 생각한 조건을 하나씩 제시해나가기 시작했고, 경묵이 제시한 조건을 들으면 들을수록 순자와 서은의 표정이 밝아지고 있었다.

❁

그 날 저녁, 영업 준비를 마친 서은과 경묵이 펼쳐놓은 테이블에 앉아 핸드폰으로 이것저것을 살펴보고 있었다. 먼저 말을 꺼낸 것은 경묵이었다.

"음, 그런데 저는 지금의 분위기가 크게 바뀌거나 하지는 않았으면 좋겠어요."

"그렇긴 한데, 당장 깨끗한 느낌을 주려면 포기해야하는 부분이 있을 거예요."

정혁은 대화를 나누는 두 사람을 묵묵히 바라보며 물었다.

"두 사람 뭐하느라 그렇게 바쁜 거야?"

"어 형, 왔어요?"

경묵은 정혁을 한 번 올려다보고는, 다시금 휴대폰으로 눈을 돌리며 답했다.

그런 행동이 정혁의 호기심을 더욱 자극한 것인지 정혁 역시 두 사람에게 바짝 붙어서며 다시 한 번 물었다.

"뭐야, 뭐 하느라 이렇게 바쁜 거야?"

"저희 둘, 대기업들의 횡포에 맞서기로 했거든요."

경묵의 다소 과장된 대답에 서은이 실소를 흘렸다.

그러나 정혁은 진지한 말투로 대답했다.

"그래? 나도 껴주라."

경묵은 순자가 운영하고 있는 '민경 분식'의 현 상황과 경묵이 건넨 제안에 대해 자세히, 그리고 천천히 설명을 해주기 시작했다.

정혁 역시 눈을 반짝이며 경청해서 듣고 있었다.

"아, 그러니까 어쨌든 요지는 가게를 되살려야한다. 이거네?"

"네, 맞아요."

정혁은 고개를 한 번 끄덕이고는 말했다.

"그거야 일도 아니지. 너 들어오기 전에 북경각도 사실은 이 형님께서 다시 되살린 것 아니겠냐?"

정혁이 워낙 너스레를 떨며 말을 하긴 했지만, 실언은 아니었다.

정혁이 오기 전에 있던 주방장이 사장과의 불화로 인해 갑작스레 일을 그만두게 되자, 메뉴판에 있는 요리들을 할 줄은 알지만, 실력은 안 되는 사장이 직접 조리를 하게 된 것이다.

당연히 매출은 폭락을 했고, 그 당시 정혁은 손님으로서 북경각에 처음 걸음을 했던 것이다.

부실하더라도 너무 부실한 맛에 놀란 정혁은 사장의 음식 맛이 안쓰러웠다고 표현했다.

정혁이 홀 직원을 불러서 맛에 대해서 도움을 주고 싶다는 의견을 밝히자, 다혈질인 사장이 자신이 쓰고 있던 조리모를 바닥에 집어던지며 정혁에게 했던 말은 이랬다.

"그럼, 당신이 직접 한 번 해보쇼."

엉겁결에 주방 안에 들어온 정혁은 금세 짬뽕을 볶아냈다.

그 맛을 본 사장의 간절한 부탁 때문에 바로 다음날, 정혁은 북경각으로 출근을 하게 된 것이다.

그 또한 참으로 기구한 인연이 아니라고 할 수 없겠다.

정혁의 말을 들은 경묵은 고개를 저으며 말했다.

"아니에요, 형. 떡볶이 맛에는 전혀 문제가 없어요."

"음……. 그럼 외관하고 내부가 문제라 이거네."

서은이 옆에서 한 마디를 거들었다.

"그런데 솔직히 말씀드려서 외관은……. 조금 거부감이 들 정도더라고요."

경묵도 동조하는 듯 고개를 한 번 끄덕여 보였다.

우선은 외관을 개선하는 것이 급선무인 듯 했다.

그리고 그 때, 선글라스를 낀 사내가 경묵의 푸드 트럭을 향해 성큼성큼 걸어오기 시작했다.

딱 보기에도 방정맞은 걸음걸이를 본 경묵은 단번에 그가 누구인지를 알아차렸다.

"형!"

경묵의 반가운 외침에 정혁과 서은의 시선이 걸어오는 사내에게로 향했다.

경묵 가까이에 선 남자는 쓰고 있던 선글라스를 벗어보였다.

"이야~ 경묵이, 잘 지냈어?"

말 할 때마다 씰룩거리는 콧수염도 여전했고, 촐싹대는 것 같은 목소리도 그대로였다.

전에 한 번 같이 던전에 갔었던, 초급1팀의 팀원 '이우'였다.

이우와 간단히 인사를 나눈 정혁과 서은은 이우에게 이
것저것을 알려주기 시작했다.

"우선 오픈 준비는 내일 출근하시면 가르쳐드릴 거고
요. 우선은 기본적으로 상 차리는 법……."

우는 두 사람에게 이리 불려 다니고 저리 불려 다니며
정신없이 배워야 했다.

사실 경묵이 다른 사람도 아니고 우를 불러온 데에는
이유가 있었다.

다름이 아니라 정혁 때문이었고, 그 다음 이유는 분명
좋은 분위기를 만들어 줄 것이라고 예상했기 때문이었다.

더군다나 우는 경묵의 음식을 맛본 이후로 계속해서 투
자의사가 있음을 밝혀왔지만 경묵은 아직은 시기상조라
는 말만 반복해왔을 뿐이었다.

우가 이번 푸드 트럭에 합류를 하게 된 데에는 모종의
거래가 있었다.

우도 당장 짜잘한 돈은 필요 없는 상황이니 사실 경묵
이 제시한 500만원의 월급은 무의미했다.

다만 심심하기도 했고, 경묵의 요리가 입에 잘 맞는 까
닭도 있기야 했다.

그러나 가장 큰 요인은 다른데 있었다.

경묵의 사업에 조금 숟가락을 얹고 싶은 마음 때문이었다.

경묵이 추후 우에게 여러 가지 권한을 주겠다는 약속을 한 것이다.

지금이야 줄 수 있는 권한이 많지 않다지만 가게가 생기고 규모가 커지고 체인이 생기다보면 분명 위임받을 수 있는 여러 권한들이 생긴다.

다른 것들은 둘째 치고 투자에 대한 우선권만 확보를 하더라도 우 입장에서는 나쁘지 않은 일인 셈이었다.

적어도 우가 생각하기에 경묵이 벌이고 있는 판은 '재미있게 돈을 벌 수 있는 판'이었다.

다른 건 몰라도 재미있는 게 아니라면 절대로 하지 않는 우의 입장에서는 나쁘지 않은 놀이터인 셈이었다.

그리고 맡게 되는 업무도 크게 어려움이 없으니 쉬엄쉬엄하면 되겠다고 생각했었다.

적어도 영업이 시작되기 전 까지는.

우는 무섭게 들이닥치는 손님들 덕분에 정신을 차릴 수가 없었다.

여기 저기 음식을 날라다주고, 손님들이 떠난 자리를 정신없이 치워야 했다.

그렇게 몇 시간동안 한 번 숨 돌릴 틈도 없이 일하다보니 시간 하나 만큼은 정말 빠르게 갔다.

그러나 우의 체력 역시 빠르게 방전되어 가고 있었다.

우가 정혁이 보던 서빙 업무를 보게 된 덕분에 정혁은 이제야 원래 자리로 돌아오게 된 셈이었다.

비록 오랜만에 잡는 칼과 팬 손잡이였지만, 한 번의 꼬임도 없이 제대로 요리를 해보이고 있었다.

마치 자전거 타기처럼, 아무리 오래 쉬더라도 몸이 기억하고 있는 감각들이 있는 것 같았다.

"자, 짬뽕 두 개요."

정혁이 뜨거운 짬뽕이 담긴 그릇을 홀로 건네주며 말했다.

제법 뜨거울법한 그릇인데도 불구하고 정혁의 손은 한 치의 떨림도 없었다.

경묵도, 정혁도 뜨거움이라면 이미 도가 튼 사람들이었다.

직원이 한 명 더 늘어나서 그런 것인지는 모르더라도, 일이 더 수월해졌다는 것이 확연하게 느껴졌다.

그날 밤은 북적거리는 손님들 덕분에 한층 더 활력이 가득한 밤이었다.

❀

오늘 영업 중 화동이 성장을 한 덕분에 경묵의 레벨 역시 1 올랐다.

경묵은 아무런 망설임 없이 다시금 조리능력치에 3개의 포인트를 모두 사용했다.

"자, 이제 정리하고 갑시다."

저녁 8시30분, 평소보다 한층 더 빠르게 재료가 떨어졌다.

준비해둔 재료의 양은 똑같았지만, 손님들에게 조금 더 빠르게 음식을 해서 낼 수 있었기 때문이었다.

경묵 역시 정혁 덕분에 부담을 덜 수 있었다.

혼자서 하던 일을 나눠서 하니 정말이지 천국이 따로 없을 지경이었다.

서은은 테이블에 멍하니 앉아있는 우의 곁으로 다가섰다.

"자, 그럼 이제 홀 마감에 대해서 알려드릴게요."

"지금…… 바로요……?"

우는 지친 기색이 역력한 표정으로 서은을 올려다봤다.

서은은 매정하다 싶을 만큼 단호한 목소리로 대답했다.

"네. 지금 바로."

우는 넋이 나간 표정으로 고개를 저었다.

❀

다음 날, 아침. 북경각의 모든 직원들이 민경 분식 앞에 섰다.

경묵은 우선 '민경 분식'의 출입문에 준비해온 'CLOSE' 문패를 걸어두었다.

민경 분식이 변화를 맞이하기 시작할 시간이었다.

경묵이 부른 간판 설치 업체의 사람들이 분주하게 새 간판을 달고 있었다.

그 중 가장 나이가 들어 보이는 남자가 경묵에게 다가서 사글사글하게 웃으며 말했다.

"안녕하십니까? 사장님."

"네, 잘 부탁드리겠습니다."

"간판은 어떻게 마음에 드십니까?"

경묵은 눈을 살짝 게슴츠레 하게 뜬 채로 민경분식의 새 간판을 바라보았다.

깔끔한 '민경 분식'이라는 상호 아래에는 작지 않은 크기로 이런 문구가 새겨져있었다.

'경묵푸드컴퍼니.'

보통 작은 음식점에서 시작하여 자수성가를 이루면 가게는 체인점을 내기 시작한다.

그리고 그 체인점이 점점활성화 되다보면 결국에는 식품 회사로의 발달을 거듭하게 된다.

그리고 지금 순서가 조금 바뀌기는 했다지만, 자신의 이름을 건 식품 회사가 탄생하는 순간이었다.

그 날, 사실 경묵은 순자에게 자신이 가게를 인수받겠

다는 의사를 밝혔다.

물론 운영을 본인이 할 수 없으니 그 권한은 전적으로 순자에게 맡기고 기본급을 맞춰주는 것으로 인하여 기본적인 생활을 할 수 있도록 보장을 해주기로 한 것이다.

그러나 경묵 역시 자선 사업가는 아니다보니 밑지는 장사는 하고 싶지 않았다.

이 골목에서 경쟁하는 대기업 프렌차이즈 분식집쯤은 이겨내고 말겠다는 의지가 있었다.

그래서 설립하게 된 것이 바로 경묵푸드컴퍼니.

그정도 규모는 되지 못하더라도 가맹점주들에게 그 이상의 혜택을 줄 자신은 있었다.

물론 가맹점이라고는 골목길에 위치한 '민경 분식'과 푸드 트럭 한 대가 전부지만, 업계 최고가 되겠다는 야망을 품고 있는 회사의 설립 순간이었다.

간판을 뚫어져라 쳐다보던 경묵은 간판 업체 사장에게 나지막이 말했다.

"아주 마음에 듭니다."

허름하던 간판 교체를 시작으로 민경분식에 변화가 찾아오고 있었다.

내부 공사가 진행되기 시작했고, 경묵은 배달용 스쿠터를 3대 매입했다.

메뉴판을 새로 디자인하기 시작했고, 다음 달 배부될 배달음식책자에도 실어냈다.

내부 공사가 한창인 민경분식 앞에 경묵과 순자가 섰다.

간판을 올려다보던 경묵이 순자에게 말했다.

"이모가 민경분식 매장관리를 맡아주셨으면 좋겠어요."

"관리를?"

경묵은 고개를 끄덕였다.

"그냥, 전에 가게 하던 때처럼 똑같이 운영하면 돼요."

"응……?"

"처음부터 높은 월급을 약속해줄 수는 없지만, 지금 당장은 월 180만원을 기본급으로 하고 영업매출의 10%를 인센티브로 지급해 줄 수 있어요. 내가 그 전의 민경분식 매출은 잘 모르겠지만 아마 경제적으로는 전보다 훨씬 더 여유가 생길 거예요."

물론 순자로서는 전혀 나쁘지 않은 조건이었다.

기본급만 하더라도 전에 벌어들이던 수입과 맞먹었는데, 거기에 10%의 추가 이익이 발생하게 되는 것이었다. 그러나 더욱 놀랄 수밖에 없었던 것은 다음 말이었다.

"이모가 가게를 맡아서 운영해주는 시간이 1년이 지날 때마다, 자동으로 갱신을 해서 인센티브를 5%씩 늘려 줄 거고, 그러다가 35%가 되는 5년 후에는……."

경묵이 말끝을 흐리자 순자는 아무 말 없이 경묵을 바

라보았다.

이윽고 경묵이 살짝 미소를 지어보이며 말했다.

"그러니까, 5년 후에는 여긴 다시 이모 가게가 될 거에요."

"뭐?"

순자는 어안이 벙벙해졌다. 꼭 순자가 혼자서 영업을 하고 먹고살 수 있는 상황을 만들기 위해 지금의 투자를 감행한 것처럼 보일 정도였다.

할머니에게 돈을 많이 번다 하는 이야기는 들었지만, 사실 이 정도일 것이라고는 짐작도 하지 못했다.

이야기를 마친 순자와 경묵이 그렇게 공사가 한창인 내부를 엿보기도 잠깐, 얼마 지나지 않아 파란색 포터 트럭이 다시금 민경 분식 앞에 멈춰 섰다.

트럭에서 내린 사람은 경묵에게 수산시장 거래처를 소개시켜주고, 지금 쓰는 식자재를 납품해주는 노경표였다.

"여, 경묵이. 가게 삐까뻔쩍 한데?"

한껏 과장된 목소리로 내린 노경표는 짐짓 아저씨같은 옷차림을 하고 있었다.

물론 아저씨가 맞기야 하지만, 옷이 나이를 더 들어보이게끔 하고 있었다.

색 바랜 체크무늬 와이셔츠위로 입은 초록색 조끼에 펄럭거리는 청바지.

목장갑과 제대로 정리되지 않은 수염에 푸석푸석한 피부.

그래도 몸 하나 만큼은 정말이지 건강해 보인다는 느낌이 드는 인상이기도 했다.

노경표는 장갑을 벗어서 조끼 앞주머니에 대충 쑤셔 박고는 순자에게 인사를 한 번 해보였다.

"안녕하십니까? '로컬푸드' 노경표라고 합니다."

"안녕하세요, 민경 분식 운영하던 신순자라고 합니다……."

이런 상황이 어색하기만 한 것인지 순자가 부자연스럽게 한 손으로 뒷목을 쓸며 대답하자, 노경표는 특유의 영업적 친화력으로 순자에게 다가섰다.

"말씀 많이 들었습니다. 이번에 개업하실 가게의 총괄을 맡게 되셨다고 들었습니다.

식자재 납품을 제가 담당하게 되었으니 앞으로 매일같이 보겠습니다. 노경표는 순자에게 자신의 명함을 건네며 말을 이어나갔다.

"다름이 아니라, 혹시 전에 거래하시던 업체에게 받은 거래내역서 보관 중인 게 있으신가요?"

"아, 예 거래내역서는 다 가지고 있어요."

순자가 어깨에 멘 살짝 헤진 가방 안에서 종이뭉치를 꺼내들어 경표에게 건네었다.

경묵의 시선은 순자 가방에 나있는 작은 구멍에서 떠날 줄을 몰랐다.

구멍 쪽에 헤진 자국이 제법 멀리선 경묵에게도 선명히 보일 정도였지만, 순자는 모르고 있는 듯 했다.

이윽고 노경표는 천천히 순자가 건네준 거래 내역서를 한 장, 한 장 훑어보기 시작했다.

"2014년 5월에 납품받으시는 소스들 단가가 오르네요?"

"아, 네. 저도 정확히는 모르지만 생산 공장에 일이 생겨서 그렇다고 하더라고요."

"어디보자, 7월에도 오르고, 8월에는 튀김관련 식자재들 가격이 대폭 오르고……."

이윽고 더 이상 넘길 종이가 없을 때 까지 다 읽어낸 노경표는 혀를 찼다.

"이거, 순 도둑놈들이잖아?"

"네? 왜요?"

평소 거친 말을 잘 입에 담지 않는 경표였기에, 경묵이 놀라 되물었다.

"꼭 써야하는 품목들을 반복적으로 단가를 올려왔는데? 가격이야 사정에 따라 오를 수도 있겠지만 이미 충분히 상한선을 넘어서 있어."

경표는 조끼 안주머니에서 작은 계산기를 꺼내들어 재빠르게 뭔가 계산해내기 시작했다.

탁-탁-타타탁-탁탁-

경표의 손가락이 신나게 자판을 두드리자, 액정 위로 나타난 숫자들이 계속해서 변했다.

이윽고 경표는 두 사람에게 액정 위에 떠오른 숫자를 보여줬다.

결국 액정 위에 남은 숫자는 1,140,320.

"이게 무슨 숫자에요?"

경묵이 제법 흥미로운 듯 자신의 턱을 매만지며 물었다.

노경표는 어깨를 한 번 으쓱해보이고는 말했다.

"2014년에 만약 로컬푸드와 거래를 했더라면 지출을 막을 수 있었던 금액이 딱 이만큼이야."

사실이기도 했고, 영업적으로 으레 하는 말이기도 했다.

사실 경표가 유독 싼 값에 물건을 공급하고 있는 것 역시 사실이었지만, 순자가 받아쓰던 곳의 물건이 유독 비싼 것도 한몫했다.

순자가 받아쓰는 물건의 양이 워낙 적어서 그렇지, 만약 그렇지 않았다면 저 금액이 얼마나 늘어났을지는 미지수였다.

노경표는 '로컬푸드'의 식자재 단가표를 각 한 부씩 경묵과 순자에게 나눠주었다.

확실히 원래 순자가 거래를 하던 곳 보다 확연히 저렴한 가격들이었다.

원래도 제법 저렴한 편인 로컬푸드의 공급단가를 노경표가 두 사람에게 공급할 공급가에 맞추어 전면 수정을 거쳐 만들어낸 단가표였다.

"이제 물건은 이모가 그때, 그때 경표아저씨한테 직접 시키시면 돼요."

"알았어."

순자는 노경표에게로 몸을 돌리고 고개를 숙여보이고는 말했다.

"잘 부탁드릴게요."

"네, 저도 잘 부탁드리겠습니다."

그렇게 민경분식 재 오픈 준비도 거의 마무리 지어지고 있었다.

경묵이 순자에게 말했다.

"이모, 이제 떡볶이 레시피 좀 알려주실 수 있어?"

"그래, 어려울 것도 없지."

첫 퀘스트 역시 성공적으로 진행되기 시작했다.

경묵은 순자와 함께 푸드 트럭 주방 칸 위에 올랐다.

순자는 제법 잘 꾸며진 경묵의 트럭을 보고는 깜짝 놀란 듯 보였다.

"이야, 트럭에서 장사를 해도 잘 되는 이유가 있구나. 웬만한 가게들보다야 훨씬 낫네?"

"물론이지, 설비해주신 형이 얼마나 공 들여서 설비했는데요."

경묵은 순자에게 어떤 식재료가 필요한지를 물었다.

순자가 말한 식재료는 거의 푸드트럭 간이 냉장고 안에 들어있었고, 그렇지 않은 식재료라면 직접 마트에 뛰어가 구입해왔다.

순자가 말한 재료들은 정말 단순한 떡볶이 재료처럼만 보였다.

순자는 우선 능숙한 솜씨로 양념장을 만들어내기 시작했다.

고춧가루를 수저로 잔뜩 떠서 대접에 탁 털어놓고는, 간장, 마늘 고추장에 설탕과 올리고당을 재빠르게 담았다.

옆에서 바라보던 경묵이 당황하여 순자에게 물었다.

"뭐야? 얼마만큼씩 넣은 거에요?"

"고춧가루 많이, 간장조금, 마늘조금, 설탕 올리고당 조금, 고추장 적당히?"

"그러니까, 그 많이 적당히 조금이 얼마 만큼인건데요?"

순자는 어깨를 들썩여 보였다.

그리고는 대접에든 각종 양념을 잘 섞어내서 새끼 손가락으로 찍어서 맛을 본 후에 밝게 웃으며 말했다.

"이 맛이 나면 돼!"

경묵 역시 새끼손가락 끝에 순자가 만든 양념장을 찍어서 입에 넣었다.

미각에 의지하여 쫓아간다면 충분히 쫓아갈 수 있는 특색 있는 맛이기는 했다.

경묵은 우선 고개를 끄덕였다.

순자가 판매하고 있는 떡볶이는 흔히들 말하는 국물떡볶이였다.

국물떡볶이란, 말 그대로 국물이 조금 더 많은 떡볶이이다.

당시 경묵과 친구들은 순자가 녹색 접시에 넘치도록 떡과 어묵, 매콤한 국물을 담아낸 떡볶이를 먹으며 주린 배를 채우곤 했었다.

순자는 프라이팬에 물을 채우고는, 그 위로 양념장을 넣고 잘 섞기 시작했다.

순자는 국물의 색으로 구분을 해내고 있는 듯 보였다.

원하는 색이 나올 때 까지 몇 번이고 양념장을 다시 덜어 넣었다.

순자 역시 정형화되어있는 표가 아니라 감각에 의지하여 조리를 하고 있었다.

경묵도 마찬가지였지만, 지금껏 순자는 간 한번을 보지 않고 음식을 해낸 것이다.

상황이 이렇다보니 배운 다기 보다는 옆에 서서 지켜보는 수준이었지만, 어쨌든 경묵은 끝까지 한 번 보기로 했다.

국물이 천천히 끓어오르기 시작하자 순자는 떡과 오뎅, 삶아둔 계란을 넣었다.

계속해서 끓여낸 덕분에 국물에 농도가 생기자, 순자는 그제야 썰어둔 파를 위에 뿌리고 깻잎을 잔뜩 썰어서 올려냈다.

경묵이 어릴 적부터 봐온 순자가 만든 떡볶이의 모습, 그대로였다.

떡을 하나 집어 입 안에 넣고 오물오물 씹어보았다.

맛은 그대로였다.

순자가 평소에 끓여낸 떡볶이의 맛과 다를 것이 없었다.

다만 문제는 옆에서 한 번 조리과정을 지켜봄으로 인해서 오히려 머릿속이 더욱 복잡해졌다는 것 이다.

옆에서 한 번 지켜본 결과, 딱히 비법이랄게 없었다.

생각하기에 따라, 그리고 경묵이 생각하기에는 그저 평범한 재료로 만든 평범한 떡볶이였다.

경묵이 한숨을 내쉬며 다시 떡을 한 조각 집어 들자, 순자가 걱정스러운 듯 물었다.

"왜 그러니? 내가 너무 대충 알려줘서 그래?"

"아니에요, 아니에요. 나도 누가 나한테 짬뽕 볶는 거 알려달라고 하면 이 이상으로 알려줄 자신 없어요."

아니나 다를까, 경묵의 예상대로 퀘스트의 난이도에 비해 시간이 한참 소요가 되는 것이 맞는 듯 보였다.

경묵은 입 안에 있는 떡을 오물오물 씹으며 순자에게 물어보았다.

"이모, 이모가 생각했을 때 이모 떡볶이의 비법은 뭐에요?"

"비법이라……. 글쎄? 비법이라는 게 딱히 있나……?"

순자는 무안한 듯 뒤통수를 긁으며 대답했고, 경묵은 어쩔 수 없다는 듯 고개를 끄덕여 보일 뿐이었다.

그런데, 그 때 순자가 천천히 입을 뗐다.

"사실 내가 이렇게 떡볶이 가게를 차리게 될 줄은 몰랐지. 어렸을 때 동생들이 좋아해서 해주다보니까 재미가 생겼거든."

경묵은 순자가 만든 떡볶이를 먹으며 순자의 이야기를 경청하기 시작했다.

경묵은 모르고 있었지만 사실 순자는 고아원에서 자랐다고 한다.

그렇기 때문에 어린 시절의 경묵에게 더욱 마음이 쓰였다고 한다.

고아원에 있는 아이들 중 원래 부모가 없다시피 한 아이들보다, 갑작스레 부모의 품을 떠나오게 된 아이들이 더욱 힘들어하다가 무너지곤 하는 모습들을 봐온 탓이었다.

순자가 고아원에서 가장 나이가 많아질 쯤 되고 나서, 순자는 주말마다 고아원 동생들에게 떡볶이를 해주었다고 한다.

맛있게 먹는 동생들의 모습이 보기 좋았고, 계속 하다 보니까 실력이 늘기도 했다고 한다.

어찌어찌하다보니 떡볶이 가게를 차리게 되었고 사실 순자는 불과 몇 년 전까지, 그러니까 순자가 어린 시절을 보낸 고아원이 문을 닫기 전까지만 해도 한 달에 한 번 정기적으로 고아원을 찾아가 떡볶이를 해주곤 했다고 한다.

"사실 지금 떡볶이는 평범해도, 사공이 아주 많은 배였어."

"사공이 많은 배?"

"그래. 누구는 깻잎을 못 먹고, 누구는 파를 못 먹고 아주 난리도 아니었지. 그렇게 한 명씩 입양 돼서 고아원을 떠나거나 자기 자리를 찾아 떠나기 시작하면서 조리법이 점점 바뀐거야."

순자는 자신이 만든 떡볶이를 슬픈 눈으로 내려다보며 말했다.

"다른 건 모르더라도, 내 떡볶이에 만약 비법이 있다면……. 그건 지나간 시간이 아니라, 지나간 시간속의 나를 담아내려고 노력을 하는 것 같아."

순자는 고개를 들어 경묵의 눈을 바라보며 웃음을 한 번 지어보였다.

"이제 50대를 앞두고 있는, 아줌마 신순자 말고 그 당시에 동생들 먹을 떡볶이를 끓여주던 17살,18살 신순자가 되는 거야."

순자는 숨을 깊게 한 번 내쉰 후에 말을 이었다.

"손님들도 그냥 단순한 손님이 아니라, 내가 사랑했던 그리고 지금까지도 너무 보고 싶은 동생들이라는 생각을 하고…….."

순자는 눈에 맺힌 눈물을 한 번 훔쳐내고는 말을 이었다.

"다른 건 모르더라도 나는 지금까지 그렇게 만들어왔어. 나는 그 당시의 어린 신순자고, 손님들은 다 동생들이라고 생각하면서 정말 맛있게 먹을 수 있기를 바라면서, 그렇게 만들어왔어."

감정이 복받친 것인지 순자는 닭똥 같은 눈물을 조용히 흘리며 잔잔하게 들썩였다.

경묵은 천천히 순자의 어깨를 감싸듯 끌어안으며 말했다.

"이모, 정말 너무 맛있게 잘 먹었어…… 정말 고마워요 이모, 너무 맛있게 잘 먹었어요."

"그 때, 이야기만 하면 이렇게 눈물이 난다니까? 나도 참 주책이지 정말……."

가슴이 따뜻해지는 것이 느껴졌다.

순자의 비법은 다른 데 있는 것이 아니라 마음가짐에 있었다.

당시의 고아원 동생들을 생각하는 극진한 마음으로 끓여낸 떡볶이.

자신을 그 당시의 신순자로, 손님들을 고아원의 동생들이라고 생각하며 접시에 담아냈으니 양이 넘치도록 많을 수밖에 없었다.

그렇게 담아낸 순자의 떡볶이가 수많은 학창시절의 추억으로 남아있던 것 이다.

그 시절 순자의 떡볶이를 맛 본 모두의 추억의 맛이 되어서, 마음을 움직이고 있었다.

경묵의 눈가에도 눈물이 살짝 고였다. 그리고 그 때, 경묵의 눈앞에 상태창이 나타났다.

[퀘스트가 완료되었습니다.]

15장. 준비, '오너 셰프 코리아'

MODERN FANTASY STORY

각성!
북경각

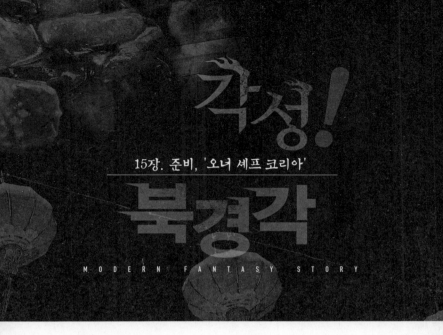

각성!

북경각

MODERN FANTASY STORY

퀘스트 완료?

[보상 지급이 완료되었습니다!]

역시 비법은 맛이 아니라, 마음가짐에 있었다.

경묵의 입가에 진한 미소가 번지고 있었다.

퀘스트가 성공했고, 보상이 기다리고 있기 때문에 기뻤던 것만은 아니었다.

오직 더 나은 맛만을 위해 달리던 자신의 모습을 돌아볼 기회를 갖게 되어서 기뻤다.

조금이나마 깨우치고 나니 순자가 어떤 마음으로 요리를 했었는지를 이제 와서야 궁금해 했다는 사실이 내심 마음에 걸렸고, 또 미안했다.

적어도 경묵에게 있어서만큼은 민경분식의 '순자이모'
는 동네 떡볶이집의 푸근한 주인아줌마가 아니라, 훌륭한
선배였다.

그리고 경묵 역시 순자처럼 여러 사람의 기억 속에 오
랫동안 남아 속을 따뜻하게 데워 주는 추억이 될 음식을
만들어내고 싶다는 생각을 했다. 반드시.

❋

순자가 돌아가고 난 후에 경묵은 다시 반팔 티셔츠의
소매를 어깨 부분까지 접어 올렸다.

몸을 풀 듯 양 팔을 빙빙 돌리고 목을 뒤로 한없이 젖혀
보았다.

물론, 영업 준비를 시작하기에 앞서 해야 할 일이 하나
있었다.

바로 '보상 확인'을 한 경묵의 입 꼬리가 점점 귓가에
가까워지기 시작했다.

처음으로 발현된 퀘스트의 난이도는 '중급'이었고, 보
상 품목으로 있던 아이템 목록은 1500GEM과 숨겨진 스
킬 북이었다.

아직 보상 목록을 확인해 보지도 않았는데도 불구하고
굉장히 기분이 좋았다.

단순히 첫 퀘스트여서 그럴지도 모르겠지만, 분명 성공이라는 단어가 주는 짜릿함도 한 몫을 단단히 했을 것 같았다.

경묵은 천천히 인벤토리를 열어, 보상 품목들을 확인해 보았다.

1500GEM이 인벤토리 안에 제대로 입금되어 있었다.

기존에 남아있던 255GEM에 1500GEM이 추가되어 현재 보유한 GEM은 총 1725GEM.

GEM : 1725

이 정도 'GEM'이라면 레벨이 올랐지만 익히지 못하고 있던 스킬들도 분명 충분히 익힐 수 있을 것이 분명하다.

이것만으로도 제법 만족스러운 결과라고 생각할 수도 있긴 했지만, 보상으로 들어온 GEM은 부수적인 것 뿐.

굳이 코스 요리로 따져보자면 '식전 빵' 정도가 되겠다.

식전 빵이 아무리 맛있다고 해도 식전 빵은 그저 식전 빵 일뿐.

기다리고 있는 자신을 위한 메인메뉴가 따끈하게 데워진 채, 곧 나올 것이 분명한데 빵으로 주린 배를 채울 생각은 없었다.

오늘의 메인메뉴는 '숨겨진 스킬 북' 오늘의 메인메뉴를 한 번 확인해 볼 시간이 온 것이다.

"후아!"

경묵은 떨리는 마음을 가다듬으며 인벤토리를 열어보았다.

수납장처럼 나뉘어져있는 인벤토리 한 칸, 한 칸을 지나쳐서 가장 마지막 칸에 경묵이 학수고대하던 물건이 들어있는 것이 눈에 들어왔다.

대충 훑어보더라도 값이 제법 나갈 것 같은 책 한 권이었다.

경묵은 우선 책을 꺼내서 손에 쥐어 보았다.

착-

경묵은 익숙하게 인벤토리에서 꺼내진 책을 재빠르게 낚아챘다.

아니나 다를까 이 고급지게 생긴 스킬 북은 손에 감기는 질감부터가 남달랐다.

보드라운 촉감의 보라색 천을 덮개로 씌워두었고, 테두리를 따라서 새겨놓은 노란색 자수가 인상 깊었다.

무엇을 상징하고 의미하는지는 모르지만 고급스러워 보이는 문양.

스킬의 정체에 대해서 알기 전에 외형만 보더라도 매료될 것 만 같았다.

'만약 마법사가 실존한다면 왠지 이런 책을 들고 다닐 것이다.' 라고 몸소 알려주는 책 같았다.

책을 한 번 훑어본 경묵은 곧장 속으로 되뇌었다.

습득.

평소 같았더라면 한 번 훑어본 후에 습득을 진행했겠지만, 책의 외관으로 미루어보아 상세설명을 살피는 것은 습득 후에 하더라도 늦지 않겠다는 판단을 내린 것이다.

책의 고급스러운 외형이, 경묵이 육체강화 이후로 앓고 있는 고질적인 의심 병을 조금 개선해 준 것이다.

경묵의 손에서 일렁이기 시작한 푸른빛이 스킬 북을 집어 삼킬 듯 감싸기 시작했다.

푸른빛에 둘러싸인 스킬 북은 이제 아마 눈앞에서 사라질 것이다.

'내가 너를 기억하마. 흐흐흐.'

이윽고 천천히 푸른빛이 사라지기 생각했다.

···그런데, 무언가 이상했다.

머릿속으로 모르고 있던 상식이 스며드는 기묘한 기분이 들지 않았다.

혹시나 하는 마음에 손을 내려다보니, 손에 쥐고 있는 스킬 북이 사라지지 않고 그대로였다.

더군다나 더 이상한 것은 따로 있었다. 바로 눈앞에 나타난 상태 창.

[스킬 북을 귀속시키겠습니까?]

[Y/N]

뭐? 귀속? 대충 어떤 뜻인지는 알고 있는데 어차피 경묵의 머릿속에 내용이 주입되면 사라질 스킬 북을 왜 굳이 귀속시킨다는 것인지 잘 이해가 가질 않았다.

이런 저런 의심을 할 새 없이, 경묵은 우선 고개를 한 번 끄덕여 보았다.

듣기 좋은 경쾌한 알림 음과 함께 연달아 상태 창 몇 개가 눈앞에 나타났다.

[스킬 북이 사용 각성자에게 귀속되었습니다.]

[습득 조건이 지정되었습니다.]

[조건이 충족되면 자동으로 습득됩니다.]

경묵은 조건이라는 단어 하나로 제법 많은 것을 추측해 낼 수 있었고, 지금 펼쳐지고 있는 상황이 어떤 상황인지도 대략 짐작할 수 있었다.

경묵은 낙심한 표정을 지은 채 고개를 한 번 내저었다.

'공짜로는 못 알려 주시겠다 이건가?'

단번에 습득이 가능할 줄로만 알았는데, 난데없이 조건을 들이밀다니.

여태껏 단 한 번도 생각하지 못했던 상황이었다.

경묵은 스킬의 정체와 더불어 습득조건을 살펴볼 요량으로 스킬 북의 상세설명을 살피기 시작했다.

*

[감정을 다루는 악보]

귀속 아이템입니다.

타인과 주고받을 수 없습니다.

설명

이름이 알려지지 않은 음유시인이 쓴 악보입니다.

악보는 각기 다른 두 가지 곡으로 구성되어 있으며, 각기 다른 감정을 움직일 수 있는 힘이 있다고 전해집니다.

습득 조건을 하나라도 충족시키게 되면 두 가지의 노래가 스킬의 형태로 자동습득 됩니다.

[희망의 노래] - 특수 등급 스킬

[절망의 노래] - 특수 등급 스킬

습득조건

1.

타인에게 희망을 주어본 적 없는 자는 희망에 대하여 노래할 수 없습니다.

설사 희망을 노래할 수 있을지는 몰라도, 그 노래만으로 희망을 줄 수는 없습니다.

희망의 노래는 알려지지 않은 시인이 평생을 바쳐 쓴 곡입니다.

노랫말에 진정성을 더하기 위해 타인에게 준 희망의 수치가 기준점을 넘어서야 합니다.

현재 점수 : 0점 / 1000점

2.

절망은 모든 희망이 사라진 순간입니다.

희망의 노래를 쓴 시인이 임종을 앞두고 불과 1분 만에 써 내린 곡이기도 합니다.

오직 들려주는 것만으로도 상대방의 모든 희망을 거두어들일 수 있습니다.

과장된 노랫말만으로 절망을 느끼게 해주려 한다면 부지런히 고통스러워해야 합니다.

만끽한 고통의 수치가 기준점을 넘어서야 합니다.

현재 점수 : 0 / 1000점

가격 : 상점에서 매입하지 않는 물건입니다.

*

단번에 습득을 못한다는 사실에 기분이 언짢았었지만, 자세히 확인해 본 스킬 북의 상세 설명은 제법 흥미롭게 다가왔다.

우선 한 번에 두 가지 스킬을 익힐 수 있다는 사실이 가장 마음에 들었다.

'오, 한 권으로 두 가지 스킬을 배울 수도 있다는 말이지?'

[감정을 다루는 악보]는 희망과 절망, 두 가지의 상반된 감정을 다룰 수 있는 스킬이다.

잘 생각해본다면, 희망은 버프스킬 절망은 디버프 스킬

이라 할 수 있겠다.

경묵은 침을 한 번 삼켜냈다.

처음으로 배우는 디버프 스킬이 감정을 다루는 스킬이 될지도 모를 노릇이었다.

어쨌든 이제 중요한 건 습득 조건이었다.

두 가지 중 하나만 만족한다고 해도 두 가지 스킬 모두 다 습득이 가능하다고 하니, 어떤 것을 더 빠르게 채워낼 수 있는지에 대해서는 알아낼 필요가 있었다.

우선적으로 경묵은 자신의 뺨을 세게 후려쳐보았다.

짜악―

고개가 돌아갈 듯 아프고 골이 울리는 듯 했다.

경묵은 정신을 차리고 고통점수의 상승률을 살펴보았다.

현재 점수 : 1/1000

'이렇게 1000대를 맞으라고?'

사실 한 번에 한 20점만 주었어도 고통을 통해서 스킬을 배울 생각이었는데, 천 대 라면 말이 달라진다.

경묵은 고개를 저어 생각을 선회시켰다.

분명 이렇게 해서 스킬을 배우는 것은 불가능에 가까웠다.

자연스레 경묵의 생각이 닿은 곳은 첫 번째 습득조건이었다.

'노랫말에 진정성을 더하기 위해 타인에게 준 희망의 수치가 기준점을 넘어서야 합니다.'

현재 점수 : 0점 / 1000점

경묵은 마음을 굳힌 듯 고개를 끄덕였다.

더군다나 순자의 말이 힌트가 되어 경묵의 가슴속에서 일렁이고 있었다.

경묵은 우선 모든 상태 창을 닫은 후 영업 준비에 전념하기 시작했다.

'감정을 다루는 버프.'

마음을 움직이는 음식을 위한 핵심 재료였다.

⚽

유승우는 여의도 역에 위치한 자신의 회사에서 빠져나왔다.

손목에 찬 시계로 시간을 확인하며 구둣발을 빠르게 옮겼다.

F&F에서 야심차게 준비한 '오너셰프 코리아'의 첫 촬영일이 겨우 2주도 남지 않은 상황이었다.

그런데, 심사위원으로 나오겠다고 약속을 했던 중식 쉐프 한 명이 말썽을 부린 것이다.

"이런, 제기랄."

생각을 하다가 보니 화가 치밀어 올랐다.

고등학교 때 야간자율학습을 할 때나 대던 고리타분한 핑계였다.

"스승님이 아프셔서 참가가 힘들 것 같습니다."

부모님, 할머니도 아니고 심지어 스승님이었다.

그런데도 불구하고 멍청한 막내작가는 제대로 된 회유의 말도 하지 못한 채 멍하니 자신을 바라보고 있었다.

처음에는 단순히 몸값 문제인줄 알았다.

그러니까, 출연료.

그리고 이번 심사위원들 중 출연료가 가장 높게 집계된 3인 안에 들어간다.

그런데도 불구하고 막상 받고 보니까 조금 마음에 들지 않는 것인가 싶은 생각이 들었다.

자신이 설득해보려 수화기를 뺏어들고 나긋나긋한 목소리로 조율을 시도했지만, 이 자식은 자신을 엿 먹이려는 것인지 자신은 지금 바쁘고, 강원도에 있으니 대화를 나누고 싶으면 찾아오던 말든 알아서하라는 말만 남기고 전화를 끊었다.

고작 30대 중반의 나이인데도 불구하고, 경력이 20년이 훨씬 넘는 셰프였다.

그 말인즉슨 남들 자전거 타고 놀 나이부터 불 앞에 서서 제 팔뚝보다 무거웠을 웍과 팬 손잡이를 잡았다는 이야기이다.

아는 사람들은 다 알고 있는 중식계의 절대 고수. 바로 '형대욱' 셰프였다.

절대적으로 그의 섭외를 포기하고 싶지 않았다.

유승우는 자신의 낡은 승용차 위에 올랐다.

뒷자리는 각종 서류들로 가득해서 발 디딜 틈조차 없는 상태였고, 조수석에는 각종 패스트푸드 포장지며 음료수며 빈 커피 잔이 가득했다.

"이렇게 여유 없게 산다 이거야."

한 번 혼잣말을 지껄인 유승우는 키를 꽂고 시동을 걸었다.

그는 네비게이션 도착지에 강원도라는 단어를 기입하며 다시 한 번 작게 읊조렸다.

"이런 씨발……."

유승우는 물론이고, 낡은 승용차까지 화가난 듯 부들부들 떨기 시작했다.

힘겹게 숨을 들이마시고 뱉던 유승우의 승용차가 천천히 앞으로 나아가기 시작했다.

목적지는 강원도였다. 그리고 그 곳에 있을 형대욱 셰프.

그는, 경묵이 그리워하는 짜장 맛의 주인공 '다복정'에서 배출시킨 세계적인 중식 스타 셰프였다.

유승우의 낡은 차가 멈춰선 곳은 강원도 인제의 시골 마을이었다.

처음에는 형대욱이 말한 주소가 없는 줄 알았더니, 알고 보니까 산을 올라야 하는 것이었다.

차가 오를 수 없다는 말은 곧.

"이 차림으로 산을 오르라고?"

유승우는 미간을 잔뜩 찌푸린 채로 자신의 차림새를 한 번 내려다보았다.

물론, 튀어나온 배 때문에 배 아래로는 아무것도 보이지 않았지만 깔끔한 정장 차림이었다.

유승우는 한숨을 크게 한 번 내쉬고는, 정장바지를 무릎까지 걷어 올리고, 구둣발로 천천히 등산을 시작했다.

비록 진짜 등산로는 아니고 포장이 되어있는 길이기는 했지만, 험한 길이 분명했다.

드문드문 인가가 보임에도 불구하고 사람 살 곳이 아니라는 생각만 들었다.

15분간의 산행 덕분에 와이셔츠는 땀으로 젖었고, 살이 5kg은 빠진 것 같다는 생각이 들었다.

물론 체감 수치일 뿐이었다.

유승우가 나무를 잡고 숨을 헐떡이고 있을 때, 위에서 내려오고 있던 누군가가 말을 걸어왔다.

"유승우 씨?"

"후아… 후아……."

유승우는 숨을 헐떡거리며 대답대신 고개를 간신히 끄덕여보였다.

어찌 보면 예의에 어긋나는 행동일지도 모르겠다만, 유승우의 몸이 '이게 최선이오!' 라고 말하는 듯 했다.

나무에 몸을 기댄 채로 숨을 헐떡거리던 유승우를 부른 것은 형대욱이었다.

❀

유승우는 형대욱을 따라 걷기 시작했다.

심지어 중간에는 포장된 길을 벗어나 위험천만한 길을 걸어야 했다.

발을 헛디딜 뻔 하였던 유승우가 간신히 나무를 부여잡으며 멈춰 서고는 말했다.

"이런 데에 어르신 혼자 사시면 가는 날이 장날이 아니라, 가는 날이 제삿날이겠습니다."

형대욱은 들은 것인지 못들은 것인지 저만치 앞서 나가기 시작했다.

"에라이."

유승우는 숨을 헐떡거리며 다시금 걸음을 재촉하기 시작했다.

한참을 따라가다 보니 나타난 것은 허름한 인가였다.

널찍한 마당에 잠금장치가 아예 없어 뵈는 대문.

조금 위험한 것은 아닌가 싶은 생각이 들기는 했지만, 금세 생각을 선회시켰다.

하긴, 이런 곳에 뭘 훔치겠다고 찾아오겠어.

형대욱은 대충 걸쳐놓은 것 같은 대문을 열고 들어서며 호쾌한 목소리로 크게 외쳤다.

"다녀왔습니다, 스승님."

노인이 처마 밑에 걸터앉아 담배를 태우고 있었다.

길게 자란 흰 수염이며 푹 파인 눈으로 보아 곰방대에 담배를 태울 것 같은 인상인데, 손에 쥔 것은 심지어 양담배였다.

노인이 유승우를 손가락으로 가리키며 물었다.

"뭘 달고 오냐?"

형대욱 대답대신 성큼성큼 노인에게 다가가서는 성질을 내듯 말했다.

"아니, 또 담배 태우십니까?"

"이런 썩을 놈이 내가 너한테 용돈 타서 사피냐? 내가 피고 싶어서 피겠다는데 왜 지랄이야?"

형대욱은 지끈거리는 이마를 부여잡으며 유승우에게 말했다.

"괜찮습니다. 들어오십시오. 원래 언사가 거친 분이십니다."

"뭐야?"

그 말을 들은 노인이 쏘아보며 물었지만 형대욱은 대답조차 하지 않고, 손으로 방을 가리키며 물었다.

"식사는 하셨습니까?"

형대욱의 물음에 유승우의 입 꼬리가 귀에 걸릴 듯 솟아올라가기 시작했다.

이른바 횡재였다. 그래, 왔으면 스타 셰프한테 밥 한끼 얻어먹을 수도 있어야지.

그래야 짜증이 조금이라도 덜어지지. 유승우는 입가에 웃음을 잔뜩 머금은 채로 대답했다.

"아니요, 아직……."

그리고 사실이었다. 4시간이 넘는 시간동안 아무것도 먹지도 못하고 마시지도 못하고 한참을 달려와야 했다.

부지런히 움직이지 않으면 오늘 집에 들어가서 씻고 드러눕는 것은 상상도 할 수 없다는 사실을 알고 있었기 때문이었다.

형대욱은 방 하나를 손끝으로 가리키며 말했다.

"손님 대접이 시원치 않아 죄송합니다. 방 안에 계시면

상 올리도록 하겠습니다."

"아, 예. 감사합니다."

생각 외로 극진한 대접을 받고나니, 산행을 하며 치솟았던 짜증이 조금 사라지는 기분이었다. 유승우가 쭈뼛거리며 발을 마당 안으로 들이자, 노인이 유승우에게 손짓을 해보였다.

"예?"

"자네, 이리 와서 앉아 보시게."

노인의 손은 주름이 자글자글했지만, 큼직했다.

손만 보더라도 지금이야 어떨지 몰라도 소싯적에는 한 풍채 했으리란 것을 짐작할 수 있었다.

멀리서 볼 때에는 아픈 것이 맞나 싶었지만, 가까이서 보니 안색이 좋지 않다는 것이 명확하게 느껴졌다.

"자네는 또 어쩐 일로 왔는가?"

노인의 물음에 유승우의 표정에 호기심이 떠올랐다.

또? 누가 또 여길 왔다갔다고?

"저 말고도 누구 다녀간 사람들이 있습니까?"

노인은 대답대신 고개를 끄덕였다.

"주방장이 갑자기 도망치듯 이리로 왔으니, 당연히 걸음하지. 저 녀석 아마 정성껏 지은 밥 먹이고 돌려보낼 것이 분명하네."

그 말을 들은 유승우의 표정이 딱딱하게 굳었다.

"어르신, 제발 저 좀 도와주십시오. 이건 형대욱 셰프한테도 크게 도움이 될 일입니다."

정성껏 지은 따뜻한 밥이라면 얼마든 먹어줄 수 있었다.

이틀이고 삼일이고 꼬박꼬박 씹어 삼키며 먹으란 만큼 다 먹어줄 수 있다만, 그렇다고 해서 섭외를 포기하고 싶은 마음은 절대 없었다.

노인은 딱하다는 듯 유승우를 내려다보다가 말을 이었다.

"나도 저 녀석, 나한테 발목 붙잡혀서 여기에 이러고 있는 거 보면 복장이 터지고 울화가 치솟아. 내 선에서는 최대한 도와주도록 하겠네."

그 때, 주방에서 들려오는 부스럭 거리는 소리를 들은 노인이 들어가라는 듯 손짓을 해보였다.

유승우는 형대욱이 일러 준 방으로 걸음을 옮기는 내내 노인에게 양 손을 비비는 시늉을 해보였다.

말하지 않아도 얼굴 표정이 무어라 말하고 있는 지 알 것 같았다.

'어르신! 제발요!'

❀

형대욱이 한 상 가득하게 차려낸 것은 중식이 아니라 전형적인 한식이었다.

어떻게 생각해보면 당연한 것인데, 괜스레 묘한 이질감
이 들었다.

유승우는 저도 모르게 중식 한 상을 기대했던 것이다.

개그맨이 슬픔을 느끼지 않고 만날 유쾌하게 사는 것도
아니고, 가수라고 하여 자기 노래만 듣고 부르라는 법도
없다.

물론 형대욱이라고해서 한식을 못하리란 법도 먹지 말
라는 법도 없었다.

눈앞에 놓은 찌개는 보글보글 끓고 있었고, 제육볶음은
탐스러운 붉은 빛이었다.

"밭에서 직접 기른 상추쌈입니다. 맛있게 드십시오."

철저히 육식 위주의 식습관을 자랑하는 유승우는 가장
먼저 제육볶음을 집어 들었다.

그저 평범한 제육볶음과는 다르더라도 확연히 다른 맛
이었다.

입 안에 퍼지는 향이 그랬다.

"석쇠에 구워내신 겁니까?"

"아닙니다, 볶았습니다."

"허……."

유승우는 놀란 듯 고기 한 두 점과 야채를 함께 잔뜩 집
어 들어는 입에 넣고 씹기 시작했다.

뭐랄까, 매콤함도 일반적인 제육볶음과는 남달랐다.

야채와 고기에 그윽하게 배어있는 불 향기에 가려져 드문드문 느껴지는 맛이었지만, 그간의 남다른 식사이력 덕분에 알 수 있었다.

유승우는 이 특별한 매운맛의 원천이 '두반장'이라는 사실을 깨닫고는 물었다.

"두반장으로 양념장을 하신 겁니까?"

"아닙니다, 딱히 두반장으로 양념을 한 것은 아니고 양념장에 된장을 조금 섞었습니다."

가히 놀라운 맛이었다.

사실상 목적 없이 식사를 하러 이곳 강원도 오지에 내려왔다고 하더라도, 먹고 난 후에 만족스러운 미소를 지으며 돌아갈 수 있을 만큼이나 맛이 좋았다.

만족스러운 식사였다.

다른 찬들도 뛰어난 맛이었고, 텃밭에서 직접 기른 상추는 모양새는 볼품없어도 맛 하나는 기가 막혔다. 물론 단연 최고는 제육볶음이었다.

원래 이런 조리법이 있는지는 잘 모르겠지만, 처음 보는 오묘하게 조화로운 맛이라는 사실 만큼은 분명했다.

유승우는 입 끝에 묻은 양념을 엄지와 검지를 이용해 재빠르게 훔쳐냈다.

먼저 입을 뗀 것은 형대욱이었다.

"먼 곳 까지 걸음하게 만들어 죄송합니다. 정말 오실 줄 은 몰랐거든요. 어쨌든 본론을 말씀드리자면, 아무래도 출연은 힘들 것 같습니다."

"큼, 큼. 세프님."

유승우는 잽싸게 앞에 놓인 물 잔을 집어 들어 벌컥벌 컥 삼켜댔다.

꼭, 방금 삼킨 밥이 얹힐 것만 같았다.

'소화 좀 되고 나면 얘기하지, 너무 여유가 없으시네.'

듣기에 쓴 말을 할 것이란 건 짐작하고 있었지만, 이 정 도로 단호하게 나올 줄이라고는 상상도 하지 못했다.

"지금 겉보기에는 멀쩡해 보이셔도 아닙니다. 원래 아 프면 아프다 싫으면 싫다 말 못하고 혼자 끙끙 앓으시는 분이거든요. 한 마디로 센 척만 하시는 분입니다."

형대욱은 슬픈 눈으로 문 너머를 바라보며 말을 이어나 갔다.

"저 분이 제 인생에서 기연이라면 기연이신 분인데, 이 렇게 소홀하게 모실 수는 없습니다. 이제 운영 중인 식당 도 인계하고 여기서 한 몇 년, 혹은 몇 십 년이라도 있을 계획입니다."

"조금만 더 뒤로 미뤄주시면 안되겠습니까? 촬영 기간 이라고 해 봤자 딱 세 달입니다."

"……"

"셰프님, 우선 말씀이라도 한 번 들어봐 주실 수 없겠습니까? 그래도 설득해 볼 시간은 주셔야지요."

형대욱은 마지못해 고개를 한 번 끄덕여 보였다.

"실례가 될 지도 모르겠지만, 저는 조금 직설적으로 묻고 말씀드리는 편입니다. 혹시 출연료가 마음에 드시지 않는 것이십니까?"

형대욱의 스승이라는 노인의 안색으로 미루어보아 병세가 제법 심각하다는 것쯤은 알 수 있었지만 혹시 모르니 물어본 것이었다.

형대욱은 대답대신 눈썹을 한 번 꿈틀해 보이고는, 고개를 저어보였다.

사실 F&F 측에서 제시한 출연료도 절대 섭섭한 수준이 아니었다.

"그렇다면 촬영이 진행 될 3달이라는 시간동안 셰프님을 모시러 왔다가, 촬영이 끝나면 모셔다 드리도록 하겠습니다."

유승우가 할 일은 아니었다.

촬영일마다 이 험한 산길을 오르락내리락 거리라니, 말도 안 된다.

묵묵하게 자기 맡은 일을 잘 하는 부하직원 태선에게 시켜먹을 생각이었다.

"흠……."

형대욱이 고민하는 모습을 보이자 유승우는 재빠르게
협상 카드를 더욱 맹렬히 찔러 넣기 시작했다.

비록 육중한 몸이었지만 눈빛만큼은 그로기 상태에 빠
진 적을 공격하는 복서의 눈빛이었다.

"촬영장에 스승님과 동행을 하셔도 좋습니다. 그게 힘
드시다면 셰프님이 자리를 비울동안 스승님을 돌봐주실
사람을 한 명 붙여드리겠습니다."

대욱이 망설이게 되는 이유는 사실 하나였다. 이번 '오
너 셰프 코리아'의 심사위원으로 오게 되는 셰프 중, 스승
만큼이나 존경했던 셰프가 한 명 있다.

대중매체 출연을 꺼리는 탓에 엄청난 유명세에는 오르
지 못했지만 실력만큼은 인정받는 이였다.

남광민 셰프.

그와 같은 스타 셰프 반열에 오른 지금 같은 장소에서
같은 위치로, 그러니까 요리사대 요리사로서 악수를 한
번 해보고 싶은 마음이 가슴 속에서 치솟았기 때문이었
다.

"남광민 셰프님 출연은 확정된 겁니까?"

"네, 이미 확정되었습니다."

대욱의 말 한마디에 유승우는 약점을 간파해낸 듯 보였
다.

거짓말을 살짝 보태었다.

"두 분 혹시 구면이신가요? 남광민 셰프께서 저한테 이렇게 여쭤보시더군요."

"네? 뭐라고요?"

"이번에 형대욱 셰프와 함께 출연하게 되는 것이 맞는 것인지 궁금하다고 말입니다."

대욱의 눈동자가 맹렬하게 흔들리는 것을 파악했다.

긴장한 듯 주먹을 살짝 움켜쥐고는 침을 한 번 삼켜냈다.

정적 속에서 유승우의 입에서 나올 다음 말을 기다리고 있었다.

"그렇다고 말씀드렸더니, 영광이라고 하시더군요."

비록 거짓을 조금 보탰지만 어쩔 수 없다.

칭찬은 고래도 춤추게 한다는 말이 있지 않던가?

좋게 해석한다면 형대욱의 출연이 그만큼이나 간절하다는 사실이 된다.

대충 대타로 매꿀 수 있는 핫바지가 아니라 형대욱이었다.

한국 중화요리의 젊은 별, 형대욱.

"고민하실 시간이 필요한 것이라면 기다릴 수 있습니다. 얼마든지요."

유승우는 특유의 푸근해 보이는 미소를 지어보이고는 들고 온 서류를 꺼내들었다.

참가자들의 명단 중에서 중식 참가자들을 추려낸 것이
었다.

*

임경묵 : 경묵이네 북경각. (푸드 트럭)

정필상 : 연래춘

김춘복 : 용궁각

정동현 : 화룡반점

*

"우선 이게 지금 확정된 참가자 스무 명 중 중식 참가자
들의 명단입니다."

"중식 참가자가 여섯이나 되는군요. 오, 이 분은 푸드
트럭에서 중식당을 하십니까?"

대욱이 경묵의 이름을 가리키며 물었다.

"지금 인터넷이 임경묵 참가자 때문에 아주 떠들썩합니
다."

"열정은 대단한 친구네요."

대욱은 입가에 미소를 머금은 채 경묵의 이름을 한참동
안 바라보았다.

'임경묵이라…….'

괜스레 입에 착 달라붙는 것 같다는 느낌이 드는 이름
이었다.

형대욱은 몇 번 경묵의 이름을 되뇌어 보았다.

"혹시, 임경묵 참가자 사진 있습니까?"

"물론이죠, 저 참가자는 인터넷에 검색만 해도 수백 개가 쏟아집니다."

유승우가 건네준 사진을 받은 형대욱은 한참동안 뚫어져라 쳐다보다가, 핸드폰을 열어 곧장 검색을 하기 시작했다. 더 많은 경묵의 사진을 살펴보기 위해서였다.

"어라⋯⋯?"

그리고는 유승우가 건네 준 사진을 쥔 채로 밖으로 뛰어나가며 외쳤다.

"스승님!"

"왜 그래?"

"이거, 이 사진 좀 봐 보세요. 이거, 걔 맞죠? 하얀 짬뽕."

"뭔 소리야?"

이윽고 사진을 받아든 스승이 호탕하게 웃어 재끼기 시작했다.

"크하하하하하하하, 이야! 하얀 짬뽕이 이렇게 컸어?"

유승우만이 어리둥절한 표정으로 두 사람의 대화를 지켜보고 있었다.

형대욱과 스승이 경묵의 사진을 보며 배를 잡고 한참동안 웃었다.

두 사람 모두 마치 반가운 옛 친구를 만나기라도 한 듯 즐거워보였다.

모르긴 몰라도 상황이 자신에게 유리하게 흘러간다는 느낌은 받을 수 있었지만, 그래도 안심하기에는 아직 일렀다.

유승우는 어리둥절한 표정으로 상황을 살피려 애썼다.

❀

이야기는 스승과 형대욱이 함께 '다복정'에서 근무하던 시절로 돌아간다.

다복정은 협소한 중국집이었지만, 근처에서 유일하게 배달보다는 홀 운영을 중점적으로 두고 있던 중국집이었다.

그렇다 보니 근처에서는 유일하게 수타(手打)를 쳐서 면을 뽑아내는 곳이기도 했다.

그리고 그와 더불어 그 근방에서는 가장 장사가 잘 되는 중국집이기도 했다.

햇수로 따져보자면 약 14년, 15년 전 쯤의 일이다.

장사가 잘 되기야 했다지만 워낙 동네 장사이기도 했고, 오는 사람들만 오는 곳이기도 하다 보니 늘상 오는 손님들의 얼굴은 쉽게 기억할 수 있었다.

그 당시 단 하루도 거르지 않고 매일같이 오던 어린 남자 아이가 하나 있었다.

그리고 그 아이가 바로 경묵이었다.

어느 정도였냐면, 경묵의 전용 장부가 있어서 아이가 먹고 간 식대를 월말에 아이 엄마가 결산해주는 식이었고, 주말에는 온 가족이 다 같이 들러서 외식을 하곤 했다.

똘똘하기는 얼마나 똘똘한지, 손님 행세는 아주 제대로 하고 다녔었다.

맛이 좋으면 좋다, 맛이 없으면 없다하고 명확히 말을 하지는 않았지만 맛이 좋으면 그릇까지 먹을 기세로 먹었고, 맛이 없는 음식은 남기곤 했었다.

어쩔 때는 그 날, 그 날 각기 다른 메뉴를 먹곤 했지만 그래도 당시의 경묵이 가장 좋아하는 메뉴는 단연 짜장이었다.

입가에 짜장을 잔뜩 묻히고 뒤 돌아서서 문을 열고 나서던 경묵의 모습이 노인의 눈에는 아직도 선명하게 그려졌다.

그 모습을 떠올리다 보니 사장의 입가에 다시 한 번 입가에 미소가 지어졌다.

"크흐하하하하하! 하얀 짬뽕, 이거 잘 컸는데? 여자들 좀 울리겠어."

사실 다복정의 식구들이 경묵을 하얀 짬뽕이라고 부르게 된 데에는 계기가 있었다.

늘 오던 시간에 자리를 잡고 앉은 경묵이 좀처럼 쉽게 주문을 하지 못하고 있었던 날이었다.

화장실에 다녀오던 대욱과 눈이 마주친 경묵은, 대욱에게 손짓을 해 보였다.

대욱은 아이의 맹랑함에 헛웃음이 나올 지경이었다.

"왜 그러니? 오늘은 짜장 안 먹어?"

"짜장은 너무 많이 먹어서요."

"그럼 짬뽕을 먹어보는 게 어때?"

아이는 고민하듯 벽에 붙은 메뉴판을 한참동안 올려다 보다가 물었다.

"빨간 짬뽕은 맵잖아요."

아직 어린 경묵이 맛있게 먹기에는 다소 자극적일 수 있는 맛이 분명하기는 했다.

대욱이 다른 메뉴를 추천해주려 옆에 쭈그려 앉아 메뉴판을 같이 올려다보고 있을 때, 경묵이 말했다.

"아! 아저씨가 짬뽕을 안 맵고 하얗게 해주시면 되잖아 요."

"뭐?"

대욱이 놀라 되묻자 당시 다복정의 사장이자 주방장이었던 노인. 즉, 대욱의 스승이 장난기 가득 어린 목소리로 호통을 쳤다.

"야 이놈아, 아무리 어려도 손님이 왕이야! 자, 들어가서 하얗게 볶아줘라!"

"네?"

"뭣 하고 서있어? 가서 빨리 안 볶아? 신속청결 몰라?"

"아…… 거 참……. 알았어요, 볶아요, 볶아."

경묵의 컴플레인(?) 덕분에 다음날 바로 '하얀 짬뽕'이 적힌 메뉴판이 한 쪽 벽면에 걸리게 되었다.

우습게도 그 뒤로 근 몇 달 간은 몹시 인기 상품이 되어 다복정 매출에 제법 큰 기여를 하게 되었다.

그러나 어찌된 영문인지 얼마 지나지 않아 마지막 달의 장부 결산을 끝으로 경묵은 발길을 끊게 되었고, 또 그로부터 얼마 지나지 않아 다복정은 문을 닫게 되었다.

그렇다보니 이렇게 접한 경묵이 감회가 새로울 수밖에 없는 노릇이었다.

❀

노인은 사진속의 경묵에게서 시선을 떼지 못하는 채로 대욱에게 말했다.

"야, 대욱아. 부탁하나 하자."

노인이 자신의 콧수염을 쓸며 힘겹게 말을 꺼냈다.

"부탁이요? 웬일이십니까? 부탁을 다 하시고?"

"부탁하나 하자니까 인마."

대욱은 부끄러운 듯 괜스레 호통을 치는 스승에게 입가에 미소를 지어보이고는 말했다.

"말씀하십시오."

"나 죽기 전에 이놈 좀 꼭 다시 만나봤으면 좋겠다."

"아니, 만나보고 싶으시면 만나보고 싶으신 거지 꼭 그런 말씀을 하여야겠습니까? 이 녀석을 만나보고 싶다 이거시죠?"

"그래. 나이를 먹어서 오지랖이 넓어졌나, 왜 그날부터 갑자기 안 온 건지 궁금하기도 하고……."

대욱은 천천히 스승의 다음 말을 기다리고 서 있었다.

이윽고 나지막이 흘려보낸 다음 말에 대욱이 크게 놀란 듯 보였다.

"괜찮은 놈이면, 내 두 번째 제자 삼아볼까 한다."

그 말을 들은 대욱의 두 눈이 휘둥그레 해졌다.

스승의 밑에서 중식을 배우기를 15년이었다.

밑에 있는 15년간만 하더라도 못해도 쉰 명이 넘는 사람이 찾아와 스승에게 전수를 갈구했다.

그러나 스승은 이렇게 말하며 모두 돌려보냈다.

'나는 머리 검은 짐승을 절대 거두지 않소.'

아니나 다를까 세상에 나와 스승 밑에서 갈고닦았던 솜씨를 펼치니 날개가 돋은 듯 위로 비상할 수 있었다.

당시의 자신이 초보였기에 스승이 더욱 대단해 보였던 것이 아니었다.

배움을 통해 자신의 견문이 깊어지면 깊어질수록 스승

의 실력이 대단하다는 사실을 알 수 있었다.

사실상 대욱이 들어오게 된 데에도 다른 이유는 없었다.

웬일로 머리 검은 짐승을 제자를 두냐는 면장의 물음에 스승은 너스레를 떨며 이렇게 대답했다.

"이 놈아, 어릴 때부터 주워서 기른 호랑이는 아무리 이가 날카로워져도 주인을 안 무는 법이다."

그리고 그 말은 정답이었다.

9살. 대욱이 중국집 주방에서 처음 잡일을 시작한 나이였다.

자신의 손이 닿는 선반이 늘어 가면 늘어갈수록 실력도 늘어가고 있었다.

천애고아였던 대욱은 스승덕분에 초등학교와 중학교 졸업을 마칠 수 있었다.

스승의 지원 덕분에 분명 그 시절에는 남부럽지 않은 학교생활을 했었다.

학교가 끝나면 다복정으로 뛰어와 양파를 까고 설거지를 하는 등의 잡일을 도맡아서 했다.

친구들과 어울리라는 사장의 만류에도 대욱은 변함이 없었다.

고등학교 진학 의사가 없음을 밝히고 17살부터는 본격적으로 중식을 전수받기 시작했다.

그간 다져놓은 기본기들이 빛을 발할 시간이었다.

영업이 끝난 후에는 간판불이 꺼진 다복정에서 틈틈이 공부를 하였고, 덕분에 검정고시 시험을 보아 고등학교 졸업장까지 따낼 수 있었다.

대욱의 머릿속에 다복정에서 보낸 시간들이 주마등처럼 스쳐지나갔다.

자신의 스승은 냉정할 때는 한 없이 냉정하고 유할 때만큼은 한없이 유한 사람이었다.

그런데 적어도 비법 전수에 있어서만큼은 한 없이 냉정한 양반이 경묵을 제자로 삼고 싶다는 말을 한 것이다.

"스승님, 너무 감정적으로 선택하시는 것 아닙니까?"

"야, 대욱아. 너 이 사진 한 번 잘 봐라."

스승이 가리킨 것은 블로그에 게시되어있는 경묵의 사진과 직접 볶은 짜장 사진이었다.

한참동안 인상을 찌푸린 채 짜장을 유심히 바라보던 대욱의 표정이 밝아졌다.

"이야, 역시 눈썰미가 있으십니다."

스승 역시 다시 한 번 웃음을 지어보였다.

"크하하하하, 어릴 때부터 똘똘한 게 이렇게 크게 될 줄 알았다니까?"

"아직 크게 되지는 않았죠."

"조금만 다듬어준다면 분명 크게 될 게다! 네가 먹어보고 맛을 흉내라도 냈으면 데리고 오고 아니면 혼자 오거라."

사장의 뼈가 있는 말에 대욱이 고개를 끄덕였다.

육안으로 보기에는 대단하다고 해도 과언이 아니었다.

연갈색 빛깔의 장, 적당해 보이는 농도, 갖은 양파와 고기를 썰어놓은 모양까지.

예전 다복정의 짜장과 판박이였다.

그렇게 오랜 시간 전에 맛 본 음식을 기억만을 더듬어 만드는 데에는 노력이 아니라 감각이 필요했다.

바로 천재적인 감각.

그렇기 때문에 스승이 경묵을 욕심내고 있었던 것이다.

유승우도 옆에 끼어들어 얼굴을 들이밀며 핸드폰 액정에 떠있는 짜장 사진을 뚫어져라 보았지만, 두 사람이 어째서 이렇게 즐거워하는 것인지는 알 수 없었다.

그저 오래전 두 사람과 경묵이 아는 사이였다는 사실만을 짐작해냈다.

그리고는 속으로 쾌재를 부르고 있었다.

대욱이 출연을 승낙할 것 같은 분위기가 계속해서 이어지고 있었기 때문이었다.

아니나 다를까, 대욱은 유승우를 바라보며 한껏 들뜬 목소리로 외치듯 말했다.

"출연 하겠습니다."

형대욱의 말을 들은 유승우는 그제야 한없이 밝은 표정을 지으며 연신 고개를 숙여 보이며 감사의 의사를 전했다.

"감사합니다! 정말 감사합니다! 정말, 너무 감사합니다!"

두 사람에게는 '하얀짬뽕'으로 통하는 경묵 덕분에 이뤄낸 쾌거였다.

경묵을 섭외해낸 것은 유승우에게 있어서 정말이지 '신의 한 수'였다.

✿

경묵이 심드렁한 표정으로 귀를 마구 후비고 있었다.

"아, 누가 내 욕을 이렇게 하는 거야? 하루 종일 간지러워서 죽겠네."

푸드 트럭 영업이 거의 끝난 시간이었다.

재료는 진즉에 떨어졌고, 식사를 마친 손님들이 자리를 비워주기만을 기다리고 있는 상태였다.

식구가 한 명 더 늘어서 그런 것인지 분위기가 한층 더 밝아졌음을 실감할 수 있었다.

경묵은 우를 섭외하기를 참 잘했다는 생각을 하곤 했다.

처음에는 체력이 따라주지 못하여 기진맥진하곤 했었지만, 며칠 지나고 나니 지금은 손님들도 좋아하는 푸드 트럭의 감초가 되어버린 것이다.

어느 순간부터 우는 재치 있는 말과 행동으로 손님들의 이목을 잡아끌고 있었다.

우는 허벅지를 두드리며 트럭에 기대어 서 있었고, 서은은 바로 앞에 있는 테이블에 앉아 장부를 정리하고 있었다.

허기를 느낀 경묵이 트럭 아래에 선 우와 서은을 바라보며 물었다.

"우리 저녁이나 먹고 나서 정리 시작할까요?"

"오. 그래 배고파 죽겠어."

우가 방정맞은 말투로 콧수염을 연신 씰룩거리며 대답하자, 서은이 키득거렸다.

경묵은 잠시 동안 저녁 메뉴를 무엇으로 할지, 고민하다가 다시금 팬 손잡이를 꽉 쥐었다.

서은이 트럭아래에서 주방 칸에 바짝 다가서며 밝은 목소리로 물었다.

"경묵씨, 오늘 저녁 메뉴는 뭐에요?"

"음, 글쎄요? 오랜만에 짬뽕이나 먹을까요?"

그러자 정혁이 옆에서 불만 가득한 표정으로 경묵을 바라보며 궁시랑 거리기 시작했다.

"야, 너는 어떻게 된 게 중식만 주구장창 먹어도 안 질리냐? 너 솔직히 말해라 사실 중국 사람이지?"

"토종 한국인이거든요? 오늘은 그냥 짬뽕 아니에요."

"이 자식이, 짬뽕이 짬뽕이지 뭘 또 그냥 짬뽕이 아니야? 무슨 금가루 뿌린 짬뽕이냐 그럼?"

아래에 서서 두 사람의 대화 내용을 듣고 있던 서은과 우가 키득거리며 두 사람의 대화를 지켜보기 시작했다.

경묵 역시 웃음기가 가득 어린 표정으로 정혁을 바라보다가 손에 묻은 물기를 정혁에게 튕기며 말했다.

"아 것, 참 그냥 짬뽕이 아니라니까 그러시네!"

"그럼? 무슨 짬뽕인데?"

"있어요, 특별한 짬뽕."

경묵은 밝게 웃으며 고춧가루를 선반 아래로 집어넣기 시작했다.

정혁이 그런 경묵을 의아하다는 듯 바라보며 물었다.

"야, 짬뽕이라며?"

"그냥 짬뽕 말고, 하얀 짬뽕이요. 흰 국물 굴 짬뽕!"

정혁은 잠시 고민하듯 고개를 기웃거리다가 이내 밝게 웃으며 대답했다.

"하얀 짬뽕? 그건 또 좋지, 나도 오랜만에 좀 당기네."

경묵은 웃으며 다시금 팬에 기름을 잔뜩 담아냈다.

⊛

돌아가는 길, 유승우의 몸이야 무겁다지만 발걸음은 몹시 가벼웠다.

그도 그럴 것이 그렇게도 완고했던 형대욱 셰프의 마음을 돌려내지 않았던가?

비록 앞으로 돌아가야 할 길은 막막했지만, 그래도 기분만큼은 좋았다.

운전석 문을 열며 시간을 확인한 유승우는 혀를 한 번 찼다.

어둑어둑해진 것이 불안하다 싶더니만, 어느덧 시간은 저녁 여덟시를 가리키고 있었다.

"쯧쯧, 이거이래서 오늘 안에 집 도착하려나 모르겠네."

아마 집에 도착하고나면 적어도 열두시는 넘어있을 것 같다는 예감이 들었다.

갑작스럽게 산을 타는 바람에 피로도 피로지만 와이셔츠를 땀으로 적셔야 했다.

어서 집으로 돌아가서 뜨끈한 물속에 몸 좀 담그고 싶다는 생각밖에는 들지 않았다.

그 와중에도 헛웃음이 나왔다.

임경묵이 형대욱을 섭외 할 수 있게 되는 신의 한 수가 될 줄 누가 알았을까?

이렇게나 기구한 인연을 박살내려고 했던 부장을 생각하니 울화가 치솟았다.

유승우가 실실 웃으며 다시금 육중한 몸을 차에 신자 차체가 살짝 아래로 내려갔다.

운전석에 오르며 올려다 본 밤하늘에는 별이 가득했던 탓에 괜스레 오묘한 기분이 들었다.

이윽고, 유승우의 낡은 승용차가 다시금 진동하기 시작했다.

담배를 하나 꺼내 문 유승우는 운전석 창문을 내리고 창밖을 내다보다가 나지막이 중얼거렸다.

"아, 제육볶음 좀 싸달라고 할 걸."

❀

오너 셰프 코리아의 첫 촬영일 까지 앞으로 12일. 남들은 특별 훈련이다,

연습이다 하고 있을 시간이겠지만 경묵은 바빠도 너무 바빴다.

아예 다른 점포가 되어버린 듯 새 단장을 한 민경분식이 오픈을 하게 된 것이다.

우선 결과만을 말해보자면, 재 오픈은 나름 성공적이었다.

앞에 길게 늘어선 초등학생들을 본 경묵이 흐뭇한 표정으로 고개를 끄덕여보이자, 옆에 선 정혁이 장난기 어린 목소리로 말했다.

"야, 코 묻은 돈으로 부자 되겠다?"

"형님, 어차피 묻은 코 닦아내고 나면 다 똑같은 돈입니다. 그리고 이렇게 맛 좋고 위생적인 요리를 이런 가격에 제공한다는 사실을 알게 된다면 학부모들도 쌍수를 들고 반겨주실 거예요."

분식집 앞에 삼삼오오 서있는 아이들을 보고 있자니 자신의 어린 시절이 떠올라 입가에 미소가 번졌다.

피카츄돈까스, 닭 꼬치, 떡꼬치, 핫도그 등등……. 그리고 가지런히 진열되어있는 음식들을 보며 군침을 삼키던 어린 시절의 자신.

다시 한 번 바삭하게 튀겨낸 다음 능숙하게 양념을 발라 건네주던 순자의 모습도 어렴풋이 떠오르는 것만 같았다.

길게 늘어선 줄을 보고 흐뭇한 웃음을 한 번 지어보인 경묵이 정혁에게 말했다.

"형, 이제 벌써 12일 밖에 안 남았네요."

"음, 그러게. 너도 준비 좀 팍팍 해야 하는 거 아니야?"

경묵 역시 제대로 준비를 하고 싶었지만, 너무 해야할 일이 많았다.

더군다나 요즘에는 민경 분식의 재 오픈 탓에 더욱 더 정신이 없었다.

영업에 대한 전권이야 순자에게 위임을 했다지만, 나머지는 경묵의 몫이었다.

메뉴판 제작이나, 배달 책자를 비롯해서 인터넷을 잘 쓰지 못하는 순자를 대신해 아르바이트 인력까지 대신 구인을 해주었으니 말이다.

고작 해야 12일.

정혁의 말대로 슬슬 제대로 된 준비를 해야 할 때가 온 것이다.

핑계라면 핑계가 될 지도 모르겠지만, 요즘 하루하루가 너무도 치열하고 바빴다.

더군다나 일은 계속해서 기다리고 있다.

또 며칠이 지나면 푸드 트럭 '경묵이네 북경각'의 첫 결산일이 온다.

머리가 지끈지끈 해지는 것 같았다.

다행인 점은 이렇게 영업을 하기만 하더라도 화동이 덕분에 경험치가 조금씩 오른다는 것.

산정호수 영업을 마친 이후로 조리 능력치를 3이나 증가시킬 수 있었다.

남들보다 빠른 속도로 성장을 하고 있다는 사실은 확실한데, 중요한 것은 그런 이들과 한 차례 자웅을 겨루어야 한다.

'오너 셰프 코리아'의 첫 번째 미션은 자유요리이다.

성향과 기질, 그리고 자질까지 한 번에 파악을 하기 위한 선택임이 분명했다.

그 이후로 치러지는 모든 경연은 주최 측에서 정한 주제에 맞는 요리를 선보여야만 하니, 이번이 처음이자 마지막으로 자신을 어필할 수 있는 기회인 것이다.

어떤 요리로 자신의 강점을 선보일지가 관건이었다.

그런데, 연습은커녕 메뉴조차 결정을 하지 못했으니 발등에 불똥이 떨어진 상태가 아니라고 할 수 없었다.

경묵은 정혁을 바라보며 진지한 목소리로 물었다.

"형, 혹시 며칠간만 주방을 혼자 봐주시는 것은 불가능하겠죠?"

다른 사람이었다면 이야기도 꺼내지 못했을, 아니 꺼내지도 않았을 말이었지만 정혁이라면 신뢰가 갔다.

하지만 정혁은 걱정스러운 듯 보이는 표정으로 고개를 끄덕였다.

"그랬으면 좋겠는데, 나는 너처럼 조리를 빨리 해낼 수가 없잖아. 차라리 바쁜 시간대까지는 같이 있다가 한풀 꺾이고 나서 먼저 퇴근을 하거나 하면 안 되는 거야?"

'아!'

순간 경묵은 자신에게 적용되고 있던 조리가속의 효과를 잊고 있었다.

처음에는 지속효과스킬 하나, 하나가 놀라운 변화였는데 지금은 너무 익숙해져버린 듯 했다.

경묵은 평정심과 조리가속이 적절하게 어우러져 단 한

번의 실수도 없이 주문대로 요리를 해낼 수 있었던 반면
에 정혁은 그저 경험만으로 해나가고 있었던 것이다.

어쨌든 경묵에게 필요한 것은 자신의 요리를 점검하고
개선할 수 있는 개인적인 시간이었다.

영업시간이 아닐 때에도 너무 많은 일들을 도맡아서 하
다 보니 개인적인 시간을 마련하기란 하늘의 별 따기였
다.

"어라?"

그때 경묵의 뇌리에 스쳐 지나간 생각이 하나 있었다.

자신의 요리가 품은 이빨과 발톱을 날카롭게 할 수 있
는 가장 현실적인 방법.

그건 바로 요리를 하는 것이었다.

잘 생각해보니 바쁘게 요리하면 요리할수록, 또 많은
양을 요리하면 요리할수록 경묵의 요리 실력은 늘어날 수
밖에 없는 구조였다.

경묵이 요리를 하면 할수록 화동이의 레벨이 오르고,
화동이의 레벨이 오르면 결과적으로 경묵의 레벨이 오르
니 당연히 조리 능력치를 올릴 수 있다.

이점을 살리는 방법은 단 하나.

어떻게든 많은 양을 요리하는 것뿐이었다.

우선 남은 기간 동안 최대한 조리 능력치를 끌어올린 후
에 메뉴를 정하는 것이 최선일 것 같다는 생각이 들었다.

레시피를 확실히 해두지 못하는 것이야 아쉽다지만, 조리 능력치가 올라가면 전체적인 감각이 상승하기 때문이었다.

뿐만 아니라 더 좋은 생각이 하나 있었다.

경묵에게는 첫 경연을 제외하더라도 해야 하는 숙제가 아직 한 가지 더 있었다.

다름 아닌 [감정을 다루는 악보]를 통한 두 가지 감정 버프를 모두 습득하는 것.

물론 첫 경연보다 훨씬 여유 있는 숙제이기는 하지만, 경묵은 두 마리 토끼를 한 번에 잡을 수 있는 나름대로의 묘안을 떠올린 것이다.

경묵은 정혁을 바라보다가 민경 분식 안으로 걸음을 옮기며 말했다.

"우선, 갑시다."

"어디를?"

"갈 데가 있어요."

경묵은 바삐 일하고 있는 순자에게 고개 숙여 인사를 해 보였다.

순자는 어찌나 바쁜지 눈웃음 한 번 지어보이고는 곧장 뒤돌아 떡볶이를 접시에 담아내기 시작했다.

단순히 기분 탓일지도 모르겠지만 순자는 바빠서 행복해 보였다.

걸음을 돌린 경묵은 바지 주머니에 양 손을 넣고 트럭을 향해 성큼성큼 걷기 시작했다.

경묵은 그저 트럭 운전석의 문을 열었을 뿐이었지만 마치 모델같은 아우라를 풍기고 있었다.

운전석 문을 열어젖힌 경묵은 곧장 핸드폰을 꺼내들어 검색을 하기 시작했다.

"야, 대체 무슨 생각인데?"

"경연대회 출전을 위한 1석 3조 작전이랄까요?"

"대체 무슨 소리 하는 거야? 됐으니까 출발이나 해라."

정혁은 심드렁한 표정으로 조수석 창문을 내린 채 팔을 올려두었다.

경묵은 입가에 미소를 잔뜩 머금은 채로 트럭에 시동을 걸었다.

트럭이 멈춰선 햇님보육원은 수도권에 위치한 한 보육원이었다.

시설이 엄청나게 큰 것은 아니지만, 그렇다고 해서 협소한 편도 아니었다.

입구에 들어서자마자 선한 인상의 여자원장이 두 사람을 반겨 주었다.

경묵이 원장실의 허름한 가죽 쇼파에 등을 기대고 앉아 있었다.

그리고 정혁은 벽 곳곳에 걸려있는 보육원 아이들 앞에 서 있었다.

천천히 사진을 한 번 훑어보던 정혁이 인기척이 느껴지 자 다시금 쇼파에 착석했다.

"드시지요."

원장은 유리잔에 담긴 인스턴트 커피를 내밀며 한 번 웃어보였다.

탁상 앞 협탁에 앉은 세 사람은 본격적인 이야기를 시 작했다.

경묵은 원장에게 '경묵푸드컴퍼니'의 이름으로 인쇄된 명함을 한 장 내밀었다.

전에 간판 제작을 의뢰하던 날 함께 제작한 것이었다.

급조된 것 치고는 제법 있어보이는 명함이라 내심 만족 하고 있었지만 써먹을 곳이 없었다.

제대로 사용해보는 것은 지금이 처음이었다.

명함을 받아든 원장은 눈을 크게 뜨고 천천히 명함을 읽어보았다.

물론 명함만으로는 뭐하는 회사인지 알 수가 없다.

왜냐고? 직원들도 아직은 이 회사가 뭐하는 회사가 될 지를 잘 모른다.

그리고 그것은 경묵도 마찬가지.

명함을 앞뒤로 한 번 훑어본 원장이 난감하다는 듯 조심스레 입을 뗐다.

"아⋯⋯. 식품 회사에서 오셨군요. 식자재는 저희가 지원을 받는 곳이 있어서요⋯⋯."

원장은 아마 '경묵푸드컴퍼니'를 식자재를 납품하는 회사 정도로 생각을 하고 있는 듯 했다.

경묵은 고개를 저어보이며 답했다.

"아, 아닙니다. 영업을 뛰러 온 게 아닙니다. 물론 저희 회사가 식자재 납품과도 관련이 되어 있기도 하지만 저희가 햇님 보육원에 온 것은 그런 이유에서가 아닙니다."

정혁은 식자재 납품과 관련이 되어 있단 말에 놀라 경묵을 바라보았다.

물론 잘 생각해본다면 틀린 말은 아니었다.

로컬 푸드 측에서 식자재 납품을 받기도 하니 아예 관련이 없는 것은 아니라 할 수 있었다.

경묵은 손에 쥐고 있던 커피 잔을 협탁에 내려놓으며 말을 이었다.

"저희는 비록 규모가 작은 기업이긴 하지만, 이쪽 업계에서는 제법 이름을 알리고 있습니다. 지금 당장은 확실히 약속드릴 수 없지만 규모가 커지면 커질수록 저희가 햇님 보육원에 드릴 수 있는 혜택도 커질 것이라고 생각

합니다. 참고로 저희 회사의 저번 주 주말 이틀간의 매출
이 2000만원을 넘어섰습니다."

이것도 틀린 말은 아니었다.

전도 유망한 기업인지는 모르겠지만 경묵이네 북경각
이 화제가 되고 있는 것은 확실했고, 산정호수에서 영업
했던 주말 이틀간의 판매 내역도 2000만원을 넘어섰다.

원장은 천천히 고개를 끄덕이고는 경묵에게 물었다.

"그럼, 어떤 이유로 오셨는지 여쭤어봐도 될까요?"

"사실, 저희가 여기에 찾아오게 된 이유는 가끔씩이라
도 보육원 아이들의 한 끼 식사를 훌륭하게 대접하고 싶
어서 입니다."

원장의 얼굴에 의심이 떠올랐다. 통상 이렇게 호의적이
게 접근하는 기업들은 다 목적이 있다.

"아이들에게 식사를 대접하고 싶다는 말씀이신가요?"

"네."

원장이 안경을 한 번 치켜 올리며 경묵에게 되물었다.

경묵의 눈동자를 빤히 쳐다보기 시작했다.

아직 의심의 눈초리는 거두어지지 않았다.

경묵이 갑작스럽게 보육원 아이들의 식사를 제공하겠
다고 자처한 것은 이유가 있었다.

우선 직접 조리를 함으로 인해서 요리에 투자하는 시간
을 늘리기 위함이 첫 번째 이유였다.

그리고 그로서 화동이의 레벨과 자신의 레벨을 한 번에 올리는 것.

레벨이 오르면 조리 능력치가 오르는 것은 덤이다.

또한 아이들에게 맛있는 음식을 제공할 수 있다는 장점이 있었다.

그리고 마지막 이점은 바로 두 가지 감정 버프를 습득하는 것.

희망의 노래와 절망의 노래 스킬의 습득 조건 중 첫 번째 조건이 희망을 주는 것 이다.

문득 든 생각에 적어도 자해를 해서 스킬을 습득하는 것 보다는, 아이들에게 희망을 주며 스킬을 습득하는 것이 더 의미가 있을 것 같다는 생각이 들었다.

그래서 보육원으로 걸음을 한 것이다.

그리고 경묵이 원장과의 대화를 능동적으로 끌어나가는 모습을 본 정혁은 혀를 내두르고 있었다.

'이 자식, 봉이 김선달도 때려잡겠네.'

물론 경묵은 사실만을 기반으로 하여 말하고 있었다.

과장해서 말을 하는 것이 아니라, 오히려 몇 가지 사실을 감해서 말을 함으로 인해 느껴지는 기업에 대한 신뢰도를 상승시키고 있었다.

경묵푸드컴퍼니가 사실은 협소한 사무실 하나 없는 작은 회사일거라고는 상상조차 하지 못하고 있다는 것이 그

증거였다.

그리고 경묵이 어쩌면 후에 혼란을 야기할 수 있을지도 모르는 화법을 고수한데에는 이유가 있었다.

대부분의 사람들이 보육원에 자원봉사를 한다고 말만 하면 두 팔 벌려 환영을 해줄 것이라고 생각하지만 큰 오산이다.

자원봉사자들은 본인들이 한 '다음에 또 올게' 라는 말이 아이들의 가슴에 어떤 상처로 남게 되는지에 대해서는 전혀 모르는 것이다.

상황이 대부분 그렇다보니 원장 입장에서는 더더욱 심사숙고 할 수밖에 없는 것이다.

비록 사람과 사람이 마주앉아 이야기를 하고 있다지만, 원장은 경묵을 그저 업체의 대변인 이상으로도 이하로도 생각하지 않을 것이 분명했다.

그러니 즉 기업으로만 생각을 한다는 이야기였다.

경묵은 어떻게든 원장에게 안정적이라는 이미지를 심어 주어야했다.

두 사람은 한참동안 정적 속에서 눈빛을 주고받았다.

원장은 경묵의 얼굴을 자세히 보다보니 생각보다 나이가 다소 어려 보인다는 생각이 들었다.

그리고 그 어린 얼굴을 들여다보니 적어도 악의는 없다는 생각이 들었다.

물론, 그렇다고는 하더라도 방심의 끈을 놓지는 않았다.

통상 아이들을 상처 입히는 건 악의가 아니다.

그저 게으름과 무책임함에서 나오는 무관심이다.

"후우……."

원장은 한숨을 한 번 내쉬고는 천천히 말을 이었다.

"어떤 생각이신지는 잘 모르겠지만, 아시다시피 보육원에 있는 아이들은 상처가 많은 아이들입니다. 그간 운영해오면서 수많은 자원봉사자들을 만나왔어요. 저희 보육원은 솔직히 말씀드려서 일손이 부족하지도 않아요. 아이들이 못 먹고 지내는 것도 아니에요. 다만 이 제안에 솔깃한 이유는 아이들의 기준에서 '맛있는 음식'은 잘 먹여 줄 수 없기 때문이죠."

사실 지원받던 곳 몇 군데에서 지원이 끊어지는 바람에 환경이 열악해지긴 했지만, 원장은 이 사실을 철저히 숨겼다.

알려봐야 오히려 더 얕잡아볼 것이라고 생각했기 때문이었다.

"그렇군요."

"사실 자원봉사자들이 아이들과 대화를 나누기라도 할 때면 가슴이 철렁한답니다. 내일 당장에라도 나올지 안 나올지 모르는 사람들이거든요. 저야 상관이 없다지만 아이들은 금세 정을 붙이고, 또 그 분들이 했던 말을 믿고 기다려요."

원장의 눈가에 슬픈 기색이 역력하게 드러났다.

경묵은 커피를 몇 모금 들이켠 후에 천천히 입을 열었다.

"그럼, 이렇게 하시는 건 어떠십니까?"

"어떻게 말입니까?"

"원하신다면 저희 직원들이 아이들과 일체 접촉하지 않도록 하겠습니다."

이 또한 의외의 제안이었다.

원장은 눈썹을 한 번 꿈틀해보이고는 경묵에게 되물었다.

"보통 기업의 후원 같은 경우에는 아이들과 함께 사진 찍기를 원하시던데, 괜찮으신가요?"

아이들과 함께 찍는 사진.

사실 그 사진의 용도를 정확히 알 수는 없다.

사보에 싣기 위함인지, 지역신문에 보도를 하기 위함인지는 모르지만 어쨌든 대부분의 기업에서 후원의 대가로 요구하는 사항은 사진이다.

해맑게 웃는 기업의 대표와 밝게 웃고 있는 아이들.

원장이 가장 싫어하는 부류의 사람들이었다.

그렇기 때문에, 기업의 후원을 썩 달가워하지만은 않는다.

그들은 상처 입은 아이들을 진심으로 감싸주고 싶어 하는 것이 아니라, 도구 쯤으로 여기는 것 같았다.

'그저 이미지 개선을 위한 도구.'

대부분의 기업 후원은 사진 몇 장 건지고, 지역 신문에 몇 번 기재되고 나면 서서히 발길을 끊기 시작한다.

경묵은 완강하게 손사래를 쳐 보이며 대답했다.

"아닙니다, 아닙니다. 사진은 필요 없습니다."

"그럼……?"

원장이 말끝을 흐려보이자 경묵이 어깨를 들썩여 보이며 물었다.

진심으로 이해가 가지 않는다는 듯 보이는 표정이었다.

"어떤 걸 물으시는 겁니까?"

"정말 아무런 요구사항도 없다는 말씀이십니까?"

원장의 물음에 경묵은 천천히 고개를 끄덕이며 의아하다는 듯 물었다.

"대가를 바라고 움직인다면 후원이 아니라 투자겠지요, 저희 회사에서 원하는 것은 투자가 아니라 후원입니다."

경묵의 말 한마디가 원장의 뒤통수를 세게 후려치는 망치가 되었다.

원장은 꼭, 한 대 세게 얻어맞은 것처럼 어안이 벙벙했다.

대부분의 기업들이 그랬기에 저도 모르게 일반화를 시키고 있었던 것이다.

방금 경묵이 말하며 보였던 작은 손짓 하나, 하나에 귀품이 넘쳐흐르는 것만 같아 보였다.

원장은 자신이 경묵을 한낱 기업인들과 비교했다는 사실이 진심으로 미안해지기 시작했다.

원장은 고개를 살짝 숙여 보이며 말했다.

"제가 드린 말씀이 듣기에 거북하셨다면 정말 죄송합니다……."

어찌된 영문인지는 모르겠지만, 진심을 느꼈다는 말이 어떤 말인지 알 것만 같았다.

"아닙니다, 아닙니다. 괜찮습니다."

자신의 실수에도 오히려 웃음으로 화답해주는 경묵의 모습을 보고 있자니 확신이 생기는 듯 했다.

'이 사람은 진짜다.'

창 틈 사이로 바람과 함께 아이들이 조잘거리며 뛰어노는 소리가 조금씩 들려오고 있었다. 창 너머를 빤히 바라보고 있던 경묵이 입가에 웃음을 살짝 지어보이고는 원장에게 물었다.

"혹시 보육원 식당에 영양사가 따로 있나요?"

"아니요, 있으면 좋겠지만 지금은 영양사분을 모실만한 여건이 되지 않습니다."

경묵은 고개를 끄덕이고는 말했다.

"그렇다면 저희 측에서 영양사 인력도 파급을 해드리도

록 하겠습니다."

경묵의 말을 들은 원장의 눈이 휘둥그레 해졌다.

물론 당장 영양사 인력이 준비되어있는 것은 아니었지만, 영양사야 '경묵푸드코리아' 의 이름으로 고용해서 햇빛 보육원에 파견을 시키면 그만이다.

월급 자체도 그렇게 높지는 않으니 문제될 것이 없었다.

사실 이건 조금 충동적인 제안이기도 했지만, 이미 마음을 굳힌 후였다.

열심히 뛰노는 아이들을 보고 있노라니 기분이 좋아진 탓도 있었고, 무엇보다 가장 중요한 사실은 경묵 역시 어렸을 때 잘 못 먹은 탓에 키가 덜 큰 것 같다는 아쉬움이 있었기 때문이었다.

물론, 지금이야 육체강화를 거치며 간신히 키가 180cm에 진입했다지만, 전에는 아니었다.

기준치에서 조금 미달인 키가 얼마나 사무치게 아쉬웠는지 모른다.

경묵과 원장은 그 후로 한 시간 가량을 더 이야기 했다.

❀

후원에 관한 사항은 금세 명확히 정리 되었다.

'경묵푸드컴퍼니'의 이름으로 영양사 한 명을 파견해 주기로 약속했고, 우선은 주에 3번 아이들 점심을 해결해 주기로 했다.

경묵은 이야기를 마치고 보육원 밖으로 나서자마자 서은에게 영양사 한 명에 대한 구인광고를 게시해 줄 것을 부탁했다.

급여에 대해서는 평균 적으로 영양사들의 평균 급여보다 10%가량 높은 금액을 지급해 주도록 하겠다는 의견을 밝혔다.

적어도 자신과 함께 일하는 사람들의 근무 만족도를 최대한 보장해주고 싶다는 생각이 들어서였다.

사실 경묵은 모르고 있었지만 보육원 원장과의 대화에서도 발달한 감각 덕분에 조금 더 우위를 점하고 그나마 유리한 방향으로 이끌어나갈 수 있었다.

본능적으로 상대의 동공의 움직임을 파악하고, 목소리의 떨림을 감지해내고 있었다.

그 덕분에 말을 할 때마다 즉각적으로 반응을 살펴볼 수 있었던 것이었다.

이 모든 것이 본인이 인지하지 못한 사이에 본능적으로 이루어지고 있었던 것이다.

햇빛 보육원 원장과 대화를 마치고 나니 푸드 트럭 오픈 시간이 코앞에 있었지만, 정혁의 배려덕분에 경묵은 출근시간을 조금 늦출 수 있었다.

약 한 시간가량의 여유시간이 있었고, 경묵은 제대로 활용해보려고 마음먹었다.

우선 경묵은 이번에 퀘스트를 해결한 덕분에 보상으로 주어진 1725GEM을 슬슬 사용하기로 마음먹었다.

쓰다보면 그렇게 큰 액수는 아닌 것 같다고 생각할 것이 분명했지만, 일단 이렇게 많은 GEM을 한 번에 지녀본 것은 이번이 처음이었다.

만일 '오너세프 코리아'의 규칙에 본인이 준비한 주방도구를 사용할 수 있다는 항목이 있다면 우선적으로 주방도구와 초급 강화석을 구입해 강화를 해 볼 요량이었다.

강화사 직업군의 위력에 대해서는 이미 한 번 실감해본 적이 있었다.

하다못해 맨 처음으로 강화를 해본 물건인 [+3 미니 팬]을 아직까지도 유용하게 써먹고 있지 않던가?

'식감을 살려준다는 특수한 옵션이 붙을 줄 알았더라면 어떻게든 웍이나 중화 팬을 강화 하는 거 였는데…….'

지금 와서 생각을 해보니 조금 신기한 노릇이기도 했다.

어떻게 본인에게 딱 필요한 옵션이 나왔던 것일까?

미니 팬 뿐만 아니라, 중급 대장장이의 중화 칼에도 조리 효과가 붙어 있었다.

혹시 이 또한 알려지지 않은 효과인 '강화사의 의지' 와
관계가 있는 것은 아닐까 싶은 생각이 들었다.

'설마 필요로 하는 것과 관계된 옵션이 뜨게끔 해주는
사기적인 옵션도 있는 건가……'

강화 대상을 지켜낼 때 떠안게 되는 패널티도 잘 생각
해보면 소소한 편이었다.

더군다나 강화사의 의지 덕분에 실패한 강화를 성공에
이르르게 하기도 한다.

그런데 만약 자신이 상상하고 있는 옵션과 비슷한 옵션
이 강화 대상 아이템에 부여가 되는 것 이라면, 가히 사기
적인 능력이라고 할 수 있는 셈이었다.

물론 물증은 없었고 단순한 심증일 뿐이기는 했다.

어쨌든 강화사의 의지가 대단한 스킬이라는 사실 만큼
은 분명했다.

만약 규정을 찾아보았을 때, 본인이 준비한 주방도구를
사용할 수 없다면 요리관련 스킬 북 혹은, 그와 관련된 스
킬 위주로 스킬 북들을 구입할 생각이었다.

경묵은 천천히 참가자 전원에게 발송된 메일을 열어 확
인을 해보기 시작했다.

출연계약서 한 부를 받기는 했지만, 편히 열람하여 더
욱 확실히 숙지할 수 있도록 F&F측에서 경묵의 인터넷
이메일로 발송을 해준 것이다.

경묵은 위반사항과 규정 란을 천천히 살펴보기 시작했다.

그렇게 엄지손가락으로 화면을 몇 번이나 넘겼을까?

경묵의 얼굴에 밝은 미소가 떠오르기 시작했다. 드디어 간절하게 찾던 문구를 발견해낸 것이다.

'본인이 본래 사용하던 식기나 주방기구를 자유롭게 사용할 수 있습니다.'

경묵은 신나는 마음으로 제법 오랜만에 상점 창을 열었다.

'상점!'

눈앞에 익숙한 창이 나타나자 가슴이 세차게 뛰기 시작했다.

이윽고 쇼핑의 시간이 도래한 것이다.

✿

웍이라고 부르는 중화 팬 하나.

그리고 일명 까오기라고 불리는 중화 국자 하나.

중화 팬 역시 다용도인 것은 마찬가지이겠지만, 까오기는 정말 다재다능(?)한 녀석이다.

이 녀석으로 말할 것 같으면, 첫 째로 계량의 기능을 가지고 있다.

국자 가득 뜬다면 250cc 조금 모자라게 뜬다면 230~240cc 정도로 알맞게 계량이 되는 것 이다.

더군다나 그 뿐만 아니라 지지고 볶을 때는 물론, 다 조리된 음식을 접시에 옮겨 담을 때 까지 이 까오기라는 국자를 이용한다.

말 그대로 거의 손과 같은 역할을 해주는 것 이다.

일단 조리도구는 이렇게 딱 두 가지만 있으면 될 것 같았다.

경묵이 주방 안에서 가장 핵심적으로 사용하는 도구 두 가지였다.

물론 이 두 가지 말고도 필요한 조리도구를 말해보라면 얼마든지 더 말할 수 있다.

그럼에도 불구하고 두 가지만을 꼽은 이유는 남는 GEM을 스킬 북에 투자할 생각이었기 때문이다.

그리고 사실 다르게 생각해본다면 [뭐든지 강화] 스킬 덕분에 굳이 상점에서 구입한 물품을 사용해야 할 이유도 없었다.

그런데 굳이 경묵이 팬과 까오기를 상점을 통해 구입하려는 이유는 따로 있었다.

바로 상점에 있는 '기본 옵션이 붙어있는 아이템' 때문이었다.

게임 아이템이라고 생각을 해보자면 거의 체감이 불가

능한 짜잘한 옵션이 붙은 아이템.

그래, 소위 말하는 똥템이다. 그러나 그 자잘한 옵션조차도 경묵은 절대 사소하다고 여기거나 생각하지 않았다.

그도 그럴 것이 경묵의 직업군은 강화사이다.

강화를 거치다보면 그 옵션도 함께 상승하게 된다.

경묵의 입장에서는 어떻게든 옵션이 하나라도 더 붙어있는 아이템이 가장 좋은 아이템일 수밖에 없는 것이다.

우선 기본 옵션이 하나씩 붙어있는 팬과 따오기를 구입할 생각이었다.

천천히 살펴보고 있었지만 조리 능력치가 붙은 팬이나 국자는 쉽사리 찾을 수가 없었다.

필요한 것은 인내와 끈기.

발품을 판다고 표현하기도 민망한 상황이었으니, 굳건히 찾아보기로 결심한 것이다.

"찾았다!"

한참 후, 경묵이 마음에 쏙 드는 팬과 국자를 구입하는 데 성공했다.

시간을 투자한 보람이 있었던 것이다.

더군다나 두 아이템에 부여된 옵션은 모두 조리 능력치의 상승이었다.

'조리 +1'

우선 두 아이템으로 조리 능력치 2를 얻어낸 것이나 마찬가지였다.

경묵은 두 가지 조리 도구를 구입하는 데 500GEM을 사용했다.

조리 능력치 1을 올리기 위해 어떤 노력을 해야 하는지를 알고 있는 경묵의 입장에서는 이정도 가격이라면 절대로 비싼 가격이 아니라는 생각이 들었다.

경묵은 곧장 구입한 중화 팬과 국자를 꺼내들어 양손에 쥐고 한 번 볶는 시늉을 해 보았다.

손잡이가 손에 잡히는 느낌도 제법 마음에 들었고, 무게도 적당한 것 같다는 생각이 들었다.

두 쇠붙이가 맞닿는 마찰음이 천천히 방 안에 울려 퍼졌다.

쓸만하다는 생각이 들어 두 아이템의 이름을 살펴보았더니 쓸만한 중화 팬과 쓸만한 국자 였다.

정말 쓸만해 보이는 이름이었다.

강화 대상이 될 두 가지 아이템을 구매했으니, 이제는 강화석을 구입할 차례였다.

경묵은 팬과 국자를 다시금 인벤토리 안에 넣고는 다시

금 상점 창을 살피기 시작했다.

강화석은 총 4가지 단계로 나뉘어져 있다.

초급, 중급, 고급, 마지막으로 특급으로 분류되곤 한다.

그리고 대부분 던전의 난이도를 정하는 지표가 되는 것이 바로 이 강화석 이다.

만약 던전 안의 몬스터가 고급 강화석을 지니고 있다면, 그 던전은 고급 던전이 되는 것이다.

높은 등급의 던전일수록 위험 부담이 커지는 것처럼 당연히 상위 등급의 강화석일수록 값이 비싸다.

간단히 말하자면, 초급은 3번째 중급은 6번째, 고급은 9번째, 특급 강화석으로는 11번째까지 강화가 가능하다.

무슨 말이냐면, 초급 강화석은 3번째 까지 강화가 가능하다.

그러니 그 다음 강화에는 중급 강화석이 필요한 것이다. 더불어 알 수 있게 된 사실도 한 가지 있었다.

특급 강화석으로 11번째까지 강화가 가능하다는 사실로 미루어 본다면, 강화는 총 11번까지 가능하다는 결론이 도출된다.

그러니 무분별하게 사용해댄 중급 강화석이 아까울 수밖에 없는 것이다.

경묵은 입맛을 다시며 초급 강화석 12개를 구입했다. 그렇게 또다시 600GEM을 소모했다.

남은 GEM은 이제 625GEM. 어쩌면 스킬 북은 구경에서 멈춰야겠다는 생각이 들었지만 별로 개의치는 않았다.

수중에 있는 중급 강화석 2개까지 생각을 해본다면, 모든 강화에 성공했을 때, 두 가지 아이템을 모두 4단계 까지 강화할 수 있는 것이다.

경묵은 망설일 새도 없이 곧장 강화를 진행했다.

이제는 익숙한 안내 창이 연달아 나타나기 시작했다.

[축하합니다. 쓸 만한 중화 팬 강화에 성공하셨습니다.]

[+1 중화 팬이 되었습니다.]

[축하합니다. 쓸 만한 중화 팬 강화에 성공하셨습니다.]

[+4 쓸 만한 중화 팬이 되었습니다.]

강화를 거듭하고 나니 더욱 가벼워진 것 같다는 느낌이었다.

실제 중량에는 변함이 없을지 모르겠지만 손잡이를 들고 허공에서 몇 번 움직여 보는 것만으로도 성능이 한참 좋아졌음을 알 수 있었다.

시간적으로 여유만 있었으면 강화 전과 후를 비교해 보았을 텐데 그런 시간적여유가 없다는 사실이 조금 아쉽게만 느껴졌다.

강화된 팬을 인벤토리에 넣은 경묵은 다시금 국자의 강화를 시작했다.

물론, 강화를 끝내는 데에는 그리 오랜 시간이 걸리지 않았다.

더군다나 목숨과 소유 정령인 화동을 담보로도 강화를 해본 경험 덕분인지는 몰라도 실패 안내 문구쯤은 거들떠 보지 않을 수 있는 배포가 생겼다.

'뭔가 정말 강화사가 된 기분이군.'

이윽고 눈앞에 국자 강화를 끝마쳤음을 알리는 상태 창이 나타났다.

[축하합니다. 쓸 만한 국자 강화에 성공하셨습니다.]

[+4 쓸 만한 국자가 되었습니다.]

이로서 경묵은 순식간에 수중에 있던 모든 강화석을 소비했다.

이제 중요한 것은 과연 두 아이템이 어떤 효과를 머금었을지 였다.

경묵은 두근거리는 마음으로 인벤토리에 있던 국자와 팬을 꺼내들어 상 위에 올려두었다.

마치 크리스마스 다음 날 아침, 잠에서 깬 아이가 머리맡에 놓인 선물을 확인해보기 직전의 심정으로 두 아이템의 옵션을 살피기 시작했다.

*

[+4 쓸 만한 중화 팬]

등급 : 일반

설명 : 작은 프라이팬, 조리도구일 뿐 아니라 무기로도
사용이 가능하다.

공격력 : 23 (+13)

강화옵션 : 조리한 요리의 식감을 더욱 배가시켜 준다.

추가옵션 : 조리 +5

*

[+4 쓸 만한 국자]

등급 : 일반

설명 : 다용도로 사용이 가능해 보이는 국자, 조리도구
일 뿐 아니라 무기로도 사용이 가능하다.

공격력 : 18 (+13)

강화옵션 : 이계 요리사의 저울 -〉 국자만으로 정확히
계량이 가능합니다.

추가옵션 : 조리 +5

이계 요리사의 5가지 상징을 모두 모으면 추가 효과가
부여됩니다.

*

"예쓰!"

아이템의 옵션을 확인한 경묵이 환호를 내질렀다.

이 정도 결과라면 가히 성공적이라고 할 수 있었다.

두 가지 조리도구로 무려 10의 조리 능력치를 얻어낸
셈이다.

거기다가 식감을 배가시켜준다는 강화옵션은 물론, 이계 요리사의 저울이라는 엄청나게 쓸모 있어 보이는 옵션까지.

'이계 요리사의 저울'이라는 옵션이 아래에 적힌 '이계 요리사의 상징' 중 하나인 듯 보였다.

'5가지라……'

확실한 것은 나머지 옵션들도 다 저렇게 쓸 만한 것이라면, 추가 옵션이 없어도 대단할 것 같다는 생각이 들었다.

어떤 추가 옵션이 생성될지도 궁금한 노릇이었다.

잘 생각해 보니 필요한 옵션이 부여되는 것이 아닐지도 모르겠다는 느낌을 받았다.

다름이 아니라 조리도구를 강화했으니 당연히 조리와 관련된 옵션을 얻은 것 일지도 모르겠다는 생각이 든 것이다.

어쨌든 지금까지의 결과는 가히 성공적이라고 할 수 있었다.

이것으로 남은 625GEM을 이용해 스킬 북을 구입하는 것만을 남겨두고 있는 상태였다.

버프 스킬들이 많았지만, 이번 대회에서 눈에 띄는 능력은 사용하지 않기로 마음먹은 터였던지라 버프 스킬에서는 관심을 조금 거두었다.

당장 필요한 것은 조리와 관련된 스킬이었다.

가속 조리나 완벽한 조리의 상위 스킬을 구입하고 싶은

마음에 전에 한 번 찾아본 적이 있었지만, 두 스킬의 상위 스킬들을 지금 구입하는 것은 조금 무리가 있었다.

전에 찾아본 바에 의하면 두 스킬의 상위 스킬들은 권당 가격이 무려 5000GEM이었다.

뿐만 아니라 스킬 북의 아이템의 등급 역시 '특수' 단계로 분류되고 있었다.

하지만 레벨이 되지 않아서 습득하지 못하고 있던 스킬 북들이 많았다.

경묵은 천천히 조리와 관련된 스킬 북들을 찾아보기 시작했다.

전에 던전에서 자연스러운 경로로 익혔던 [식재료 손질] 역시 상점에서 1000GEM에 판매하고 있는 스킬 북이었다.

아무런 대가없이 공짜로 배웠다고 생각하니 괜스레 웃음이 났다.

"크흐흐흐, 좋다 좋아."

정말 많은 스킬들이 있었지만 대부분은 '이걸 왜?' 라는 생각이 들 정도로 쓸모없는 것들이었다.

한두 가지를 꼽아보자면, 조리 중에 춤을 추면 멋있어 보이는 효과의 [요리와 함께 춤을] 스킬 이라든지, 조리모를 쓰지 않아도 머리카락이 음식에 떨어지지 않는다는 효과의 [조리 중 탈모 방지] 스킬까지…… 다소 어이없는 효과의 스킬들이 다분했다.

그나마 조금 마음에 들어서 가격을 보면 당장 살 수 없는 경우가 태반이었지만 경묵은 계속해서 마음에 드는 스킬 북을 찾기 위해 상점을 둘러보고 있었다.

어떻게든 실력을 끌어 올려야 했다.

❀

그렇게 한참을 둘러보던 경묵은 결국 두 가지 스킬 북을 구입해내는데 성공했다.

보기에 좋은 떡이 먹기도 좋다고 했던가?

이번에 구입한 두 가지 스킬 북은 모두 요리 실력이나 맛 보다는 요리의 외관과 관련된 스킬이었다.

하나는 [형형색색 조리] 라는 이름의 스킬 북이었다.

지속효과스킬인 [형형색색 조리]의 효과는 이름에서 유추할 수 있는 그대로였다.

식재료의 색감을 가열조리를 거치더라도 변화를 주지 않을 수 있다.

말 그대로 마음먹은 대로 였기 때문에, 가열 전의 색을 유지할 수도 있고 유지하지 않을 수도 있었다.

원하는 색감을 내기에 아주 적합한 스킬임이 분명하였다.

두 번째 스킬 북은 [매혹적 플레이팅] 이라는 이름의 스킬 북이었다.

플레이팅이란 단어의 원 뜻은 도금, 감싸다 정도이지만, 요리에 있어서는 조리를 마친 음식을 접시에 옮겨 담는 것을 의미한다.

효과 역시 이름 그대로였다.

접시 위에 옮겨 담아둔 모습만으로도 보는 이의 허기를 더욱 자극할 수 있도록 옮겨 담을 수 있다는 것이 [매혹적 플레이팅] 효과였다.

이제 수중에 남은 것은 25GEM뿐.

'정말 하얗게 불태웠군.'

두 권의 스킬 북은 각각 300GEM이었다.

경묵이 요리의 맛이나 조리 실력이 아닌 외적인 부분과 관련된 스킬을 과감하게 구입을 한 데는 이유가 있었다.

내실이야 꾸준히 다지고 있으니 이제는 슬슬 외형도 어느 정도는 다듬기 시작해야 하는 시국이라고 판단한 것이다.

조금 과장된 비유이기는 하지만 아무리 값비싼 푸아그라나 캐비어라고 하더라도 개밥그릇에 담아낸다면?

음식은 눈으로 먹고 코로 먹고 입으로 먹는다는 말이 괜히 있는 것이 아니라고 생각하고 있었다.

경묵은 지금의 투자를 조금도 아깝다고 여기지 않았다.

쇼핑을 마친 경묵은 기지개를 한 번 펴고는 천천히 자리에서 몸을 일으켜 다시금 밖으로 나섰다.

가히 만족스럽다 할만한 변화였다.

대폭 상승한 조리능력치와 강화를 통해 얻게 된 특수효과 2개.

뛰어난 맛을 지닌 요리의 외형을 훨씬 아름답게 장식시켜줄 스킬 2가지까지.

나름 알차게 구매한 것 같다는 생각이 들었다.

이제 옷을 샀으니, 입고 나가서 뽐낼 일만 남은 것이다.

이윽고 경묵은 자신을 애타게 기다리고있을 직원들과 푸드 트럭을 향해 걸음을 옮기기 위해 문 밖으로 나섰다.

❀

D - 0

드디어 '오너셰프 코리아'의 첫 촬영일이 되었다.

제법 햇볕이 따뜻해져서 이제는 외투를 걸치지 않고 밖을 나다니는 사람들이 있을 정도였다. 그간 경묵은 정말이지 정신없이 지낼 수밖에 없었다. 점심시간에는 햇빛 보육원에서 아이들의 점심식사를 책임져 주었다 서은과 정혁, 이우 중 한 사람이 교대하며 경묵과 동행을 하곤 했다. 물론, 경묵은 매일같이 햇빛 보육원으로 향해야 했다. 보육원에서 점심식사 배식을 끝마친 후에는 곧장 푸드트럭 영업 준비에 돌입해야 했다. 영업이 시작되면 땅 한 번 밟을 새조차 없다고 해도 과언이 아니었다. 재료가 떨어질 때까지 주방 칸 위에 올라 있어야 했다. 그렇게 업무를 마치고나면 민경분식의 장부를 확인하러 들렀다가 녹초가 되어 집으로 돌아오곤 했다. 물론, 시도 때도 없이 요리를 해온 덕분에 화동의 레벨은 무려 6이 되었고, 경묵의 각성자 레벨은 8이 되었다. 덕분에 말 그대로 조리 능력치를 대폭 상승시킬 수 있었다. 마침내 오늘을 위한 만발의 준비를 끝마친 것이다. 전날 이른 시간에 잠을 청했던 덕분인지 몸이 날아갈 듯 가벼웠다. 제법 깔끔하게 옷을 차려 입은 경묵이 푸드 트럭 운전석에 올랐다. 평범한 참가자들이었다면 양손 가득 자신의 주방도구며 식재료며 챙겨야하는 탓에 양손 가득 짐이 들려있었겠지만, 경묵은 양 손이 모두 가벼웠다. 필요한 식재료는 인벤토리안에 모두 들어있었다. 운전석에 오른 경묵은 시동이 걸린 푸드 트럭이 진동하기 직전에 나지막이 말했다.

"자, 그럼 박살내러 가보실 까나."

유리 창 너머에서 스며들어오는 햇볕이 경묵을 응원하기라도 하는 듯 따뜻했다. 심장이 잔잔하게 요동쳤다. 사실 경묵은 벌써부터 상금을 어디에 쓸지 고민하고 있었다. 이윽고, 경묵의 콧노래를 신호로 트럭이 천천히 앞으로 나아가기 시작했다.

MODERN FANTASY STORY

각성!
북경각

16장. 나는 전설이다

경묵의 트럭은 금세 가로수길 인근에 위치한 F&F 사옥
근처에 다다랐다. 차를 근처 골목길에 대충 세워둔 후, 여
유 있는 걸음으로 촬영지를 향해 걸음을 옮겼다. 얼마 걸
음을 옮기지 않아 대문짝만하게 F&F라고 쓰여있는 건물
을 하나 발견했다. 경묵은 잠깐 걸음을 멈춘 채 멀리에 보
이는 건물을 한 번 훑어보았다. 촬영이 진행될 건물의 생
김새는 굉장히 깔끔했다. 다른 미사여구가 사용될 필요
없이, '깔끔하다' 라는 말이 참으로 잘 어울리는 듯 했다.
5층도 되어 보이지 않는 건물은 회색 톤이었고, 건물상단
에 붉은 색으로 쓰인 F&F라는 문구만이 외부 인테리어의
전부였다. 굳이 어떻게든 더 꼽아보자면 안에서 보았을

271

때는 통유리일 것 같이 큼지막한 창문들? 어쨌든 별다른 장식물 없이도 굉장히 세련되었다는 느낌을 주는 건물이라는 점은 분명했다. 입장을 위해서는 입구에서 간단한 절차를 진행해야했다. 안에 들어서고 나니 가족과 함께 온 참가자들도 있었고, 연인과 함께, 친구와 함께 온 참가자들도 있었다.

'이럴 줄 알았으면 정혁이형이나 서은씨랑 같이 오는 건데……'

아쉬움에 입맛을 다진 경묵은 천천히 참가자들을 한 번 둘러보았다. 확실한 것은 다들 말로는 무어라 형언할 수 없는 고수의 풍모를 풍기고 있었다. 예상한대로 다들 캐리어 하나쯤은 기본으로 대동한 듯 보였다. 두 개 많게는 세 개까지 끌고 온 참가자들도 있었다. 가장 재미있는 게 사람 구경이라는 말처럼, 시간은 금세 흘러 어느덧 집합 시간이 되었다. 집합 시간이 되고나니, 로비 중앙에 위치한 단상에서 유승우가 참가자들의 출석여부를 확인하기 시작했다. 언제 튕겨나갈지 짐작조차 할 수 없는 와이셔츠 목 단추가 유독 눈에 들어왔다. 이윽고 유승우의 입에서 경묵의 이름이 나오자, 경묵이 손을 번쩍들어보이며 대답했다.

"네, 여기있습니다."

유승우는 이상하다는 듯 경묵을 한 번 훑어봤다. 다름

이 아니라 경묵이 아무런 짐도 들고 오지 않은 것 같이 보였기 때문이었다. 이윽고 걱정스러운 표정을 지어보이며 경묵에게 넌지시 한 번 물었다.

"저, 받으신 문자는 꼼꼼히 읽어보셨죠?"

"네, 물론입니다."

마지못해 고개를 끄덕이고는 손에 들고 있던 서류뭉치를 다음 장으로 넘겼다. 출석 확인을 마친 유승우는 몇 가지에 대해 설명을 해주었다. 카메라의 위치를 말해주며, 등을 보이거나 하는 기본적인 실수는 하지 말아달라는 것이 대부분이었다. 이윽고 유승우는 참가자들을 촬영이 진행될 3층으로 인솔했다. TV 드라마나 영화의 '메이킹 필름' 속에서나 보던 촬영장이 자신의 눈앞에 펼쳐져있으니 신기하기 짝이 없었다. 경묵 뿐만 아니라 몇몇 참가자들이 이동하는 내내 고개를 두리번거리며 촬영장 안을 분주히 살피고 있었다. 3층 세트는 총 세 개로 나뉘어져 있었다. 첫 번째는 총 여섯 명의 심사위원들이 기다리고 있는 심사실. 두 번째는 참가자들이 조리를 하는 조리실. 세 번째는 참가자들이 대기하는 대기실이었다. 1차 경연이 진행되는 방식 또한 생각보다 간결했다. 우선, 순번에 맞추어서 한 번에 네 명씩 조리실에서 조리를 하기 시작한다. 심사위원들은 심사실에 마련된 화면을 통해서 조리과정을 지켜본다. 조리 과정을 지켜보면서 1차적인 평가를 내

리는 것이다. 그 후 조리를 마친 참가자는 곧장 심사위원
들에게 자신의 요리를 선보인다. 맛을 통해서 2차적인 평
가가 내려지는 것이다. 한 번에 한 장소에서 조리를 진행
하여 심사를 받는 기타 요리 대회와는 사뭇 다른 느낌이
었다. 하지만, 얼마 지나지 않아 일반적인 요리 대화와는
다른 방안을 채택한 것이 최대한 많은 장면을 세세하게
카메라에 담아내기 위함이라는 사실을 알 수 있었다. 심
사를 마친 참가자들은 나오는길에 인터뷰에 응해야 한다.
유승우는 크게 걱정하실 것 없이 심사를 받는 동안 어떤
기분이었는지, 조리를 하면서 어떤 생각이 들었는지 등을
말해주면 된다고 간결하게 설명했다. 이윽고 참가자들이
유승우의 일사불란한 지휘에 맞추어 서고, 촬영이 시작되
었다. 심사실 입구에 모여선 이들의 앞에 TV에서 종종 보
았던 진행자가 걸어 나왔다. 쥐 죽은 듯 고요한 와중에 고
개를 한 번 숙여 인사를 해보인 진행자가 입을 뗐다.

"안녕하십니까? 오너셰프 코리아의 진행을 맡게 된 박
성주입니다!"

TV를 통해서만 듣던 목소리를 실제로 듣게 되니 감회
가 새로웠다. 앵글 안에는 담기지 않지만 참가자들이 보
이는 위치에 선 유승우가 손에 쥐고 있는 대본을 공중에
마구 휘젓자, 참가자들이 박수를 치기 시작했다. 진행자
는 오너셰프 코리아의 취지와, 진행과정에 대해서 설명하

기 시작했다. 그러나 경묵은 좀처럼 집중이 되지 않았다. 어서 심사위원진의 얼굴을 실제로 한 번 보고싶은 마음뿐이었다. 얼마 지나지 않아 진행자의 입에서 경묵이 기다리던 말이 나오고 나서야 바닥으로 향하던 경묵의 시선이 진행자에게로 옮겨졌다.

"자, 그럼 이제 오너셰프 코리아를 더욱 빛내주실 심사위원 분들을 소개하도록 하겠습니다. 세계 최고라는 타이틀을 거머쥐었다 해도 과언이 아닌 6명의 스타 셰프를 소개합니다!"

진행자의 말이 끝남과 동시에 우레와같은 박수소리가 촬영장안에 울려퍼지기 시작했다.

그리고 6명의 심사위원이 심사실 문을 열고 나타났다. 깔끔한 흰색 조리복 차림일 것이라고 예상했지만, 놀랍게도 모두 깔끔한 정장차림이었다. 경묵은 심사위원들에게서 눈을 떼지 못했다. 여섯 명 모두가 TV나 잡지에서나 볼 수 있던 최고의 셰프들이었기 때문이었다. F&F에서 방영해주는 프로그램에서도 몇 번이고 얼굴을 보곤 했었다. 입이 좀처럼 다물어지지 않고, 저도 모르는 사이에 박수를 치고 있었다. 아마 다른 참가자들도 같았을 것이다. 이 자리에 모인 이들 전부가 한류 스타, 명품 배우들보다 스타 셰프에 열광하는 이들이었다. 남들이 음악방송이나 연예뉴스 프로그램을 볼 때, F&F나 해외 채널에서 방영

해주는 요리관련 프로그램을 보며 이들의 행보와 업적에 관심을 두고 지켜봐온 이들이었다. 모두가 진심으로 기뻐하며 박수를 치고 있었다. 박수소리가 좀처럼 멎어들지 않자, 진행자가 자제 시키듯 손을 한 번 까딱거려 보였다. 그리고 나서야 박수소리가 천천히 멎어들기 시작했다. 우열을 가리기 힘들 정도로 대단한 업계의 최고 실력자들이 한 자리에 모여서 있었다. 그리고 그 스타 셰프 중 한명, 형대욱 셰프가 유심히 바라보고 있는 참가자가 있었다. 바로 경묵이었다. 이런 곳에서 경묵과 마주하고 나니 감회가 새로워 입가에 웃음이 지어졌다. 그리고 경묵이 자유경연에서 어떤 요리를 선보일지가 궁금했다. 진행자가 심사위원을 한 명, 한 명씩 소개하기 시작했다. 수상경력부터 시작해서, 어떤 잡지에 기재가 되었었는지, 또한 현재 어떤 가게에서 일하고 있는지에 대한 이야기였다. 아마 참가자들 보다는 시청자들을 위한 행동인 것 같다는 생각이 들었다.

다시 한 번 더 이들의 업적에 대해 듣고 나니, 더욱 그 위상이 대단해보였다. 심사위원 소개가 끝나고 나니 경묵의 가슴이 더욱 세차게 뛰기 시작했다. 하지만 현실과 방송은 달랐다.

"그럼, 이제 오너셰프 코리아의 첫 번째 경연을 시작합니다!"

진행자의 우렁찬 외침이 끝나고나자, 잘 돌아가던 카메라가 멈추었다. 촬영감독의 신호를 기점으로 심사위원들은 다시금 심사실 안으로 걸음을 옮겼고, 진행자는 자신이 있던 대기실로 사라졌다. 방송이었다면 흥미진진하게 이어졌을 테였지만, 촬영은 그렇지 않았다. 괜스레 맥이 빠지는 기분이었다. 다시금 앞에 선 유승우가 진행방식에 대해서 한 번 더 설명을 하기 시작했다. 이윽고 첫 번째로 조리를 시작할 네 명을 호명하기 시작했다.

　"자 첫 번째로 들어가실 분들은요……. 김창복 참가자, 김경현 참가자, 정우철 참가자, 임경묵 참가자입니다."

　설마 처음이 자신일까 싶은 마음에 한 귀로 들으며 한 귀로 흘리고 있던 경묵 이었던지라 더욱 놀라지 않을 수 없었다. 느닷없이 첫 번째 주자가 되어 요리를 해야 한다니, 설마하고 생각 해본적도 없는 상황이었다. 갑작스러웠지만 나쁠 것은 없었다. 경묵은 자신과 함께 호명된 다른 참가자들을 한 번 훑어보았다. 당연히 얼굴만 보고서는 요리 실력을 가늠할 수 없었다.

　호명된 네 사람은 유승우의 안내에 따라 조리실로 들어서기 시작했다. 경묵이 조리실 안에 들어서자마자 다른 참가자들이 경묵에 대한 견해를 밝히기 시작했다. 벌써부터 파벌이 생긴 것이다. 같은 분야의 요리를 하는 이들끼리는 이미 알고있는 경우도 있었고, 학연이나 지연으로 이어져있는 경우도 있었다. 그렇지 않더라도 괜스레 느닷없는 유대감 덕분에 급조된 무리도 있었다.

"뭐야? 아무것도 안 챙겨온 거야?"

"그런가 봐요. 참내."

"준비성 하고는, 쯧쯧. 이래서 요즘 젊은 사람들은 안 된다니까?"

그 와중에 아무런 말없이 앉아있는 사람이 한 명 있었다. 고개를 푹 숙인 채 눈을 치켜뜨고 경묵의 뒷모습을 바라보고 있었다. 더군다나 남자는 오히려 경묵을 유일한 경쟁자라고 생각하고 있었다. 그 남자는 경묵이 넘어서고자 하는 '연래춘'의 사장이자 주방장, 정필상이었다.

❀

심사위원들은 조리실 안에 들어선 경묵을 비롯한 나머지 참가자들의 영상을 보고 있었다.

이윽고 심사위원들의 시선이 다른 경묵에게 집중되었다. 경묵 혼자만이 조리실 안에 빈 손으로 들어섰기 때문이었다. 현재 경묵을 지켜보고있는 심사위원들 중 절반은 각성자이고, 나머지 세 명은 아니었다. 비 각성자인 셰프들이 피나는 노력을 한 탓도 있었지만, 각성자들이 요리에 매진하는 경우는 좀처럼 적은 탓이었다. 물론, 비 각성자 셰프들은 경묵에게서 금세 시선을 거두었다. 이미 경묵을 그저 준비성이 부족한 참가자라고 낙인찍었기 때문이다. 그러나 각성자 셰프들은 경묵에게서 좀처럼 눈을 떼지 않고 있었다. 이들은 경묵이 그저 준비성이 없는 놈인지 아니면, 각성자인지가 너무 궁금했기 때문이었다.

❀

조리실 안에 들어선 네 명의 참가자들이 준비해온 주방 도구를 하나씩 꺼내들기 시작했다. 캐리어에서 자신의 주방도구를 꺼내던 세 명의 참가자들의 시선은 계속 경묵에게로 향했다. 이들은 경묵을 그저 준비성 없는 시건방진 놈으로 생각하고 있었기 때문이었다. 지금의 시선은 단순히 '프로가 무엇인지 보여주마.' 정도의 의미를 내포하고 있을 뿐이었다. 이윽고 경묵이 인벤토리에서 천천히 주방 도구를 꺼내기 시작했다. 지금 경묵이 꺼낸 것이라고는 미니 팬 하나와 중화 칼이 전부였지만, 갑작스레 허공에서 나타난 미니 팬과 중화 칼을 본 참가자들의 눈이 휘둥그레 해졌다.

'설마……?'

놀라기는 화면을 통해 이 모습을 지켜보던 심사위원들도 마찬가지였다. 갑자기 허공에서 나타난 미니 팬을 본

외국인 셰프가 손뼉을 세게 부딪치며 외쳤다.

"오, 역시 이럴 줄 알았어."

방금 탄성을 내지른 셰프는 세계 정상급 셰프라고 칭해지는 '가든 램지'였다. 다른 심사위원들의 시선이 '가든 램지'에게 향했다가 다시 화면 속의 경묵에게로 돌아왔다. 경묵은 다시금 인벤토리에서 식재료를 꺼내기 시작했다. 이들 모두의 시선이 경묵이 꺼내들기 시작한 식재료에서 떨어질 줄을 몰랐다. 식재료를 꺼내기 시작한 경묵을 바라보던 '가든 램지'가 떨리는 목소리로 경묵을 가리키며 말했다.

"나는 저 참가자를 보는 게 정말 흥분됩니다. 나는 그가 정말 기대됩니다."

'가든 램지.'

요리에 있어서만큼은 가히 세계 최고 권위자라고 해도 과언이 아닌 사람이었다. 요리를 시작도 하기 전에 그에게 기대된다는 호평을 받은 것이다. 각성을 한 후에도 요리를 하는 각성자들이 상당히 적은 탓이었다. 가든 램지가 이토록 흥분하여 말을 한 것은 어쩌면 세계 최고 요리사가 배출되는 장면을 보고 있는 건지도 모른다는 생각에서였다. 형대욱은 뒤에서 주둔하고 있던 통역을 통해 가든 램지가 한 말을 전해듣고는 밝은 표정으로 고개를 끄덕거렸다. 괜히 자신의 기분이 좋아지기도 했지만, 감회가 조금 새롭기는 했다. 대욱의 눈에 보이는 경묵은 그저 잘 커서 다시 나타난 '하얀 짬뽕'의 꼬마일 뿐이었다. 그런데 조리를 시작하기도 전부터 세계 최고 셰프들의 기대를 한 몸에 받고 있는 것이었다. 적어도 지금은 경묵의 독주무대인 것이나 마찬가지라는 생각이 들어 입가에 피식하고 미소가 떠올랐다.

'각성을 했는데, 요리라……'

물론, 부정 심사를 할 생각은 없었지만 그래도 내심 경묵이 선전하기를 기대하고 있었다. 이미 심사실 안에 있는 6명의 시선은 경묵에게만 고정되어 있었다. 이윽고 모든 식재료를 꺼낸 것인지, 화면 속의 경묵이 옷의 소매를 걷어 올리기 시작했다. 일순, 심사실 안에 정적이 흘렀다. 마치 숨소리도 들리지 않을 정도로 고요했다. 지금 모든 심사위원들이 경묵이 꺼내놓은 재료를 토대로 오늘 선보일 메뉴를 추측하느라 정신이 없었기 때문이었다.

심사위원들은 계속해서 경묵만을 유심히 바라보고 있었다. 조리실 내에 있는 카메라맨들도 마찬가지였다. 비록 렌즈는 다른 참가자들에게 향해있었지만, 시선은 경묵에게 고정되어있었다.

카메라 옆에 서서 뒷짐을 진 채로 이 상황을 지켜보고 있던 유승우는 흡족한 미소를 지어보였다.

'다들 놀라기엔 아직 이르지.'

유승우가 평정심을 잃지 않고 여유를 가득 안은 채 이 상황을 지켜볼 수 있는 이유는 단 하나였다. 경묵은 짐작조차 하지 못하고 있었지만, 아직 그에게는 '연래춘'의 오너 셰프인 정필상이 남아있었다. 어떻게 보면 이 판은 두 사람의 경쟁을 위해 오밀조밀하게 잘 짜인 판이었다. 유승우의 입장에서 두 사람 중 누가 이길 것이고 누가 질 것인지, 승패여부는 전혀 상관없었다. 준비된 들러리 18명이 낙엽처럼 떨어져나가고 진정한 고수 두 명이 대나무 숲에서 칼을 맞대는 그림을 바라고 있을 뿐이었다.

경묵이 소매를 걷어 올린 후에 개수대의 물을 틀어 흐르는 물에 손을 깨끗하게 한 번 씻어냈다.

경묵의 조리대는 다른 참가자의 조리대에 비해 조금 황량하다고 말해도 과언이 아니었다.

조리도구만 하더라도 미니 팬 하나와 중화 칼이 전부였고, 식재료는 등심살로 보이는 소고기 한 덩어리와 향신료가 전부였다.

고기와 향신료, 미니 팬. 이 세 가지로 조리할 수 있는 메뉴는 단 한 가지. 여섯 명의 심사위원이 공통된 메뉴를 짐작하고 있었지만, 확신이 없었다.

그들이 짐작하고 있는 메뉴는 '스테이크'였기 때문이다.

경묵이 조리대에 꺼내 올려놓은 식재료를 몇 번이고 확

인해서 바라본 심사위원들은 경묵에 대한 정보가 기재되어있는 서류를 한 번 꼼꼼히 훑어보았다. 몇 번을 확인해도 전공 사항에는 '중식'이라는 단어가 쓰여 있을 뿐이었다. 심사실 안에는 묘한 기류가 흐르고 있었다.

가든 램지가 다시 한 번 입을 떼고 다른 심사위원들에게 물었다.

"나는 그가 중국음식 전문가라고 생각했어요. 맞죠?"

통역사가 다른 심사위원들에게 정확히 가든 램지의 말을 전달하자, 다른 심사위원들이 하나 둘 입을 열어 그의 물음에 답해주었다.

"네 맞습니다."

가든 램지는 어깨를 들썩여 보이고는 되물었다.

"그러나 저 참가자는 비프스테이크를 요리하려는 것처럼 보여요. 그는 중식당을 운영하지만 양식 전문가입니까?"

이것이 지금의 상황을 놓고 보았을 때 짐작할 수 있는 한계치였다. 형대욱이 어깨를 한 번 들썩여보이고는 가든 램지의 통역에게 자신의 의사를 전달했다.

"말씀대로 준비한 메뉴는 비프스테이크 같군요, 저 참가자가 양식 전공자인지는 잘 모르겠습니다."

다시금 심사실 안에 정적이 흘렀다. 아무리 뚜렷한 경연주제 없이 자유조리라고는 하지만 대부분의 참가자들은 자신의 전공 내에서 가장 자신 있는 요리를 골라잡았다.

적어도 이번 자유조리의 취지는 '네가 제일 하고 싶은 요리를 해봐' 가 아니었다. 바로 '네가 가장 잘하는 요리를 해봐' 였다. 어떻게 된 것이 한 올, 한 올 껍질을 벗겨내면 벗겨낼수록 짐작할 수 없었고, 혼란만 더욱 증폭되었다. 여러 가지 추측이 난무하는 가운데, 영상 속의 경묵이 조리를 시작한 듯 보였다. 다시금 모두의 이목이 화면에 집중되었다. 경묵은 날이 널찍한 중화 칼을 손에 쥐었다. 지금 쥐고있는 이 칼은 가장 처음으로 강화를 해 본 물건이기도 했다. 칼에 붙어있는 강화옵션 '서걱서걱' 의 효과 탓에 경묵은 최대한 섬세하게 칼집을 내기 시작했다. 날이 큼지막한 중화 칼로 스테이크용 등심에 칼집을 내는 요리사. 참가자들은 물론이고 심지어 심사위원들조차 처음 보는 광경이었다. 처음에 눈살을 찌푸렸던 양식 전공 심사위원들 이었지만, 차츰 생각을 바꿀 수밖에 없었다. 우습게도 등심살에 조심스레 실금을 내고 있는 경묵의 움직임이 너무도 우아해보였기 때문이었다. 경묵의 작은 움직임 하나하나가 심사실에 있는 모두를 매료시키고 있었다. 심지어 심사위원 중 두 명의 중식 전공자 중 한 명인 남광민 셰프는 자리에서 기립을 하기까지 했다. 오로지 영상을 더 자세히 보기 위함이었다. 경묵이 칼을 다루는 모습에 매료되어 무의식중에 벌인 행동이었다. 지난 수십 년간 중화 칼을 다뤄왔고, 가장 친숙한 물건 중 하나이기도 했다. 또

한, 중화 칼을 깨나 다룬다 하는 사람들을 봐왔지만 이런 움직임은 처음이었다. 현란한 칼질이 아니었다. 잔잔한 움직임. 마치 드넓은 캔버스 위로 대충 선 하나를 그은 것이나 마찬가지였다. 가끔 그런 그림들이 이해할 수 없을 정도로 고가에 거래되기도 한다. 지금 경묵의 칼질이 그랬다. 별 볼일 없는 칼집을 내는 밑 작업일 뿐이었다. 그러나 마음먹고 흉내를 낸다 하더라도 쉽사리 흉내 낼 수 없을 것이 분명한 우아한 움직임이 분명했다. 사실은 본의 아니게 습득한 지속효과스킬 [우아한 움직임]의 효과 덕분이었다. 화면을 통해 경묵을 바라보던 가든 램지의 표정이 점점 더 심각해지고 있었다. 이윽고 가든 램지가 손바닥을 들어 보이며 자리에서 일어났다.

"미안합니다. 촬영을 멈춰주세요."

갑작스러운 그의 행동에 심사실에 있던 촬영 팀원들이 하나같이 놀람을 감추지 못한 표정으로 그를 바라보았다. 놀랄 수밖에 없는 것이 가든 램지는 스타급 셰프이자, 조금 다르게 본다면 프로 방송인이기도 했다. 그는 이미 수많은 TV프로그램에 나와 얼굴을 알렸던 이력이 있다. 3류? 아니, 2류 연예인들보다 훨씬 더 카메라 앞에 서본 경험이 많은 사람이다. 그런 그가 녹화를 중단시킨 데에 아무런 이유가 없을 것 이라는 생각은 하지 않았다. 분명 지금의 촬영이 무언가 중대한 문제와 직면했다는 생각이 들어 놀란 것이었다. 가든 램지는 카메라를 꺼보라는 듯 손짓을 해보이자 심사실 안이 찬물을 끼얹은 듯 조용해졌다. 스무 명이 넘는 사람들이 있었지만 숨 쉬는 소리조차 들리지 않고 있었다. 그 와중에 가든 램지가 천천히 입을 뗐다.

"모든 심사위원들은 그에게서 눈을 뗄 수가 없어요."

가든 램지는 이윽고 모든 심사위원들을 한 번씩 바라본 후에 다시금 말을 이었다.

"다른 셋을 먼저 심사한 후에 그를 심사해야 합니다. 이게 옳은 결정이라고 생각해요."

정확한 지적이었다. 통역을 들은 심사위원들은 물론 심사실에 있던 촬영 팀들조차 수긍하는 분위기였으니 말이다. 그러나 지금 심각한 표정으로 의논 중인 여섯 명의 심사위원들은 모르고 있는 사실이 하나 있었다.

바로, 이 상황조차 메인 카메라에는 다 담기고 있다는 것. 마치 잘 짜인 각본이 아닐까 싶을 만큼이나 극적인 상황이었다. 다른 카메라들은 모두 꺼졌지만, 메인 카메라는 아니었다.

촬영 감독은 마음속으로 이미 만세 삼창이 아니라 승리의 환호성을 부르고 있었다.

'대박이다, 대박이야!'

지금 자신의 의자 옆에 놓인 카메라가 대한민국을 들썩

이게 할만한 장면을 담아내고 있었다.

대중들은 스타 셰프에게 극찬 받은 경묵에게 열광하고, 꽃가루를 뿌려줄 것이 분명했다. 눈앞에 펼쳐진 상황에 입가에는 진한 미소가 걸려있었고, 귓가에서는 서걱서걱 움직이는 펜 소리가 들리는 것만 같았다. 무슨 소리냐고? 자신의 촬영감독으로서의 이력에 대단한 커리어가 추가되고 있는 소리였다. 그도 그럴 것이 가든 램지는 전도유망한 F&F의 방송작가가 아니라, 셰익스피어가 살아 돌아와서 쓴 대본이라고 해도 놀아나줄 마음이 단 하나도 없는 사람이었다. 그는 오직 요리에 대한 열정으로 움직이고, 자신의 기대에 못 미치는 요리사들에게 독설을 날리는 사람이다. 그 덕분에 사실 그의 팬들 중 몇몇은 그가 만든 요리가 아니라 그가 날리는 독설의 팬이기도 하다. 그렇다보니 지금의 상황이 더욱 더 이례적이라고 할 수 있는 셈이었다. 그리고 그 때, 가든 램지가 다시 한 번 입을 뗐다.

"실례합니다, 나한테 좋은 생각이 있어요."

이윽고 가든 램지가 말을 마치고 얼마 지나지 않아 유승우가 촬영 중단을 선언했다. 가든 램지가 말한 '좋은 의견'을 전해들은 촬영진 전원이 흡족한 듯 미소를 머금고 있었다.

이윽고 촬영이 중단되었지만, 납득할만한 설명은 따로 없었다. 실상 참가자들이 조리실에 들어온 지 채 3분도 지나지 않은 시간이었기에 문제될 것은 아무것도 없었다지만 기분이 조금 뒤숭숭한 것은 사실이었다. 물론 가장 의아한 사람은 유일하게 조리실 밖으로 끌려나온 경묵이었다.

　"이게 어떻게 된 겁니까?"

　경묵이 어리둥절한 표정으로 묻자 유승우는 자신의 특기이자 전공인 상투적인 말투로 경묵에게 상황을 설명하기 시작했다.

　"사실, 진행 방식이 조금 변경되었습니다. 정해진 순번을 갑작스레 번복하여 죄송합니다. 원하신다면 차례까지 심사실에서 구경하실 수 있는 기회를 드리겠습니다."

　심사실에서 다른 참가자들의 음식이 평가받는 모습을 볼 수 있다? 경묵이 굳이 마다할 필요가 없는 좋은 제안이었다. 촬영 진들이 서있는 쪽, 가장 어두운 자리에서 그저 심사위원들 사이에 오고가는 대화를 지켜보면 그만인 노릇이기도 했고, 성향을 조금 파악할 수 있는 기회이기도 했다. 경묵이 고개를 끄덕이자, 유승우가 손짓을 해보이며 말했다.

　"따라오시죠."

　경묵은 유승우의 뒤를 따라 심사실의 뒷문으로 들어왔

다. 아까 멀리 떨어져서 보았던 세계 정상급 셰프 여섯 명이 각자의 자리에 앉아 화면을 지켜보고 있는 모습이 눈에 들어왔다. 그리고 그와 동시에 심사실 중앙에 조리대를 옮겨놓고 있는 촬영 진 두 명의 모습도 함께 눈에 들어왔다. 그들은 화면에 비치는 참가자들의 모습을 바라보며 손에 쥔 종이에 무언가를 적기도 했고, 인상을 쓰기도 했고, 만족스럽다는 듯 웃기도 했다. 또한 참가자들의 행동에 대한 의견을 공유하기도 했다.

"지금 한 번 사용한 칼을 다시 씻어내지 않고 사용한 것 맞죠?"

"그런 것 같네요."

"제 밑에 있는 요리사였다면 아마 당장 조리모를 빼앗고 쫓아냈을 겁니다."

모두가 독설가로 유명한 심사위원들이어서 그런지는 몰라도 살벌한 대화들이 주로 오고갔다.

괜스레 조금 긴장이 되는 것 같은 기분이었다. 이윽고 시간이 제법 흐르자 한 명씩 안에 들어와 음식을 선보이기 시작했다. 심사위원들은 딱 한 입 크기만을 맛보았다. 첫 번째 참가자는 자신의 가게에서 절찬리에 판매중인 해물 파스타를 선보였다. 두 번째 참가자 역시 현재 운영 중인 가게에서 판매중인 메뉴인 오렌지 소스를 곁들인 연어 샐러드를 선보였다. 이들이 운영하는 음식점의 맛을 판단

하는 척도는 어찌되었든 돈이다. 매출이 잘 나오는 가게가 맛이 있다는 것은 어느 정도 부정할 수 없는 사실이기 때문이었다. 사실상 이번 오너셰프 코리아의 참가자들은 실력은 모르더라도 수입만큼은 검증된 이들이었다. 그리고 심사위원들은 앞서 음식을 선보인 두 사람의 음식을 그럭저럭 흡족해 보이는 표정으로 맛보았다. 그러나 평화의 시간은 딱 여기까지였다. 무난한 음식을 선보인 두 명의 참가자에게는 별 말이 없었지만, 세 번째 참가자의 음식을 맛본 심사위원들의 표정이 서서히 굳기 시작했다. 지금 선보인 요리를 자신의 필살기라고 설명한 한식집의 주방장이자 사장 '김경현' 때문이었다. 그가 선보인 요리는 튀긴 파를 곁들인 훈제 삼겹살이었다. 경묵은 발달한 자신의 시력으로 김경현이 만든 요리를 세세하게 관찰해 보았다. 거리야 제법 있었지만 아무런 문제가 없었다.

'파를 튀기려면 굳이 왜 삼겹살을 훈제로 구운 거지?'

기름기를 빼기 위해 삼겹살을 훈제로 구웠다. 그럼에도 불구하고 기름기를 잔뜩 머금은 튀긴 파를 곁들인다? 아니나 다를까, 경묵의 걱정대로 심사위원들의 표정이 하나같이 어두웠다. 먼저 김경현을 심문하기 시작한 것은 다복정 출신의 스타 셰프 형대욱 셰프였다.

"이 음식이 필살기라고요?"

"네, 그렇습니다.

형대욱 셰프는 어이가 없다는 듯 살짝 웃음을 지어보이고는 말했다.

"삼겹살은 훈제로 구워냈는데, 파를 튀긴 이유를 모르겠군요. 입술에 아직도 파가 머금고 있던 기름기가 남아 있습니다."

형대욱 셰프의 날카로운 지적에 당황한 김경현 참가자가 허둥지둥 대며 답했다.

"아, 그… 그건 제가 설명을 해 드리도록 하겠습니다."

그 때 형대욱 셰프가 자리에서 벌떡 일어나 김경현 참가자의 음식이 남아있는 접시를 그대로 중앙에 비치된 쓰레기 통 안에 쳐넣었다.

"설명은 음식으로 하셔야지요?"

형대욱 셰프의 말에 일순 심사실 안에 침묵이 흘렀다. 그리고는 다시금 뒤 돌아서서는 다른 심사위원들에게 물었다.

"혹시 버리실 분 더 안계십니까?"

이윽고 하나 둘 다른 심사위원들도 형대욱 셰프에게 자신들이 받아든 접시를 건넸다. 기름기 탓에 심사위원들의 아랫입술이 촉촉해져 있었다. 형대욱 셰프는 접시를 받아드는 족족 쓰레기통 안에 쳐 넣었다.

"수고하셨습니다. 돌아가십시오."

김경현 참가자가 잔뜩 일그러진 표정으로 촬영장 밖으로 나섰다. 가든 램지는 그런 형대욱의 돌발 행동이 마음에 들었는지 밝은 표정으로 고개를 살짝 끄덕여보였다.

경묵은 침을 한 번 삼켜냈다. 절대 어설픈 마음으로 맞서서는 안될 것 같다는 생각이 들면서도, 재미있을 것 같다는 기대감이 생겼다. 그 때, 유승우가 경묵의 어깨를 두드리며 말했다.

"이제 경묵씨 차례입니다."

"네? 조리실로 가면 되나요?"

유승우는 경묵의 물음에 대답하는 대신 고개를 저어보였다. 그리고는 살이 잔뜩 오른 자신의 손가락으로 심사실 중앙에 놓인 조리대를 가리키며 입을 뗐다.

"저기서 하시면 됩니다."

"네?"

경묵은 눈을 크게 뜬 채 당황한 기색을 숨기지 못했다. 사실, 갑작스럽게 펼쳐진 지금의 상황은 그저 가든 램지가 가볍게 던진 말 한마디 덕분이었다.

'난 저 아시아 요리사가 요리하는 모습을 직접 보고 싶습니다.'

현, 전 세계 최고의 셰프라고 칭송받는 전설 급 셰프 '가든 램지.' 그의 의견이었다. 가든 램지 그 역시 각성을 한 후에도 주방을 떠나지 않은 셰프 중 한명이었기에 잘 알고 있었다. 또한 이능을 얻은 후에도 주방에 남아있는 이들이 드물기야 했지만, 자국인 미국에서도 자신을 제외하고 서너 명쯤은 가뿐하게 찾아볼 수 있었다. 그러나 그 중 스타 셰프의 칭호를 얻은 이들은 드물었다. 조리가 특수 능력치로 발현되지 않는 불운한 경우도 있었지만, 대부분은 금세 주방을 떠나 큰돈을 만지는 삶을 찾아갔다. 정말 요리에 열정이 있는 이들만이 이능을 얻었음에도 불구하고 끝까지 주방에 남는 것이다. 그러나 그는 경묵에게서 그들과 다른 무언가를 본 것이다. 고기위에 실금을 긋는 간단한 칼질을 통해서 말이다. 안타깝게도 그는 경묵의 우아한 칼솜씨를 노력의 산물이라고 생각하고 있었다. 이윽고 카메라가 다시 돌아가고, 느린 걸음으로 걸어나온 경묵이 심사실 중앙에 놓인 조리대 앞에 서서는 겸연쩍게 한 번 웃어보였다. 조리대 앞에 선 경묵은 자신의 가슴팍이 부르르 떠는 것이 느껴졌다. 쉼 호흡을 한 번 하고 생각을 가다듬었다. 긴장? 아니었다. 전율이었다. 마치 자신을 내려다보는 것 같은 정상급 셰프 여섯 명을 한 번 쓱 훑어보고는 한 번 속으로 생각했다.

'내가 저 자리에 껴있어도 나쁘지는 않을 것 같다 이거야.'

입가에 진한 미소를 지어보인 경묵이 간단하게 묵례를 해 보이고는 다시금 조리도구를 하나씩 꺼내기 시작했다. 이번에도 미니 팬과 중화 칼이 전부였다. 메뉴는 아까 심사위원들이 예상한 그대로, 스테이크. 왜냐고?

'필살의 일격은 나중에 쓰는 게 정석 아니겠어?'

경묵이 모든 조리도구를 꺼낸 듯 보이자 중식 전공의 남광민 셰프가 물었다.

"오늘 준비하신 요리가 무엇입니까?"

"스테이크입니다."

"혹시 원래 전공이 양식이십니까?"

경묵은 고개를 저어보였다.

"뼛속까지 중식입니다."

경묵의 대답에 피식하고 웃음을 터트린 심사위원들도 있었고, 아닌 이들도 있었다. 장내가 살짝 술렁이는 듯 했다. 아무래도 중식 요리사인 자신이 양식 메뉴를 고른 것 때문에 야기된 상황이라고 생각하고 있었다. 이윽고 심사위원들은 자신들이 들고 있는 종이에 분주히 무어라 적기 시작했다. 경묵은 아까와 마찬가지로 등심살과 마늘 한 개와 향신료 몇 가지를 꺼냈다.

사실 몇 가지 향신료라고 하기에도 부끄러운 것이 소금과 후추가 전부였다. 경묵은 다시 꺼낸 고기에 칼금을 내기 시작했다. 손에 들린 중화 칼이 이동하며 그리는 궤적에 따라 등심살이 천천히 벌어지기 시작했다. 경묵의 우아한 칼 솜씨는 가까이서 보자니 더욱 더 신기한 노릇이었다. 우습게도 지금 경묵의 앞에 선 이들 모두가 한석봉의 어머니보다 칼질을 잘 할지도 모르는 이들이었다. 그런 이들이 그저 실금을 긋는 것뿐인 경묵의 칼질을 보며 감탄을 금치 못하고 있었다. 눈에 띄지 않게 벌집 모양으로 칼집을 내는 것을 마친 경묵은 소금과 후추를 살짝 뿌려낸 후에 조리대 옆 가스레인지의 불을 켰다. 개수대의 물을 틀어 흐르는 물에 칼을 깨끗하게 한 번 씻어낸 경묵은 이번에는 마늘을 집어 들어 조리대 도마 위에 올려놓았다. 불이 올라오고 있는 동안 경묵은 조리대 위에 올려진 마늘 한 개를 뭉뚝한 칼 손잡이로 한 번 세게 찍어냈다.

쿵-!

이윽고 짓눌린 마늘을 날카로운 자신의 칼로 재빠르게 다져냈다. 심사위원들은 다시 한 번 분주하게 무어라 적어내기 시작했다. 놀랍게도 모든 동작들이 물 흐르듯 이어지고 있었다. 경묵이 보이고 있는 움직임은 놀라울만큼이나 숙련된 움직임이었다. 이윽고 미니 팬에 기름을 두른 경묵은 다져낸 마늘을 먼저 위에 올렸다. 향을 내기 위해서였다.

치지지직-

마늘이 팬 위에 오르자 불협화음과 함께 매운 냄새가 솔솔 풍기기 시작했다. 그 다음 경묵은 아무런 망설임 없이 바로 미니 팬 위에 등심을 올렸다. 잔뜩 달아오른 기름 위로 고기가 올려 지자 불협화음이 더욱 가세되었다. 이윽고 경묵은 불의 세기를 살짝 줄여냈다. 여기까지는 어떤 레스토랑이나, 그리고 어떤 쉐프나 조리할 수 있는 평범한 스테이크와 별반 다를 것 없는 조리과정이었다. 물론 밑간이 평범한 스테이크보다 허술했지만, 경묵이 보여주고 싶은 것은 자신이 준비한 이계들소 본연의 맛이었다. 이윽고 경묵은 손끝에 마나를 끌어 모으기 시작했다. 여기서 부터가 자신이 준비한 남다른 조리과정을 보여줄 수 있는 부분이었다.

'화력 조절'

화동을 만난 순간 얻게 된 기술이었다. 본래 이 기술은 자신의 마나를 이용해 불의 세기를 조절할 수 있는 '극악의 공격 기술' 이었겠지만, 경묵에게 만큼은 아니었다. 퍼포먼스와 실용성 두 가지를 동시에 갖춘 요리에 적합한 기술이라고 생각하고있었다. 경묵은 손끝에 모인 투명한 기운을 천천히 구체화시킨 다음 화구를 향해 날렸다. 느린 속도로 경묵의 손끝을 떠난 마나의 구체가 천천히 부유하며 화구와 맞닿았다. 이윽고, 화구에서 거센 불이 일었다.

콰아아아-!

갑작스럽게 높이 일어난 불길에 모든 심사위원들이 흠칫 놀란 듯 보였다. 관계자들은 안전사고인가 싶어 자리에서 벌떡 일어나기까지 했지만, 단 한 사람 경묵 만큼은 여유가 가득해 보였다. 그렇게 몇 초간 타오르던 불길은 다시금 경묵에 의해 잦아들었다. 심사위원들은 이미 병

찐 표정으로 그를 바라보고만 있을 뿐, 아무런 행동도 취하고 있지 못했다. 불길이 가시고 나니, 팬 위에 놓여있던 고기가 드러났다. 등심살은 먹음직스러운 갈색 빛을 머금고 있었다.

칼자국 위로는 육즙이 끓어오르고 있었고, 장내에는 이미 허기를 자극하는 스테이크의 향이 잔뜩 퍼진 후였다. [형형색색 조리]의 효과 역시 조리된 등심살의 색에 한 몫하고 있었다. 이윽고 경묵은 만족스럽다는 듯 밝게 한 번 웃어보이고는, 완성된 스테이크를 준비된 접시 위에 옮겨 담았다. 점시에 옮겨지는 스테이크가 일순 잠시 휘어지며 자신의 부드러움을 과시했다.

다른 참가자들과 다르게 특별한 플레이팅은 없었다. 넓은 접시 위에 황량하게 놓인 스테이크가 전부였다. 경묵을 유심히 바라보던 심사위원들은 마지막으로 한 번 손에 쥐고 있는 종이에 무어라 기록을 해냈다. 심사위원들 중 양식전공 셰프인 '앨런 킴'이 경묵에게 물었다.

"어느 정도로 익힌 겁니까?"

"미디움(medium)입니다."

미디움(medium)이라는 말에 심사위원들이 살짝 의아하다는 듯 고개를 기웃거렸다.

실제로 조리하는데 걸린 시간은 핏기를 살짝 머금은 '레어'(Rare)의 상태에도 못 미쳤다

'블루레어'(Blue Rare)

거의 날고기라고 해도 과언이 아닐 정도로 덜 익은 고기를 조리해낸 것을 일컫는 말이다. 그리고 심사위원들이 의아해한 이유 역시 간단했다. 경묵이 조리를 하는 데 걸린 시간은 '블루레어'(Blue Rare) 상태로 조리하는 것이 고작일 것 같다는 생각이 들 정도로 짧은 시간이었다. 이번에는 가든 램지가 가세하여 경묵에게 물었다.

"미안하지만, 스테이크의 익은 정도를 판별하는 방법에 대해서는 알고 있습니까?"

통역에게 말을 전해들은 경묵은 당연하다는 듯 고개를 끄덕이고 말했다.

"온도계로 측정을 하거나 핑거테스트를 하겠죠, 아니면 감각에 의지하거나."

경묵의 말을 들은 심사위원들의 얼굴에 당황한 기색이 역력하게 떠올랐다. 자신의 눈앞에서 스테이크를 조리하던 경묵은, 온도계로 온도 측정을 하지도 않았고 핑거 테스트를 하지도 않았다. 그 말인즉슨 감각에 의지해서 스테이크를 구워냈다는 말이었다. 다소 건방지게 들릴 수도 있는 말이었다. 경묵이 양식 전공자가 아니라 중식 전공자였기에 더더욱 그랬다. 앨런 킴이 의자를 박차고 일어서서는 경묵의 스테이크 앞에 섰다. 그리고는 옆에 꽂힌 나이프와 포크를 이용해 빠른 속도로 경묵이 조리한 스테이크를 썰어냈다. 먹기 좋은 크기로 한 조각을 썰어낸 앨런 킴은 포크로 찍은 고기를 입에 넣기 전에, 스테이크의 절단면을 유심히 한 번 살펴보았다. 핏기가 거의 없는 연갈색. 누가 보더라도 영락없는 '미디움'(medium)의 색을 띄고 있었다. 그리고는 자신과 절친한 친구이자 심사위원, '가든 램지'에게 썰어낸 고기를 흔들어 보였다. 가든 램지 역시 눈을 가늘게 뜨고 앨런 킴이 썰어낸 고기를 바라보다가 이윽고 자리에서 일어서서 다가왔다.

"당신의 말은 건방졌지만 난 실력있는 사람의 건방짐을 사랑하지."

가든 램지의 말을 들은 앨런 킴이 한 마디 거들었다.

"마찬가질세, 자네가 구운 스테이크를 입에 넣고 나서도 자네에 대한 기대가 사라지지 않기를 기도하고 있네."

이윽고 두 사람은 경묵이 구워낸 스테이크를 입 안에 넣었다. 두 사람은 입에 넣은 스테이크를 다 삼켜내기 전까지 몇 번이고 놀라야만 했다. 혀끝에서 느껴지는 고풍스러운 육즙의 풍미에 한 번 놀랐고, 딱 적당하게 익은 정도에서 또 한 번 놀랐다. 고기 본연의 맛과 향에서 한 번을 더 놀라야했고, 이 음식을 조리한 셰프가 고작 경력 3년차의 중식 셰프라는 사실이 더욱 더 혼란을 야기 시켰다. 이윽고 경묵이 조리한 스테이크를 삼켜낸 가든 램지가 떨리는 눈으로 말했다.

"천재?"

단순히 각성으로 이룩해낼 수 없는 초감각의 영역이 깃들어 있었다. 본래 '미디움'(medium)으로 조리를 하는 데에는 7~8분 정도의 시간이 소요된다. 그럼에도 불구하고 경묵이 이렇게 빠른 시간 만에 해결이 가능했던 데에는 이유가 있었다. 바로 '조리 가속'의 효과와 정령 스킬인 '화력 조절' 덕분이었다. 화동과의 계약을 통해 얻게 된 화력 조절 스킬은 단순히 불의 세기만이 아니라 온도까지 조절할 수 있는 궁극의 공격 기술이었다. 그러나 경묵은 그 기술을 전혀 다른 방면으로 활용한 것이다. 물론, 결과는 성공적이었다. 이윽고 앨런 킴이 다른 심사위원들에게 말했다.

"우리가 이 스테이크를 다 먹어치우기 전에 어서 오셔서 한 입씩 맛보시는 게 좋을 겁니다."

심사위원들이 너털웃음을 지어보이며 하나 둘 자리에서 일어나 경묵이 조리한 스테이크를 향해 걸음을 옮겼다. 경묵은 심히 감회가 새롭다는 생각밖에는 들지 않았다. 그도 그럴 것이 지금 앞에 있는 여섯 명의 사내 모두가 세계적으로 유명한 스타 셰프들이 아니던가?

'TV에서만 보던 양반들이 내가 만든 음식을 이렇게 맛있게 먹어주다니.'

경묵은 흡족해 보이는 미소를 머금은 채 뒷짐을 서서

그들을 바라보고 있었고, 맛을 본 심사위원들 들은 하나 같이 놀란 표정으로 경묵을 바라보았다. 그렇게 모든 심사위원들이 조금씩 맛을 보고 난 후에 형대욱 셰프가 경묵에게 물었다.

"많고 많은 음식들 중에서 하필이면 스테이크를 조리한 이유는 무엇입니까?"

"어, 음…… 그게 사실은……."

경묵이 쉽사리 말을 잇지 못하자, 형대욱이 다시금 되물었다.

"혹시 스스로 가장 자신 있다고 생각하는 요리가 스테이크 입니까?"

"아니요, 그게 실은……."

이윽고 경묵은 장난기 가득한 표정으로 어깨를 한 번 들썩여 보이고는 말했다.

"제 필살기는 당연히 중식입니다. 그런데 필살기를 처음부터 써버리면 조금 맥이 빠지지 않겠어요?"

경묵의 대답을 들은 심사위원들이 박장대소하기 시작했다. 통역을 통해 들은 가든 램지 역시 마찬가지였다. 세계 최정상이라 칭해지는 그 역시 경묵의 행동에 골머리가 아프다는 듯 이마를 움켜쥔 채 고개를 좌우로 저으며 키득거렸다. 컨셉인지 아닌지는 모르겠어도 지금 눈앞에 있는 어린 참가자는 건방짐과 예의바름의 경계를 고무줄놀이 하듯 넘어 다니며 여섯 심사위원을 즐겁게 하고 있었다. 경묵은 입가에 미소를 잔뜩 머금은 채로 다시 한 번 모르겠다는 듯 어깨를 들썩여 보였다. 이윽고 경묵이 심사실 밖으로 퇴장하자, 심사위원들이 한 명씩 번갈아가며 자신의 견해를 밝혔다.

"당연히 그는 합격입니다. 여지가 없습니다."

"저도 마찬가지 합격 드리겠습니다."

"합격."

"저도 합격이라고 생각합니다."

모든 심사위원들이 만장일치로 경묵의 합격을 말했다. 가든 램지는 아직도 입가에 어린아이 같은 밝은 웃음을 잔뜩 머금은 상태였다.

"그는 정말 천재입니다. 돈은 상관없으니 정말로 그를 내 식당으로 데려가고 싶어요."

가든 램지의 진심 가득한 말을 앨런 킴이 받아쳤다.

"그럼 저와 입찰경쟁을 벌여야겠군요. 나 역시 그렇게 생각하고 있었습니다."

유능한 방송인 가든 램지는 자신과 눈이 마주친 카메라맨에게 손가락질을 하며 말했다.

"내 명성을 걸고 확신컨대, 지금 전설의 시작이 카메라에 담기고 있습니다."

17장. 천사의 편집

MODERN FANTASY STORY

각성!
북경각

각성!

북경각

MODERN FANTASY STORY

　　형대욱은 두툼한 양 손으로 얼굴을 한 번 쓸었다. 손등
에 얼룩덜룩하게 남은 화상 자국이 지난 그의 삶을 어느
정도 투영하고 있는 듯 했다. 경묵이 나간 심사실 안에는
여유가 가득했다. 촬영 진은 바닥에 털썩 주저앉아 이런
저런 이야기를 나누고 있었고, 심사위원들은 촬영 진이
나눠준 음료수의 로고를 가리지 않고 마음 놓고 마시고
있었다. 촬영 시작 후 처음으로 갖게 된 휴식시간이었던
것이다. 앨런 킴은 재미교포 출신의 셰프답게 가든 램지
와 유창한 영어솜씨로 대화를 나누고 있었다. 물론 두 사
람이 무슨 대화를 하고 있는지 알아들을 길은 없었다. 통
역이 자리를 비운 상태이기도 했지만, 사담을 통역해 줄

의무는 없었다. 그저 무슨 말인가 짐작을 해 볼 뿐이었지만, 아마도 경묵에 대한 이야기를 나누고 있는 듯 했다. 헛웃음이 나왔다.

'이거 잘 하면 스승님께 못 데려갈 수도 있겠는데……'

이번 경연이 끝나고 따라오라고 하면 신이 나서 넙죽 따라올 줄 알았건만, 현재 심사실에 있는 이들 중 '하얀 짬뽕'을 영입 대상으로 두고 있는 것은 형대욱 뿐만이 아니었다. 이 자리에 있는 누가 보더라도 경묵은 원석이었다. 지금 심사위원을 맡은 모든 거물 셰프들이 경묵을 자신의 아래에 두고 가공해내고 싶어 하는 듯 보였다. 아직은 살짝 투박한 맛이 있지만 간단한 가공만 거치더라도 어떤 가치를 지니게 될지 모르는, 무궁무진한 발전 가능성을 가지고 있는 원석. 형대욱은 뻐근해진 몸을 풀 듯 목을 한 바퀴 천천히 돌리고 손을 깍지 껴 한껏 펴 보았다. 생전 부탁이라는 말은 하지도 않던 스승이 자신에게 이야기하기를 경묵을 보고 싶다고 했다. 말이 보고 싶다는 것이지 사실은 가르치고 싶다는 말이 분명했다. 걸걸한 듯 보여도 워낙 부끄러움이 많은 양반이라는 것이야 지난 시간이 대욱에게 천천히 설명을 해주었다. 스승의 아래에 들어와 요리를 배우고 배우지 않고는 경묵의 선택이고, 어쨌든 마주 앉혀 놓기는 해야 했다. 고민에 잠긴 듯 허공을 응시하던 형대욱은 자신에게만 들릴 정도로 작은 목소리로 나지막이 말했다.

"어지간히 관심이 있던 거 아니면 이야기 꺼내지도 않았을 양반인데…… 이걸 어쩐다……."

⊛

"후아!"

심사실을 나선 경묵은 그제야 참고 있던 숨을 내쉬었다. 내색은 안하고 있었지만 내심 긴장하고 있던 터였다. 오죽했으면 이마 끝자락에 땀방울이 송골송골하게 맺혀 있을 지경이었다. 안에서 오고가는 이야기를 전혀 모르는 경묵은 굳게 닫힌 심사실 문을 한 번 뚫어져라 쳐다보았다. 발달한 감각을 이용한다면 벽 너머에서 오고가는 이야기를 들을 수 있을지도 모르겠다는 생각이 들어 눈을 감고 천천히 집중하기 시작했다. 여느 때처럼 웅성거리는 소리들이 먼저 들려오기 시작했다. 잡음들의 소리도 증폭이 되다보니 처음에는 제대로 들을 수가 없다. 하지만 이 상태에서 조금만 더 정신을 집중한다면 원하는 소리를 들을 수 있게 된다. 웅성거리는 소리가 커지면 커질수록 경묵은 정신을 집중했다. 그리고 조금씩 그들이 나누는 이야기 소리가 선명하게 들려오려는 듯 했다. 그 때였다.

"경묵씨!"

경묵은 자신을 부르는 소리에 화들짝 놀라 눈을 떴다. 청각에 집중을 하고 있던 터에 이렇게 가까운 곳에서 큰 소리가 들려오니 고막이 찢어질 듯 아팠다.

"으……."

경묵이 인상을 찡그린 채 살짝 신음하며 천천히 눈을 떴다. 눈앞에는 손등으로 구슬땀을 훔쳐내고 있는 유승우가 서 있었다. 촬영장 조명과 여러 장비들의 열기 탓인지 유승우는 이마는 물론이고 양 뺨에도 땀이 송골송골하게 맺혀있었다.

"경묵씨, 괜찮아요?"

유승우가 상당히 걱정스럽다는 듯 물었다. 경묵이 긴장을 해서 현기증 증세라도 느끼고 있는 것은 아닌가싶은 걱정이 들어서였다. 그러나 땀을 삐질삐질 쏟아내고 있는 유승우 역시 누군가에게 걱정을 받았으면 받았지, 남 걱정을 해줄만한 몰골은 아니었다. 경묵은 곧장 밝게 웃어 보이며 답했다.

"아, 괜찮습니다."

"그럼, 이제 저 쪽 룸으로 들어가셔서 인터뷰 좀 해주시면 되겠어요."

유승우가 손끝으로 반대 방향을 가리키자, 경묵의 시선이 유승우의 손끝을 따라 움직였다. 그의 손끝이 향한 곳에는 작은 방이 하나 있었다. 아마 안에 인터뷰 부스가 마련이 되어있는 듯 보였다.

꿀꺽-

인터뷰란 말을 들은 경묵은 침을 한 번 삼켜냈다. 인터뷰? 아아, 그래. 알 것 같았다. 분명 본 적이 있었고, 어떤 용도로 쓰일지에 대해서도 대충 추측을 할 수 있었다. 그러니까 오디션 프로그램 같은 거 보면 중간 중간 나오는 인터뷰 장면을 이런 식으로 촬영하는 거구나 싶었다.

모든 시청자들이 숨죽이고 지켜보고 있을 절체절명의 순간, 갑자기 장면이 전환되며 그 상황이 종료된 후의 인터뷰 영상이 잠시 흘러나온다. 출연자는 지금은 아무렇지 않다는 듯 밝은 표정으로 긴장을 고조시킬 한 두 마디를 던져주면 된다.

"그 때는 정말, 완전…… 다리가 후들거렸다니까요?"

그리고 그 한 마디 덕분에 분위기는 더욱 더 고조된다. 오디션 프로그램은 물론 예능 프로그램에도 워낙 주구장창 쓰이는 편집 기법이었기에 TV를 잘 보지 않는 경묵도 알 수 있었다. 인터뷰라는 말을 듣고 나니 입 꼬리가 마구 흔들렸다. 옷 가게에서 정말 마음에 드는 옷을 입은 후 거울을 본 것처럼 정말 참으려고 애를 쓰고 있음에도 불구하고 웃음이 자꾸 새어나오려 했다.

"알겠습니다, 저 방 안으로 가면 되는 것 맞죠?"

"네, 맞습니다. 안에 들어가시면 촬영 스탭이 친절히 안내해드릴 겁니다."

"아, 예. 알겠습니다."

경묵은 고개를 끄덕여보이고는 손에 쥐고 있던 핸드폰 액정을 힐끔 내려다보았다. 시간을 확인하기 위해서였다. 12시13분. 워낙 앞 순번이었던 터라 금세 촬영이 끝나버린 것이다. 이대로라면 모든 참가자들의 심사가 끝날 때까지 맥없이 기다려야 할 노릇이었다. 경묵은 천천히 인터뷰 부스가 있는 방을 향해 걸음을 옮기기 시작했다. 얼마 걷지도 않아 방의 문 앞에 선 경묵이 조심스레 노크를 하고는 문을 살살 열기 시작했다. 점점 열리는 문틈 사이로 보이는 방 안에는 고급스러워 보이는 가죽 쇼파 뒤로 배경이 될 천막이 쳐져 있었고, 그 앞으로 3대의 카메라가 있었다. 아마도 같은 장면을 서로 다른 앵글로 찍는 듯했다. 경묵이 문을 열고 안으로 들어서자 안에 있던 촬영진의 시선이 일제히 경묵에게로 집중 되었다. 이윽고, 그중 가장 대장처럼(?) 보이는 베레모를 쓴 덥수룩한 수염 아저씨가 경묵을 반겼다.

"오, 임경묵 참가자 맞으시죠? 영상으로 계속 지켜보고 있었답니다."

그는 약간 과장스러운 미소를 지어보이며 옆에 놓인 모

니터를 가리켰다. 그런 그의 행동이 심각하게 부담스러운 탓이었는지 아무리 애써보아도 떨떠름한 미소를 짓는 것이 고작이었다. 경묵은 어색한 미소를 지어보이며 대답했다.

"네, 맞습니다. 눈여겨 봐주셨다니 감사합니다."

"하하, 우선 이쪽에 앉으시죠."

남자는 경묵을 쇼파로 안내하고는 곧장 A4용지 한 장을 건네며 말했다. 잔뜩 쌓여있는 서류뭉치 틈에서 정확하게 경묵의 이름이 적힌 용지를 능숙하게 찾아내는 모습에서 약간의 노련함이 느껴지기도 했다.

"몇 번 읽어보시고 숙지해두시면 도움이 될 겁니다."

남자가 건넨 A4용지에는 미리 짜인 질문과 모범 답안이 빼곡하게 적혀있었다. 막상 실상을 보고 나니 별 것 없다는 생각이 들었다.

'아, 이런 식이었구나.'

약간의 실망감을 만끽하며, A4용지를 위에서부터 아래로 천천히 한 번 훑어 내렸다.

제법 공들여서 짠 각본이었다. 기발한 질문도 많이 보였고, 마찬가지로 기발한 대답들도 몇 가지 눈에 들어왔다. 건네받은 종이를 위에서부터 아래로 한 번 훑었을 때쯤이었다.

"준비 다 되셨나요?"

수염 남자가 선한 미소를 지어보이며 물었다.

"아, 예."

경묵이 고개를 끄덕이자, 스탭 한 명이 다가서서 경묵의 마이크를 다시 한 번 점검해 주었다.

이윽고 다시 한 번 큐 사인이 떨어지고 인터뷰가 시작되었다.

'첫 질문이 뭐였더라?'

경묵이 기억을 더듬어 용지 가장 첫 부분에 적혀있던 질문을 떠올리려고 할 때, 수염 남자가 경묵에게 질문을 하기 시작했다.

"요리 경력은 얼마나 되셨죠?"

"한 3년 정도 되었습니다. 햇수로 따지자면 올해가 4년 차입니다."

경묵이 매끄럽게 대답한 후, 밝게 웃어보이자, 연이어 다음 질문을 건넸다.

"처음 요리를 시작하게 되신 계기는 어떻게 되십니까?"

"원래는 중국집에서 배달 일을 하고 있었습니다. 그러던 중 당시 배달원으로 일하던 중국집의 주방장님께 중식을 배우기 시작했습니다. 처음에는 가게 문을 닫고 나서 30분, 1시간 씩 배우던 것이 지금까지 오게 되었습니다."

예상치 못한 재미있는 이야기가 흘러나오자, 남자의 표정이 한 층 더 밝아졌다.

"그럼 그분과 지금도 연락이 닿습니까?"

"물론입니다, 지금 제가 운영하는 푸드 트럭의 동업자이자 저의 가장 친한 친구입니다."

인터뷰를 진행하던 남자는 물론이고, 촬영 진들이 경묵의 지난 힘든 시절에 대한 이야기를 들으며 깜짝 놀란 듯 보였다. 품격 있어 보이는 외모 뒤에 이런 시련들이 숨어 있었을 것이리란 예상은 하나도 하지 못했던 까닭이었다. 인터뷰는 매끄럽게 진행되고 있었다. 경묵의 언변이 예상보다 괜찮다고 판단한 것인지, 남자는 천천히 용지에 없던 질문들은 던지기 시작했다.

"아까 심사 도중 앨런 킴 셰프와 가든 램지 셰프가 자리를 박차고 일어나 나와서 스테이크의 익은 정도에 대해서 심문하셨을 때는 어떤 기분이셨습니까?"

경묵은 입가에 미소를 잔뜩 머금은 채 답했다.

"사실 조금 떨리긴 했었습니다. 워낙 대단하신 분들이니까요. 그래도 그 부분에 있어서만큼은 정말 강한 확신이 있었습니다. 익은 정도를 파악하거나 하는 감각 하나만큼은 정말 자신이 있거든요."

경묵은 정말 자신에 가득 차있었다. 발달한 감각과 조리 능력의 시너지 효과 덕분에 익은 정도만큼은 정말이지 정확하게 파악해낼 수 있었다. 다시 남자의 질문이 이어지기 시작했다.

"이번 심사를 통해서 10명이 떨어지는 것은 알고 계시지요?"

"네, 알고 있습니다."

"본인은 합격하실 것 같습니까?"

"물론입니다."

경묵이 확신에 가득 찬 대답을 하자 남자는 만족스러운 듯 고개를 끄덕여보이고는 다시 말을 이어나가기 시작했다.

"혹시 혼자서만 심사실의 개인 조리대에서 조리하시게 된 까닭을 아십니까?"

"아니요, 잘 모르겠습니다."

예상치 못한 질문에 경묵의 표정이 크게 일그러졌다. 이상하다 싶기는 했지만 깊게 생각해본 적은 없었다. 물론 추론이야 할 수 있었지만 이렇겠거니 하고 확신할 만한 가설을 세우지는 못했다는 소리였다. 이윽고 다음순간, 남자의 입에서는 더욱 더 예상하지 못한 말이 흘러나왔다.

"사실 그건 가든 램지 셰프의 의견이었습니다."

"아 그렇군요, 짐작도 하지 못했습니다."

남자는 그 말을 시발점으로 경묵이 예상치 못하고 있던

질문을 던지기 시작했다. 경묵이 크게 당황한 듯 보였다. 물론, 그럴 수밖에 없는 상황이었다. 앨런 킴과 가든 램지가 동시에 영입 의사를 밝힌다면 누구의 밑에서 요리를 하고 싶은지, 여섯 명의 심사위원 중 가장 존경하는 사람은 누구인지 등. 참가자들 중 경쟁자라고 생각하는 사람이 누구인지, 가든 램지가 자신을 전설이라고 표현했는데, 어떻게 생각을 했는지까지. 모든 질문들이 질문지에는 없던 내용이었다. 등을 따라 식은땀이 날 정도였다. 악마의 편집, 악마의 편집 하는 말들이 괜히 있는 것이 아니지 않던가? 대답 한 번 잘못했다가는 정말이지 큰일 날 것 같았다. 경묵은 최대한 신중하게 생각하고, 오해의 소지가 생기지 않을만한 방향으로 자신의 의사를 밝히기 시작했다. 인터뷰를 마지막으로 오너셰프 코리아의 첫 촬영은 종료되었다.

⚜

그후로 14일이 흘렀다. 그간 경묵은 제대로 된 촬영일은 아니었지만 그 후로도 간단한 녹화를 몇 번 더 거쳐야 했다. 촬영 시간은 비교적 한가한 오전 시간대에 두 시간 안팎으로 진행되었던 탓에 큰 문제가 되거나 하지는 않았다. 두 번째 경연은 심사위원들과 팀을 이루어 경연을 진행하는 탓에 자신의 멘토 역할을 맡아 줄 심사위원을 정하는 장면을 촬영해야 했다. 경묵의 멘토로 지정된 심사위원은 '남광민 셰프'였다. 어쨌든 전공 분야의 셰프가 자신의 멘토를 맡게 되었으니, 안도의 한숨을 쉴 수밖에 없는 상황이었다. 그리고 오늘은 오너셰프 코리아의 첫 방영일이었다.

저녁 9시.

조금 이른 시간에 간판 불을 꺼놓은 민경분식 안으로 '경묵푸드컴퍼니'의 식구들이 삼삼오오 모여 있었다. 오너셰프 코리아를 시청하기 위함이었다. 이윽고 떨리는 마음으로 시청을 하기 시작했다. 다들 도입부분 참가자들 사이에서 뻘쭘하게 서있는 경묵의 얼굴을 보면서 웃어재끼고 있었다. 방송이 시작된 지 10분 남짓 지났을까? 경묵의 분량이 시작된 듯 보였다. 호명을 받은 네 명의 참가자가 조리실 안으로 들어서고 조리도구를 꺼낸다. 경묵을 집중적으로 보여주다가, 연이어 장면이 넘어가 심각한 표정을 지은 심사위원들의 모습이 화면에 잡혔다. 그러던 중, 가든 램지가 손을 들고는 심각한 표정으로 외친다.

가든 램지 : 미안합니다. 촬영을 멈춰주세요.

돌발 상황처럼 보이는 장면 탓에 경묵을 제외한 나머지

사람들이 모두 놀란 듯 경묵을 바라보았다. 경묵은 어깨를 한 번 들썩여 보이며 말했다.

"와우, 편집 잘했네."

화면에는 '가든 램지를 당황시킨 참가자?' 라는 자막과 함께 경묵의 인터뷰 첫 부분 영상이 흘러나오기 시작했다. 인터뷰 장면을 지켜보던 경묵은 괜스레 낯이 뜨거워져 쉽사리 고개를 들지 못했다.

임경묵 (푸드 트럭 -경묵이네 북경각 운영중) : 원래는 중국집에서 배달 일을 하고 있었습니다. 그러던 중 당시 배달원으로 일하던 중국집의 주방장님께 중식을 배우기 시작했습니다. 처음에는 가게 문을 닫고 나서 30분, 1시간 씩 배우던 것이 지금까지 오게 되었습니다.

이윽고 다음 장면에서 가든 램지가 말을 이었다.

가든 램지 : 모든 심사위원들은 그에게서 눈을 뗄 수가 없어요. 다른 셋을 먼저 심사한 후에 그를 심사해야 합니다. 이게 옳은 결정이라고 생각해요. 나는 저 동양인 요리사가 요리하는 모습을 직접 보고 싶습니다.

물론 실제 상황이라지만, 카메라 앵글 앞으로 왔다갔다 거리는 스태프들의 모습이 오히려 더 상황을 리얼하게 만들어 주었다. 방송 영상 속의 분위기는 최고로 치닫고 있었다.

"이야! 임경묵 대박인데?"

정혁이 환호를 지르며 경묵의 머리를 쓰다듬었다. 연이어 심사실 안의 개인 조리대에서 경묵의 요리가 시작되었다. 자리를 박차고 앞으로 나온 앨런 킴과 가든 램지가 경묵에게 스테이크의 익은 정도에 대해 심문을 해준 덕분에 더욱 상황이 고조되었을 때, 경묵의 인터뷰 장면이 나왔다.

임경묵 (푸드 트럭 -경묵이네 북경각 운영중) : 사실 조금 떨리긴 했었습니다. 워낙 대단하신 분들이니까요. 그래도 그 부분에 있어서만큼은 정말 강한 확신이 있었습니다. 익은 정도를 파악하거나 하는 감각 하나만큼은 정말 자신이 있거든요."

다음 순간, 화면속의 심사위원들은 예정대로 경묵의 요리를 호평하기 시작한다. 경묵은 아니라지만 모르는 입장에서 보면 정말 재미있을 법 했다. 경묵이 심사실 밖으로 나서고 나자, 심사위원들이 경묵에 대한 의견을 주고받기 시작한다.

"당연히 그는 합격입니다. 여지가 없습니다."

"저도 마찬가지 합격 드리겠습니다."

"합격."

"저도 합격이라고 생각합니다."

모든 심사위원들이 만장일치로 경묵의 합격을 말한 직후, 가든 램지가 메인 카메라를 향해 손가락질을 하며 말하는 모습이 흘러나온다.

"내 명성을 걸고 확신컨대, 지금 전설의 시작이 카메라에 담기고 있습니다."

경묵 역시 심사실 안에서 오고갔던 이야기는 알 도리가 없었다. 이야기를 듣다보니 당연히 웃음이 나올 수밖에 없는 노릇이었다. 화면을 멍하니 바라보던 경묵은 한 손을 자신의 이마에 짚어둔 채로 큰 소리로 호탕하게 웃기 시작했다.

"크하하하하하!"

이야말로 진정한 '천사의 편집'이었다. 그리고 경묵은 다시 한 번 인터넷을 뜨겁게 달구고 있었다. 이번에는 SNS나 인터넷 블로그의 수준이 아니었다. 물론 경묵은 모르고 있었지만 이미 경묵에 대한 인터넷 뉴스 기사가 각종 포탈 사이트에 급속도로 게시되고 있었던 것이다. 오너셰프 코리아가 경묵의 요리 인생을 격변시키고 있었다.

❀

제목 : F&F KOREA의 야심찬 프로젝트, '오너셰프 코리아' 첫 방송.

(서울=뉴스예능) 윤주희 기자 = 혜성처럼 나타난 임경

묵 요리사, 그는 누구인가?

F&F에서 야심차게 계획한 요리서바이벌 프로그램 '오너셰프 코리아'가 오늘 10일 저녁 성공리에 첫 방송을 마쳤다. 이번에 방영된 '오너셰프 코리아'의 심사위원으로는 '가든 램지'를 포함하여 세계적으로 유명한 *6인의 셰프가 심사위원으로 나서 눈길을 끌었다.

*(가든 램지, 앨런 킴, 남광민, 형대욱, 조광현, 강태선)

그러나 쟁쟁한 심사위원들 보다 더욱 이목을 끈 것은 가장 어린 나이의 출연자 임경묵(22)이었다. 앳되어 보이는 얼굴의 참가자 임경묵은 자신을 경력 4년 차의 중식 요리사라고 소개했다. 최연소 참가자인 그는 푸드 트럭 '경묵이네 북경각'의 오너로서 이번 경연에 참가하게 되었으며, 그 또한 다른 참가자들과 견주어도 손색없을 만큼의 굉장한 매출을 기록하고 있는 것으로 전해졌다. 그는 중식 전공의 요리사임에도 불구하고 양식 메뉴인 '등심 스테이크'를 선보였다. 다른 참가자들과는 달리 자신의 전공이 아닌 메뉴를 선택한 것이었다. 사실 그는 국내 3대 각성자 길드 중 하나인 '아트리온' 길드 소속의 '각성자'였다. 심지어 그의 압도적인 요리 실력은, 네 명이서 한 조를 이루어 치렀어야할 제 1차 경연의 진행 방식을 수정하게끔 만들었다. 세계적 스타 셰프 가든 램지가 촬영의 중단을 요청한 것이다. 금일 방송분에서는 미공개 방송분으로 누락되었어야 할 영상이 공개되어 더욱 더 깊은 긴장을 자아냈다. 가든 램지는 모두가 그에게 시선을 빼앗겨 다른 참가자를 심사할 수 없다는 의견을 밝히며 참가자 임경묵이 조리하는 모습을 눈앞에서 보고 싶다는 의견을 밝혔다. 그 덕분에 단독적으로 심사실 중앙의 조리대에서 조리 및 심사를 진행하게 된 참가자 임경묵은 거의 퍼포먼스에 가까운 조리를 보여준 후, 맛으로 모든 심사위원들의 마음을 잡아내는데 성공했다. 심지어 세계적 스타 셰프이자 심사위원인 가든 램지는 그를 전설이라고까지 표현하는 등 그에 대한 애정을 과시하기도 했다. 참가자 임경묵(22)은 사전인터뷰에서 자신의 가슴 아픈 과거에 대해 살짝 털어놓는 솔직한 면모를 보이기도 했다. 본래 중국집 배달부로 일하던 그는 당시의 중국집 주방장의 도움으로 주방에 처음 들어섰다고 한다. 또한 그는 자신에게 처음 요리를 알려주었던 당시의 주방장과 지금까지도 끈끈한 관계를 유지하며 동업자로서 함께하고 있다고 말하여 놀라움을 자아냈다. 그런 그의 이야기를 접하게 된 누리꾼들은 '그의 인간적인 면모에 감동하였다', '내가 각성했으면 요리 안한다.', '우승은 따 놓은 당상?', '나는 당시 주방장이었다던 저사람 스승이 더 궁금하다.' 등의 반응을 나타내기도 하였다. 가든 램지를 비롯한 심사 위원들은 개인 인터뷰에서 전원 모두가 영입 의

사가 있음을 밝히기도 했다. 세계적인 스타 셰프들의 가슴을 움직인 22살의 동양인 요리사의 앞으로의 행보가 더욱 궁금해진다.

#. 관련기사

* (오너셰프 코리아) 가든 램지의 마음을 움직인 동양인 요리사에 대하여.

* 전설의 시작? 세계적 셰프, 가든 램지의 호언장담 '오너셰프 코리아'

* 한국 국적의 각성 요리사의 재등장. '3세대 각성 요리사' 임경묵을 말하다.

* 푸드 트럭 한 대에서 시작된 기적. - (오너셰프 코리아/ 임경묵)

* 앞치마를 두른 조각상? 결과보다 과정이 더욱 더 조각 같은 신인 요리사를 쫓아서.

이윽고 모두에게 들리게끔 인터넷 기사를 소리 내어 읽어주고 있던 서은이 박장대소를 하기 시작했다. 웃음을 삼켜내려 안간힘을 쓰던 서은이 애써 정색을 유지하며 천천히 말을 이어나가기 시작했다.

"앗! 다들 주목! 이거 들어봐요."

이윽고 모두의 시선이 서은에게 주목되었다. 서은은 다시금 천천히 입을 뗐다.

"앞치마를 두른 조각상? 결과보다 과정이 더욱 더 조각 같은 신인 요리사!"

서은이 잔뜩 장난스러운 목소리로 기사의 제목을 읊어내자 경묵을 제외한 모두가 박장대소했다. 경묵은 한 손으로 잔뜩 붉어진 얼굴을 가린 채, 남은 한 손으로는 연신 손사래를 치며 말했다.

"아, 정말 다들 언제까지 놀릴 거예요?"

민경 분식에 모여 앉은 '경묵푸드컴퍼니'의 직원들과 경묵은 행복한 한 때를 보내고 있었다. 놀랍게도 오너셰프 코리아의 첫 방송분의 초점은 거의 경묵에게 맞춰져 있었다. 덕분인지 경묵의 입장에서는 다소 낯이 뜨거울 수밖에 없는 기사들도 많이 있었다. 불과 한 시간 만에 물밀 듯 쏟아져 나온 수많은 기사들. 방송 첫 날, 경묵은 이미 강력한 우승후보로 자리매김 하게 된 것이다. 대중들의 관심은 이미 경묵에게 쏠려있다 해도 과언이 아니었다.

❀

다음 날 아침 일찍부터 할머니는 경묵이 나온 신문 기사를 모두 스크랩하고 계셨다. 기분이 제법 좋으신 것인지 거실에 앉아 신문을 가위로 오려내던 할머니께서는 연신 콧노래를 부르셨다. 경묵은 거실에서 들려오는 할머니의 콧노래 소리 덕분에 살짝 눈을 떴다. 할머니의 콧노래 소리는 언제 든더라도 이상하리만큼 기분이 좋아지곤 했다. 눈도 제대로 뜨지 못한 채 자리에 앉은 경묵은 배시시 웃음을 지어보였다. 하루아침에 이렇게 큰 관심을 받을 수 있다는 사실이 정말이지 놀라울 다름이었다. 기지개를 한 번 펴 보인 경묵은 자리에서 일어났다. 이른 시간이었지만 그렇게 일찍 일어난 것은 또 아니었다. 요 근래에 햇빛보육원에서 아이들에게 점심식사를 제공해주는 봉사활동을 이어온 경묵은 대략적으로 지금쯤 되는 시간에 일어나 미리 준비를 해야만 했다. 정말이지 하루가 빠듯하다 해도 과언이 아니었다.

"안녕히 주무셨어요?"

경묵은 거실에 얼굴을 한 번 내비추고는 곧장 화장실로 들어가 씻기 시작했다. 찬물이 몸에 닿으니 흐리멍덩하던 정신이 번쩍 드는 것만 같았다. 경묵은 샤워기에서 떨어지는 물을 맞으며 몸 구석구석을 깨끗이 씻어내고 있었다. 그것도 잠시, 물에 잔뜩 젖은 머리칼을 몇 번 쓸어 올리던 경묵이 갑작스레 눈앞에 나타난 상태 창 덕분에 깊은 생각에 잠겼다.

[스킬의 습득 조건을 충족시켰습니다.]

경묵은 크게 놀랄 수밖에 없었다. 물론, 근래에 봉사활동을 계속해서 이어온 덕분에, '감정을 움직이는 버프 스킬'의 습득 조건도 제법 많이 채워낼 수 있었다. 어제 점심쯤 보육원 봉사를 마치고 나서 확인을 해보았을 때, 어느덧 타인에게 준 희망점수가 400점을 넘어섰었다. 한 달간 얻은 희망점수가 400점 이었던 것이다. 이대로라면 아무리 기간을 넉넉하게 잡더라도 두세 달 안에는 감정을 움직이는 버프를 습득할 수 있겠거니 생각하고 있었다. 그렇게만 생각하고 있었는데 난데없이 눈앞에 이런 상태 창이 나타난 것이다.

'습득 조건을 충족시켰다고?'

경묵이 조심스러운 손길로 눈앞에 나타난 상태 창을 옆으로 밀어내자 몇 개의 상태창이 연달아 더 나타났다.

[희망의 노래 스킬을 습득하였습니다.]

[절망의 노래 스킬을 습득하였습니다.]

[감정을 다루는 악보가 소멸되었습니다.]

어안이 벙벙해진 채 거울 속의 자신만 멍하니 바라보던 경묵은 양 손으로 세차게 자신의 뺨을 두드리고는 깊은 고민에 빠졌다. 상황을 정리하기 시작한 것이다. 분명 아무리 기를 써도 잘 오르지 않던 희망 점수가 어떻게 하루 아침에 600점이나 오를 수가 있었다는 것인지 이해가 가지 않았다. 더군다나 샤워를 하고 있었을 뿐인데 조건을 충족시켰다니, 누가 지금 자신의 씻는 모습이라도 보면서

희망을 느꼈다는 게 아니고서는 이해가 가질 않는 상황이
었다. 그 때, 경묵의 뇌리를 스쳐 지나간 생각이 하나 있
었다.

"설마?"

샤워를 마친 경묵은 곧장 컴퓨터의 전원을 켜고는 밤새
갱신된 인터넷 기사들의 댓글을 확인하기 시작했다. 댓글
란은 정말이지 여러 가지 의견들로 분분했다. 호의적인
반응을 보이는 이들도 있었고, 다소 냉소적인 반응을 보
이는 누리꾼들도 있었지만 경묵은 전혀 개의치 않고 계속
해서 댓글 란을 확인하기 시작했다. 이윽고 모니터를 뚫
어져라 바라보던 경묵의 입 꼬리가 눈에 띄게 위로 솟구
치기 시작했다.

"역시······."

아니나 다를까 경묵의 예상대로 개중에는 분명히 경묵
을 보며 희망을 느꼈다며 댓글을 남긴 누리꾼들이 있었던
것이다. 한 달 간 보육원봉사와 영업으로 얻은 희망점수
가 고작 400점이었다. 그러나 매스컴의 효과로 하룻밤 새
얻은 희망점수가 무려 600점이나 되는 것이다. 경묵과 관
련된 기사를 보며 희망을 느꼈던 이들이 있었다는 것이
다. 예상치도 못한 상황에 입가에 미소가 번졌다. 처음 화
제의 동영상 1위에 등극했을 때, 푸드 트럭 영업 초창기
에, 지금까지. 인터넷의 막강한 힘을 실감한 것이 이번으

로 벌써 세 번째였다. 그 덕분인지 한 번 입가에 떠오른 미소는 쉽게 가실 생각을 하지 않았다. 경험으로 미루어 보기만 하더라도, '천사의 편집'이 불러올 파급효과가 절대 여기서 끝일 거라고는 생각하지 않았기 때문이다. 그런데 이번에 배우게 된 스킬들은 평범한 스킬들과는 조금 다르다는 사실을 알 수 있었다. 다른 버프같은 경우에는 배우게 된 순간, 무언가 이질적인 지식이 머릿속에 유입된 것 같은 느낌을 받는 것 이라면 [희망의 노래]와 [절망의 노래]는 다른 버프와는 다르게 정말 말 그대로 노래였다. 무의식중에 언제 어디서 어떻게 흥얼거리고 있을지 모르는 노래가 머릿속에 유입되어 맴도는 것 같은 기분이었다. 명확하게 노랫말 까지 떠오르거나 하지는 않았지만, 콧노래처럼 흥얼거릴 수는 있었다. 놀라운 사실은 정말이지 그게 전부였다. 현재 경묵의 무의식속에 자리 잡은 음 몇 마디만이 이 스킬을 사용하는 열쇠였다. 처음에는 조금 다르다는 생각에 고개를 기웃거렸지만, 잘 생각해보면 만화나 소설 속 마법사들이 마법을 사용하기 전에 읊는 주문과도 크게 다를 것 없다는 생각이 들어 피식 웃음이 나왔다. 경묵은 스킬 창을 열어 두 스킬의 효과를 확인해보았다.

*

[희망의 노래]

설명 : 상대방의 마음을 움직이는 노래입니다. 이 노래를 들은 모두의 가슴 속에서 희망이 샘솟게끔 합니다.

단, 자신보다 지능이나 지혜가 높은 상대에게는 잘 통하지 않습니다.

지속시간이 따로 없습니다.

노래를 들음으로서 생성된 감정은 특별한 동요가 없는 한 계속해서 이어집니다.

등급 : 특수

재사용 대기시간 : 30분

*

[절망의 노래]

설명 : 상대방의 마음을 움직이는 노래입니다. 이 노래를 듣는 순간 모든 것을 잃은 것 같은 절망감을 느끼게끔 만듭니다.

단, 자신보다 지능이나 지혜가 높은 상대에게는 잘 통하지 않습니다.

지속시간이 따로 없습니다.

노래를 들음으로서 생성된 감정은 특별한 동요가 없는 한 계속해서 이어집니다.

등급 : 특수

재사용 대기시간 : 30분

*

희망의 노래는 아직 사용처가 추상적이었다. 물론 감은 오지만 어떤 용도로 사용해야 할지 정확히 결정을 내리지는 못한 것이다. 아무래도 사용처가 너무도 무궁무진한 탓이었다. 그러나 절망의 노래만큼은 확실한 사용처가 정해져있었다. 경묵은 [절망의 노래]를 이용하여 꾸준히 염두에 두고 있던 '디버프' 음식을 만들어 판매할 생각이 있었다. 스킬 효과를 간략하게 한 번 훑어본 경묵은 옷을 주섬주섬 챙겨 입고는 집 밖으로 나섰다. 빠듯하지는 않았지만, 그렇다고 하여 시간상으로 여유가 있거나 하지는 않았다. 운전석에 오른 경묵이 차에 시동을 걸기 전에 장부 수첩에 있는 달력을 한 번 훑어보기 시작했다. 경묵과 함께 햇빛보육원으로 가야하는 오늘의 봉사당번은 '서은'이었다. 경묵 같은 경우에는 매일매일 봉사활동에 참여했고, 정혁과 서은 그리고 이우가 하루씩 번갈아가며 경묵의 일을 거들어주었다. 물론 경묵에게 있어서 가장 기분이 좋은날은 오늘처럼 서은과 단 둘이서 햇빛보육원에 가는 날이었다. 같이 오래 있다 보면 반복되는 실없는 농담 탓에 괜스레 진이 빠지는 정혁이나, 수염이 덥수룩한 이우보다는 화사한 느낌의 서은과 함께 가는 것이 힘이 나는 것이 당연할 수밖에 없는 노릇이었다. 이윽고 경묵은 서은의 집 근처를 향해 차를 몰기 시작했다. 룸미러에 비친 그의 입가에는 미소가 가득했다. 저도 모르게 방금 습득한 희망의 노래를 흥얼거리고 있었다.

띠링―

[감정의 변화가 찾아옵니다.]

[가슴 속에서 '희망'이 치솟아 오르는 것이 느껴집니다.]

입가에 미소가 절로 지어졌다.

❀

얼마 지나지 않아 푸드 트럭이 햇빛보육원에 도착했다. 먼저 입을 뗀 것은 조수석에 앉아 있던 서은이었다. 서은은 손끝으로 보육원 입구에서 한눈에 보이는 원장실을 손가락으로 가리키며 물었다.

"어? 경묵씨, 저기 보여요?"

경묵이 서은의 손끝을 따라 시선을 옮겼을 때, 원장실 앞에 몰린 수많은 인파들이 눈에 들어왔다.

큼지막한 카메라를 든 이들도 무리에 듬성듬성 섞여있는 것으로 미루어보아 아마도 기자들인 듯 했다.

그 광경을 목격한 경묵의 얼굴에 근심이 떠올랐다.

햇빛보육원에 기자들이 올 일이 무엇이 있다는 말인가?

경묵은 불안함을 가슴 한 가득 품은 채 트럭을 원장실 근처에 바짝 붙여 세우고는 곧장 운전석 아래로 뛰어내리

듯 내렸다.

원장실 근처에 몰려있는 기자들을 보다보니 혹 자신이 보육원에 피해를 주게 된 것은 아닌가 싶은 생각이 들었던 것이다.

예상치도 못했던 일이었기에 심장이 더욱 더 거세게 뛰기 시작했다.

"서은씨, 잠시 만요."

경묵의 비장한 목소리에 서은의 얼굴에도 덩달아 근심이 어렸다.

트럭에서 내려 원장실로 향하는 경묵의 걸음에 점점 속도가 붙었다.

다급하게 문을 열어젖힌 경묵이 원장실 안으로 들어섰을 때, 안에 들어서 있던 카메라와 기자들의 시선이 일제히 경묵에게로 향했다.

처음에는 다들 그저 벙 찐 표정으로 경묵을 천천히 바라보고 서있었다.

영문이야 모르겠지만 눈을 비비는 이들도 더러 있었다.

그런 평화의 순간도 잠시.

기자들이 으레 그렇듯 카메라들이 일제히 경묵에게로 향함과 동시에 질문공세가 이어지기 시작했다.

그와 함께 여지저기서 플래시가 터지기 시작했다.

팟-파파팟-

사방에서 찰칵거리는 소리가 울려 퍼지고, 밝은 빛이 경묵의 눈을 찌르며 맹렬하게 발하고 있었다.

경묵은 한 손으로 자신의 눈가를 가렸다.

갑작스레 자신에게 집중된 시선과 카메라 탓에 속이 울렁거리는 것 같았다.

불미스러운 일 때문에 이런 상황에 놓인 것이 전혀 아닌데도 불구하고 괜스레 뒤숭숭한 기분이 들었다.

조금 진중하게 생각을 할라치면 여기 저기서 터지는 셔터소리가 경묵을 방해했다.

우선 경묵은 최대한 침착하게 생각하려 노력했다.

다들 어떻게 알고 온 것인지에 대해서는 짐작할 수 있는 도리가 없었지만, 원장의 얼굴에 역력하게 떠올라있는 난감함만큼은 느낄 수 있었다.

지금 경묵이 염두에 두고 있는 가장 최우선적인 사항은 보육원과 아이들에게는 피해가 가지 않게끔 하는 것이었다.

"저, 죄송합니다만 우선 다들 나가셔서 말씀하시는 것이 어떻겠습니까?"

경묵은 기자들에게 딱 20분간 시간을 주겠다고 약속했고, 결국 햇빛보육원 운동장 한 가운데에 인터뷰부스를 설치했다.

인터뷰부스라고 하기에는 사실 조금 민망한 것이, 푸드 트럭 영업에 쓰이는 파란색 플라스틱 테이블과 플라스틱 의자가 전부였다.

기자들은 그 뒤로 푸드 트럭을 세워 줄 것을 요구했다.

그렇게 해야지 조금 더 보기에 좋을 것 같다나, 뭐라나⋯⋯.

이윽고, 경묵은 자신이 약속한 20분간 최대한 성심 성의껏 기자들의 질문에 답해주었다.

보육원 봉사를 결심하게 된 계기나, 언제부터 행해온 것인지, '경묵푸드컴퍼니'와, '민경분식'에 대한 질문도 있었다.

매출에 관한 질문도 있었고, 오너셰프 코리아의 심사위원들에 관한 질문도 있었다.

대부분이 엄마가 좋아? 아빠가 좋아? 수준의 질문을 던져대는 것을 보다보니 기자들 질문 수준에 살짝 실망한 감도 없지 않아 있었다.

인터뷰 시간이 막바지에 이르렀을 때, 경묵이 기자들에게 조심스럽게 물었다.

"그런데 이 곳은 대체 어떻게 알고 오신 겁니까?"

사실 신기한 것이 한두 가지가 아니었다.

방송에서는 언급한 적 없던 민경분식이며, 경묵푸드컴퍼니에 관한 질문들도 끊임없이 이어졌었기 때문이다.

한 기자가 수첩을 자신의 안 주머니에 넣으며 정중하게 대답해 주었다.

"실은 보육원에서 봉사활동을 하는 모습의 사진들이 '경묵이네 북경각' 블로그와 SNS에 게시되어 있습니다. 보육원 이름은 공개되어있지 않지만, 사진 중간 중간에 햇빛보육원의 명패가 보이거나 이름이 보이는 사진들이 있습니다. 발품 팔아서 밥 좀 먹었으면 이정도 알아내는 것은 일도 아니겠죠? '경묵푸드컴퍼니' 같은 경우에는 푸드 트럭의 블로그나 SNS에서 수차례 '민경분식'을 홍보해온 이력이 있다 보니 더욱 더 쉽게 알아낼 수 있었고요."

카메라 렌즈를 이리저리 만지작거리는 그의 모습이 괜스레 노련해 보였다.

사실 그 뿐만 아니라 이곳에 몰린 모든 기자들이 노련한 이들이었다.

그렇지 않았더라면 이른 아침부터 이곳에 찾아올 생각은 하지도 못했었겠지.

어쨌든 순자이모가 계실 '민경분식'도 별반 상황이 다를 것 같지는 않았지만 햇빛보육원 만큼 신경이 쓰이거나 심적인 부담이 가지는 않았다.

분명 순자이모 선에서 잘 처리할 수 있을 것 같다는 확신이 들어서였다.

바쁘니까 있다가 오라고 국자를 휘두를 모습이 눈에 훤히 보이는것만 같았다.

경묵은 무언가 결심한 듯 천천히 고개를 끄덕여 보인 후 짐을 정리하고 있는 기자들에게 말했다.

"여러분."

다소 싸늘한 목소리에 자신의 짐을 정리하던 기자들의 시선이 경묵에게 돌아왔다.

이쯤에서 가장 중요한 이야기를 해 두어야 할 것 같았다.

경묵은 다시금 천천히, 그리고 조심스럽게 입을 뗐다.

"부탁드리겠습니다만, 앞으로는 이 곳을 찾아오시지 않아 주셨으면 좋겠습니다. 인터뷰를 원하신다면 차라리 저희 측에 사전에 연락을 주십시오. 거절은 절대 하지 않겠습니다. 그러니 공연히 이곳으로 걸음 하시지 않으셨으면 좋겠습니다."

경묵의 목소리에는 진심이 담겨있었다.

하루아침에 스타덤에 오른 것이야 정말이지 좋은 일이 아닐 수 없겠지만, 그렇다고 해서 아이들을 구경거리로 만들 생각은 없었다.

더군다나 한 번만 더 이런 일이 생긴다면 아트리온 길드 측에 도움을 요청하여 강경하게 대처할 의사도 있었다.

물론 괜히 그 사실을 거론하거나 하지는 않고 다시금 말을 이어나가기 시작했다.

"지금 여러분들의 이런 행동이 지금은 아니더라도 후에는 아이들에게 상처를 줄 수 있을지도 모릅니다. 부탁드리겠습니다."

경묵이 인터뷰하는 모습을 기자들 무리의 맨 뒤에 서서 지켜보던 원장은 흐뭇한 미소를 지어보이고는 원장실 안으로 돌아갔다.

사실 처음에는 갑작스레 보육원으로 들이닥친 기자들 탓에 화가 났었지만, 경묵의 처신이 썩 마음에 들었던 것이다.

기자들 역시 동조된 듯 저들끼리 이런저런 이야기를 주고받다가, 경묵에게 명함을 한 장씩 건네고는 차례로 보육원 밖으로 사라졌다.

정말이지 아침부터 온 몸에 진이 다 빠진 것만 같았다.

❀

기자들이 모두 떠나간 후의 햇빛보육원은 평소처럼 조용하기 그지없었다.

다들 신속하기는 또 어찌나 신속한지 방금 전의 인터뷰

내용을 기반으로 작성한 기사들이 벌써 인터넷에 올라오고 있었다.

서은은 과장된 묘사와 가미된 내용 탓에 연신 키득거리며 게시되는 기사들을 읽어 내리고 있었다.

경묵에 관한 기사를 집중하여 읽다가도 경묵이 들어선 원장실 문을 저도 모르게 한 번씩 바라보곤 했다.

두 사람의 대화가 생각보다 길어지자 괜스레 불안감이 생긴 탓이었다.

인터뷰를 마친 경묵은 곧장 원장실로 향했다.

경묵은 원장실 문을 살짝 두드린 후에, 정중한 목소리로 말했다.

"임경묵입니다. 들어가도 되겠습니까?"

"네, 들어오세요."

문 너머에서 들려온 원장의 목소리에 경묵이 다시금 문을 열고 안으로 들어섰다.

자신의 탁상 의자에 앉은 원장이 경묵을 바라보자, 경묵이 허리를 숙여 보이며 정중히 사과했다.

"원장님, 정말 죄송합니다."

살짝 느닷없이 이어진 경묵의 사과 탓에 원장의 입가에 미소가 지어졌다.

물론 그럴 생각이야 추호도 없었지만, 지원이 끊어졌을 때 아쉬운 것은 전적으로 보육원의 입장이었다.

그럼에도 불구하고 자신의 앞에 고개를 숙이고 선 청년이 참으로 궁금했다.

이 청년은 처음 만난 날에는 회사이름만 달랑 새겨진 명함을 대뜸 내밀었었다.

그 다음에는 그냥 제법 맛깔나게 요리를 잘 하는 청년 정도로 생각했더니, 알고 보니 보육원을 후원해주는 기업 '경묵푸드컴퍼니' 의 사장에다가 세계적으로 주목받는 셰프들의 영입 대상 1순위란다.

그런데 지금 이렇게 정중하게 사과를 하고 있는 것이다.

다른 부분을 막론하고 경묵의 인간적인 부분들이 너무도 마음에 와 닿았다.

원장은 자리에서 기립하며 경묵에게 손사래를 쳐 보이며 말했다.

"아닙니다, 아니에요. 어서 앉아요."

경묵은 원장실 중앙에 비치된 협탁앞 쇼파에 앉은 후 다시 한 번 입을 뗐다.

"다시 한 번 사과드리겠습니다. 정말 죄송합니다."

"아니에요, 괜찮습니다. 어차피 경묵씨도 모르고 있던 일 아닙니까? 저야 괜찮습니다. 덕분에 신문에도 한 번 실려보고 말입니다."

원장이 밝게 웃으며 답해주자 경묵은 안고 있던 근심이

조금 가시는 것 같은 느낌이 들었다.

두 사람은 후원에 관한 이런저런 대화를 나누기 시작했다.

"며칠 더 상황을 지켜보다가 그래도 잠잠해질 기미가 보이지 않으면 당분간은 제가 아닌 다른 직원들을 통해서 아이들 배식에 도움을 드리도록 하겠습니다."

"그렇게 해주신다면 저희야 고마울 다름이지요."

경묵은 한 번 밝은 웃음을 지어보이고는 휴대폰을 꺼내 들어 시간을 한 번 확인했다.

"배식 시간이 거의 다 되었으니 우선은 일어나 보도록 하겠습니다."

"그래요, 그렇게 하세요."

원장이 사람 좋은 미소를 지어보이자 경묵은 다시 한 번 웃음을 지어보인 후에 원장실 밖으로 걸음을 옮겼다.

원장은 경묵이 열고 나선 문을 한참동안 바라보다가 이내 피식하고 웃음을 지어보였다.

참으로 다른 이들을 기분 좋게 만드는 젊은이임이 분명했다.

예의는 물론이고 품격이랄까?

한 마디 말로는 형언할 수 없지만 보통 저 나이에는 갖추기 힘든 기백이 있는 청년이라는 생각이 들었다.

따르르르릉—

평소에는 통 울리지 않는 보육원 직통 전화의 벨이 울리고 있었다.

"에구구구구."

걸려온 전화 탓에 협탁 쇼파에서 일으킨 원장이 수화기를 들어 자신의 한쪽 뺨에 가져다 대고는 말했다.

"네, 햇빛보육원 입니다."

수화기너머의 상대와 대화를 나누던 원장의 표정이 미묘하게 변화하기 시작했다.

이윽고 옅게 떨리는 원장의 밝은 목소리가 원장실 안 가득히 퍼졌다.

"네……? 후원이요……?"

원장의 표정이 점점 더 밝아지고 있었다.

이른바 '천사의 편집'의 덕을 보게 된 것은 오로지 경묵만이 아니었다.

❀

그리고 지금 이 순간 가장 크게 후회하고 있는 사람이 한 명 있었다.

중년의 남자가 먼지가 제법 자욱하니 낀 간판 아래에 조리모를 성의 없이 눌러쓰고 담배를 입에 문 채 쪼그려 앉아있었다.

연신 담배 연기를 뿜어대며 스마트 폰으로 계속해서 올라오는 인터넷 뉴스를 확인하고 있었다.

"아, 이거 내가 황금 알을 낳는 거위의 배를 쨌구나."

남자는 정혁과 경묵이 일하던 '북경각'의 사장이었다.

뉴스를 읽어 내리면 읽어 내릴수록 후회가 샘솟았다.

억만금을 줘서라도 데리고 있기만 했더라면, 덕을 톡톡히 볼 수 있었던 것인데 굴러들어온 복을 제 발로 뻥 차버린 셈이었다.

새로 온 주방 직원도 마음에 들지 않았다.

일이야 꼼꼼하게 하고, 실력도 썩 나쁘지 않은 것 같기는 한데 어떻게 되어먹은 녀석인 건지 당최 붙임성이 하나도 없고 거만하기 짝이 없었다.

사실 가장 마음에 들지 않는 이유는 한 가지였다.

정혁이 받던 급여의 거의 두 배를 주고서야 붙들어둘 수 있다는 것.

중국 현지에서 오래도록 유학을 했었고, 대한민국 3대 중국집에서 제법 오래 일을 했었다고 한다.

실력이 뛰어난 것은 맞지만, 정작 정혁과 비교해본다면 엇비슷하거나 근소하게 앞서는 수준일 것 같다는 생각이 들곤 했다.

어쨌든 녀석은 감히 상상할 수 없을 만큼 오만이 심했다.

현지 유학을 비롯한 자신의 커리어에 아주 지독한 자부심이 있는 듯 했다.

마음에 안드는 녀석이 아닐 수 없었다.

"아, 사장님도 임경묵인가 뭔가 보시는 거예요?"

"아이씨, 깜짝이야."

기척도 없이 뒤에 나타난 녀석이 사장의 핸드폰 액정을 몰래 엿보고는 갑작스레 말을 건넨 것이다.

녀석은 다짜고짜 고갯짓을 한 번 해보이고는 말했다.

"제 생각에는 저 자식 저거 완전히 거품 같은데, 솔직히 제가 더 잘할 것 같거든요."

사장이 놀라 되물었다.

"뭐?"

사실 녀석의 발언 보다는 무례하고 생각없는 행동에 놀란 것 이었지만, 녀석은 곧장 자신의 생각을 구구절절 늘어놓기 시작했다.

"솔직히 가든 램지나 앨런 킴 같은 셰프들이 무슨 스테이크 한 조각에 황홀경에 빠진답니까? 조금 이상하지 않아요? 제가 보기에 오너셰프 코리아는 그냥 비싼 돈 들인 광고이고, 저 자식은 그냥 거품일 뿐이에요. 진짜 실력 대 실력으로만 맞붙으면 제가 이길 자신이 있어요."

확신에 가득 찬 현 북경각의 주방직원 김용하의 얼굴을

바라보던 사장의 입가에 비릿한 미소가 떠올랐다.

사실 생각해보니 무슨 고기 한 조각 주워 먹고 저 난리를 치는 것인지 잘 이해가 가지 않기는 했다.

더군다나 아무리 날고 기어봐야 동네 중국집에서 막 배워먹은 놈인데 중국 현지는 물론이고 대한민국 3대 중국집에서 일했던 녀석을 이길 수는 없을 것 같다는 생각이 든 것이다.

"그럼, 너 내가 판 짜주면 저 녀석 꺾을 수 있겠냐?"

"사장님이요? 임경묵이랑 저랑 붙을 수 있는 판을 짜주신다고요?"

김용하는 자신의 눈앞에 선 말라비틀어진 중년 남성의 입에서 나온 현실성 없는 말에 헛웃음이 새나왔다.

그러나 확신이 담긴 눈빛을 보아하니 장난은 아닌 듯 보였다.

이윽고 주방장 김용하는 당연하다는 듯 거만한 표정을 지어보이며 고개를 끄덕였다.

사장은 고개를 한 번 끄덕여보이고는 말했다.

"그래, 그럼 내가 조만간에 판을 한 번 짜보마."

그 표정 안에는 지독한 비장함이 담겨있었다.

만약 자신이 주방장으로 두고 있는 김용하가 경묵을 꺾는다면 지금 받는 조명이 모두 자신의 북경각과 김용하에게 돌아올 것이 분명했다.

그렇다면 지금의 매출을 꺾고 올라가는 것은 당연지사였다.

사장은 다시 한 번 경묵을 발판으로 삼아 비상할 기회를 도모하고 있었다.

〈4권에서 계속〉